남가일몽
南柯一夢

남가일몽 2

원도연 新무협 판타지 소설

초판 1쇄 찍은 날 § 2002년 8월 10일
초판 1쇄 펴낸 날 § 2002년 8월 20일

지은이 § 원도연
펴낸이 § 서경석

편집장 § 문혜영
편집책임 § 박영주
편집 § 장상수 · 김회정 · 권민정 · 이종민
마케팅 § 정필 · 강양원 · 김규진 · 안진원

펴낸곳 § 도서출판 청어람
등록번호 § 제1081-1-89호
등록일자 § 1999. 5. 31
어람번호 § 제2-0121호

주소 § 경기도 부천시 원미구 심곡1동 350-1 남성B/D 3F (우) 420-011
전화 § 032-656-4452 팩스 § 032-656-4453
http://www.chungeoram.com
E-mail § eoram99@chollian.net

값 7,500원

ISBN 89-5505-453-X (SET)
ISBN 89-5505-455-6 04810

원도연 新무협 판타지 소설

남가일몽

南
柯
一
夢

2
귀가지로(歸家之路)

도서출판
청어람

목

차

② 귀가지로(歸家之路)

제11장

여기 있었네(그것이 알고 싶다)

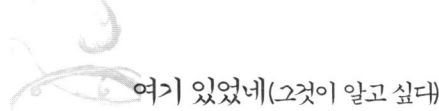

여기 있었네 (그것이 알고 싶다)

"아! 저기가 청음각(靑音閣)인가요?"

"예, 저기가 아미산(峨嵋山)의 정문이나 마찬가지인 청음각이에요."

'드디어 아미산에 왔구나. 이제 그곳만 찾으면 된다.'

진현은 주설란 일행과 짧지 않은 길을 걸어 드디어 아미산에 도착했다. 아마 그 평생 이렇게 많이 걸은 적은 없었을 것이다.

"정말 멀리서 봐도 아름다운 산이네요. 어쩜 저리도 수려한지……."

"그럼요, 아미산은 오악(五岳) 중 서악(西岳)이라고 불리는 곳이니 당연한 거죠."

진현은 저토록 아름다운 아미산 어느 곳에 그곳이 있을까 생각했다. 하지만 이곳에 처음 와보는 진현이 알 턱이 만무했다. 그렇다고 물어볼 수도 없는 일. 이 큰 산을 혼자서 뒤져야 한다는 생각에 아찔한 기분마저 느끼는 진현이었다.

"소협(小俠), 어디가 안 좋으신가요? 안색이 영……."

"예? 그게 아니고 어떤 걸 찾아야 하는데 어디 있는지 몰라서……."

"무엇을 찾으시는지 말씀해 주세요. 혹시 제가 알면……."

"아, 그것이… 아니에요, 그냥 제가 찾죠."

말을 못하는 것을 미안하게 생각한 진현이 고개를 숙이자 주설란은 잠시 이채를 띤 눈으로 진현을 쳐다보았다.

"그럼 저희는 화암정(華嚴頂)으로 가야 하는데, 소협은?"

진현은 그녀의 물음에 잠시 고민했다. 이쯤에서 헤어져야 마음 놓고 찾아다닐 수 있겠지만 지금 자신을 이곳까지 데리고 온 주설란에 대한 고마움 때문에 아무 사례도 없이 자신의 목적지에 왔다고 그냥 헤어진다는 것이 조금 미안했다.

"예… 저는……."

"아, 저희와 방향이 다르시군요?"

"예? 예."

"그럼 할 수 없죠."

"그렇지만 제가 뭐 도와드릴 일이 있으면……."

"후후, 그럴 필요 없어요..어차피 저희도 와야 할 곳에 온 것인데 뭘요."

"그래도……."

"음… 그렇다면 제 부탁 하나 들어주시겠어요?"

"예? 예, 들어드리고말고요."

주설란은 자신의 짐 속에서 무언가를 하나 꺼냈다. 대충 손바닥 크기만한 거였는데 흰 천으로 둘러싸여 있어서 정확한 모양은 알 수 없었다.

"그럼 이걸 누구에게 좀 전해주세요."

"이걸요? 누구에게요?"

"호천사정맹(護天四鼎盟)에 드리면 돼요."

진현은 주설란이 갑자기 귓속말로 해오자 당황했으나 그 속에 담긴 뜻을 알고 기겁을 했다.

"예? 호천사정맹이라뇨?"

조금 당황했는지 진현의 목소리는 주위가 들을 수 있도록 커졌다. 이에 주설란은 입에 손가락 하나를 대고는 말했다.

"조용하세요. 이건 아주 중요한 극비 사항이에요. 원래는 제가 가야 하지만 사문의 존장님께 좋지 않은 일이 있다고 해서 급히 달려오는 바람에 이 일을 하지 못했거든요. 그래서 소협이 대신 좀 처리했으면 해요. 이런 부탁을 드려도 실례가 안 되는지 모르겠네요?"

진현은 거절하려고 했다. 호천사정맹이라니… 그곳이 어딘지도 모를 뿐더러 가고 싶은 마음도 없었다. 소천성탑에서 느낀 그 위선감과 우월감이 너무 역겨웠기 때문이다. 그리고 그에게는 지금 해야 할 일이 있지 않은가.

"그런데… 그렇게 중요한 것을 저에게 맡기셔도 되나요? 그리고 저는 지금 해야 할……."

"그건 걱정하지 않으셔도 돼요. 이것은 재차 말하지만 극비 사항이라 아무도 모르거든요. 그리고 그리 급한 것은 아니니 소협의 볼일이 끝나면 하셔도 무방해요."

그 말에 진현은 조금 의문나는 점들이 있었지만 그녀에게 받은 은혜면 은혜라고 할 수 있는 것들이 너무 많기에 들어주기로 했다. 아니, 들어줄 수밖에 없었다.

추선혜(秋善慧)는 떠나가는 진현의 뒷모습을 보면서 자신의 사매인 주설란(周雪蘭)에게 물었다.

"사매, 좀 전에는 가만히 있었지만 어째서 그걸 준 거지? 그리고 맹(盟)이라니?"

"흠… 사저, 혹시 그런 말 들어본 적 있어요?"

"어떤……."

"두 개의 손바닥이 마주치는 순간 검은 뇌전(雷電)이 온 세상을 휩쓴다."

"두 개의 손바닥이 마주치는 순간 검은 뇌전이 휩쓴다? 검은 뇌전? 아! 혹시 천마사천회(天魔邪天會)의 사대신마(四大神魔)인 벽력마(霹靂魔)를 말하는 거야?"

"호호… 예, 그 벽력마예요."

"그런데 벽력마가 어째서?"

"좀 전에 보셨잖아요, 그 벽력마를."

벽력마를 만났다는 말에 추선혜는 놀라 자빠질 뻔하였다. 그녀의 실력상 그와 마주친다는 것은 곧 염라대왕과 면접을 예약하는 것이나 마찬가지이기 때문이었다.

"엥? 우리가 언제……."

"기억 안 나세요? 청음각 앞에서 불을 피우고 있던 노인 말이에요."

"그 꾀죄죄한 노인 말이야? 에이, 설마… 아! 그러고 보니 그 사마귀……."

"예, 사마귀 난 사람은 많지만 그렇게 양 눈썹에 난 사람은 없죠. 더구나 붉은 사마귀는."

"음······."

추선혜는 이제 벽력마를 만났다는 것보다 그가 왜 자신들을 가만두었는지가 궁금했다. 그런 사저의 마음을 읽었을까? 주설란은 추선혜의 궁금함을 풀어주었다.

"그건 제가 그가 온 목적을 가지고 있지 않았기 때문이죠."

"그게 무슨 말이야?"

"천하의 사대신마 중 한 사람이 고작 우리 때문에 여기까지 왔겠어요? 절대 아니죠. 그가 노리는 것이 있기 때문에 온 거죠. 그런데 그가 노리는 것이 다른 곳으로 갔다면?"

"아!"

추선혜는 그제야 이해가 되었다.

"그럼 그 진현이가 뭔가 하는 놈에게 준 것이······."

"예."

"그러다가 그걸 뺏기면 어떡해?"

"후후후, 옛말에 이런 말이 있죠. 성동격서(聲東擊西). 동쪽에서 소리치고 서쪽에서 친다. 좋은 말 아니에요?"

그녀의 말에 추선혜는 다시 한 번 놀랐다.

"그럼 그에게 준 것은 가짜고 진짜는 사매에게······."

주설란은 말없이 자신의 짐 속에서 진현에게 주었던 것과 똑같은 것을 꺼냈다.

"저도 이런 방법은 쓰기 싫었어요. 하지만 그에 대한 동정심보다 벽력마라는 존재가 너무 컸어요. 이렇게라도 시간을 벌지 않으면 우리는 사문에 들어가기도 전에 이것을 빼앗기고 말 거예요."

"그럼··· 그 진현이라는 사람은 어떻게 되는 거야?"

"할 수 없죠. 대의(大義)를 위해 소의(小義)가 희생하는 것은 무림의 생리예요. 그도 그가 정의를 위해 희생당했다는 것을 알면 그리 억울하지 않을 거예요."

"휴우, 그래도……."

"후후… 사저, 사저는 그를 싫어하지 않았나요?"

"그거야 뭐… 그래도… 사람이 죽는다는 게 영……."

"나중에 맹에서 그에게 보답을 해줄 거예요. 운무관(雲武館)이라 했나요? 그 운무관에 괜찮은 비급(秘笈) 하나랑 돈 좀 얹어주면 아무 말 하지 않을 거예요."

"휴우……."

추선혜는 갑자기 자신의 사매가 무서워졌다. 나오는 것은 그저 한숨뿐, 자신의 마음이 왜 이리 심란한지 몰랐다. 그토록 싫어하던 사람이었는데…….

"그래도 섭섭하네… 미운 정도 정인데……."

진현은 사마화련과 비견해도 능히 압도할 만한 아름다움을 가진 주설란보다 그토록 싸웠던 추선혜가 더 생각이 났다.

"후후, 내가 이게 무슨 짓이지? 이거 련 누이가 알면 화내겠는걸… 여자 생각이나 하고 말이야."

진현은 아무래도 우스운지 하늘을 바라보며 웃음을 날렸다.

"하. 하. 하."

그때였다.

"뭐가 그리 우스운 게냐?"

진현은 갑자기 들려오는 말에 고개를 돌렸다. 그곳에는 많이 본 듯한 노인이 한 명 서 있었다. 한참을 생각하던 진현은 노인을 어디서 보았는지 생각해 내자 무릎을 쳤다.

"아! 청음각 입구에서 보았던 할아버지시군요. 그런데 저에게는 무슨 일로?"

진현이 생각한 것은 청음각 입구에서 불을 피우던 노인이었다. 진현의 말에 그 노인은 눈썹을 꿈틀거리며 대답했다. 특히 양쪽 눈썹에 같이 난 붉은 사마귀를 더욱.

"흠… 모른단 말이냐? 이런, 내가 너를 찾은 이유를 모르다니… 이럴 수가 있나. 어허."

말도 안 해놓고는 진현이 모른다고 심히 안타까워하는 노인의 행세를 보며 진현이 문득 하후단의 모습을 떠올린 것은 무리였을까?

"저기… 할아버지, 말씀을 해주셔야 제가 알죠."

"흠… 그렇단 말이냐. 그래, 어쩔 수 없구나, 말할 수밖에. 사실 말이야, 내가 집에 가야 하는데…….."

"아! 돈이 없으시군요? 그럼 제가 조금 여유가 있는데 드리죠."

진현은 이 노인이 불쌍한 노인이라 생각하고 품에서 은자를 꺼내려 하였다. 그러는 진현의 품을 본 노인은 황급히 손을 저으며 말했다.

"아니, 그게 아니라… 내가 집에 가려면 한 가지 물건이 있어야 하거든. 손녀가 있는데 어찌나 나를 보채는지 말이야."

"아, 그렇군요. 그럼 그 물건을 가지고 가시면 되잖아요."

"그러게 말이야. 그런데 그 물건이 임자가 있어서 말이지."

노인은 고개를 저으며 불쌍한 표정을 지었다.

"어쩌나… 그럼 그 주인에게 부탁이라도 해보세요. 혹시 아나요? 할아버지의 부탁에 들어줄 수도 있을지."

"자네도 그렇게 생각하나? 나도 그렇게 생각하고 있었는데… 그럼 부탁해도 되겠지?"

"예, 그분에게 부탁해 보세요."

진현의 말에 노인은 눈빛을 빛내면서 진현에게 조금씩 다가갔다.

"그럼 말이야. 자네, 나에게 줄 수 있겠나?"

"예? 저요?"

"그래, 자네 말일세. 내가 부탁하려는 사람이 자네거든."

"호오, 그랬었군요. 그래서 저에게 그런 말씀을 하신 거군요. 에이, 그런 부탁이라면 그냥 말씀하시죠."

진현은 노인에게 웃음을 지어 보이며 말했다. 빨리 원하는 것이 뭔지…….

"응, 우리 손녀가 말이야… 예전부터 불교에 남달리 심취했거든. 그래서 버릇이 하나 생겼어. 무슨 버릇이냐 하면 말이지, 불상을 모으는 건데… 허허, 그 녀석 집에 가면 온갖 불상이 다 있지. 그런데 한 가지가 모자란다는 거야. 뭐냐 하면 손바닥만한 크기에 옥으로 된 불상인데 색깔이 아주 곱지. 비취 색의 보기 드문 불상이야."

"어? 그런 불상이라면 저에게 없는데요? 이거 어쩌죠?"

"하하, 자네가 그렇게 나올 줄 알았네. 쉽게 줄 리가 없지. 암, 여간 귀한 것이 아니니 말이야."

진현은 이 노인이 무슨 말을 하는지 이해가 되지 않았다. 그러던 찰나 한 가지 생각나는 것이 있었다.

'혹시…….'

"자네, 저기 청음각에서 누구에게 뭘 받은 것이 없나? 있을 텐데."

"그건…….."

"내가 말이지… 자네에게 불상을 준 아이가 그 물건을 가지고 있을 때부터 지켜봤거든. 그래서 언제 부탁을 해보나 하고 기다렸는데 자네에게 주지 않겠나. 그래서 여기까지 온 게야."

"그건… 할아버지, 안됐지만 드릴 수 없네요. 이건 그분에게 부탁을 받은 거라 어쩔 수 없어요."

"호오, 혹시 그 부탁이 호천사정맹에 가져다 달라는 것이 아닌가?"

"예? 그걸 어떻게……."

"후후후, 내가 그걸 듣고 왔는데 모를 리가 있나."

진현은 일이 심각해지는 것을 느꼈다. 갑자기 노인의 몸에서 하후단이 카리스마 모드였을 때 보았던 그 기운을 느꼈기 때문이다.

"어서 내놓게. 자네가 노부에게 한 것을 보아 죽이지는 않겠네. 물론 반신불수는 각오해야겠지. 그래도 죽는 것보다는 낫지 않은가, 암."

"안 돼요. 이건……."

진현은 더듬거리며 뒷걸음질쳤다. 하지만 진현이 서 있는 이곳 백운협(白云峽)은 주위가 낭떠러지고 가는 길도 매우 좁기 때문에 곧 막다른 길에 몰릴 수밖에 없었다.

"흐흐, 이제 다 도망갔나? 아이고, 따라오느라 욕봤네그려."

허리를 두드리며 익살스럽게 말하는 노인은 진현의 눈에 더 이상 힘 없는 노인이 아니었다. 오히려 언제 자신을 죽일지 모르는 공포의 사신이었다.

"안 돼요, 이건 절대 안 돼요!"

진현은 자신의 몸을 두 팔로 감싸며 소리쳤다.

"허허, 이 녀석 말도 잘하는구나. 안 되긴 뭐가 안 돼?"

노인은 소리를 치며 손을 놀려 재빨리 진현의 몸에 점혈(點穴)을 했다. 진현은 피하려고 했으나 몸의 반응 속도가 노인의 손길을 따라가지 못했다. 그리고 곧 자신의 몸이 움직이지 않는 것을 느꼈다.

"흐흐흐… 이 녀석아, 그러니 좋은 말로 할 때 줬으면 이렇게 강압적으로 하지 않았을 게 아니냐. 어디 보자."

노인은 진현의 품속을 뒤지다 곧 자신이 찾던 물건을 꺼냈다.

"하하, 여기 있었구나. 나의 보물… 이로써 사대기보(四大奇寶) 중 두 개가 우리 회(會)에 넘어오게 되었구나. 하하하, 한 개는 그 행방이 오리무중이고 한 개는 맹에서 가지고 있으니 우리의 강세가 분명하구나."

"……."

진현은 그가 하는 말의 뜻을 짐작하고는 이번의 일이 크게 잘못되었다는 것을 알게 되었다.

'아! 저것은 주 소저가 부탁을 한 것인데… 회라고 했다면 천마사천회(天魔邪天會)가 아닌가. 어쩌면 좋다는 말인가.'

노인은 물건을 확인하러 불상이라고 말한 것에 둘러싸여 있는 하얀 천을 거두어내었다.

"아니, 이럴 수가……."

노인이 발견한 것은 옥으로 된 불상이 아니라 나무로 된 목불(木佛)이었다.

"이런!"

노인은 그제야 자신이 속았다는 것을 알게 되었다.

"주가(周哥), 그 계집이 감히 나를… 감히 나 상귀(常鬼)를……!"

불같이 노한 노인은 진현을 노려보았다. 그러더니 갑자기 태도를 바꾸어 온화한 표정을 지었다.

"그래, 내가 속으니 기분이 좋더냐? 흐흐흐… 연기를 아주 잘하는구나. 용기도 가상타. 그래, 나 벽력마 상귀가 무섭지 않아서 미끼를 자청한 것이냐. 흐흐… 그렇다면 기대에 부응해 주어야겠구나."

진현은 그 어떤 말도 들어오지 않았다.

"내가 미끼라고? 미끼란 말이지. 그럼 주 소저가 내게 준 것은… 이 노인을 속이기 위해… 어째서… 처음 보는 나를… 어째서… 내가 그대들에게 무슨 잘못을 하였기에……."

진현은 횡설수설하며 중얼거렸다. 그 모습을 본 상귀 역시 진현이 속았다는 것을 알게 되었다.

"호… 너도 속은 모양이로구나. 흐음, 그렇지만 네가 죽는다는 것은 변함이 없다."

상귀는 그렇게 말하며 양손을 마주 대더니 곧 진현에게 쌍장(雙掌)을 내질렀다.

추뢰장(追雷掌).

제일장(第一掌) **음양도괴**(陰陽導壞).

─음과 양이 서로에게 이르러 무엇이든 무너뜨린다.

"흐흐, 그래도 네가 한 것을 생각해서 손을 썼으니 추뢰장에 죽는 것을 영광으로 생각하거라."

상귀는 백운협 밑으로 떨어져 가는 진현을 보며 말했다. 백운협은 아미산의 절봉들에 비하며 그리 높지는 않으나 자신의 추뢰장을 맞았기 때문에 살지 못할 것이라 생각했다.

"그러나저러나 이번 일을 틀린 것 같은데 총사(總師)의 얼굴을 어떻게 보나……. 가면 잔소리를 좀 듣겠는걸. 내가 그 조그만 계집에게 속을 줄이야 이거 누가 생각이나 하겠나.”

그 말을 끝으로 상귀는 곧 신형을 날렸다.

‘아―!’

진현은 마음속으로 비명을 지르며 절벽 밑으로 떨어져 갔다. 진현의 머리 속에는 만감이 교차했다. 자신의 죽음에 대한 불신과 자신이 죽게 된 직접적인 원인인 주설란의 배신, 다시는 볼 수 없을 거라 여겨지는 사마화련에 대한 애증, 짧은 시간이었지만 자신을 누구보다 아껴주었던 단후명과 단목빙, 마지막으로 이곳에서 사귄 친구인 언무청과 모용자인에 대한 그리움, 이 모든 것들이 한데 어우러져 진현의 가슴과 머리 속에 파고들었다.

‘아! 또다시 이런 일이 생기다니… 어째서 나에게만 이런 일이 생긴단 말인가. 너무도 원망스럽다… 이렇게 다시 불러들일 것이었으면 왜 다시 살렸어? 어?’

풍덩!

마지막 말을 하늘에 대해 부르짖으며 진현은 등 쪽을 통해 강렬히 느껴지는 엄청난 고통으로 인해 정신을 잃어갔다.

“이런이런, 갑자기 아미산에 웬 살기(殺氣)가 이토록 많단 말인가. 이거 아무래도 몸조심해야겠는걸. 안전 제일, 무엇보다도 안전 제일이지. 암, 그것이야말로 인생에 있어서 가장 중요한 것이지.”

실록의 계절이라 울창한 주위의 나무로 한낮의 태양이 침범하지 못하는 한적한 길에 반백(半白)의 머리를 휘날리며 오십 대로 보이는 중년인이 나타났다. 나무를 해서 살아가는 나무꾼인지 등에는 대충 규격을 맞추어 잘라놓은 나무토막이 잔뜩 실려 있었다. 오른손으로 잡은 지팡이를 이용해서 땅을 짚으며 계속해서 길을 나아갔다.

"허어, 오늘 날씨 한번 우라지게 좋구나. 이런 날은 그저 소홍(小紅) 이 년을 데리고 엉덩이나 두드리며 놀아나 가야 하는데… 할 수 없지. 흑룡담(黑龍潭)에 가서 먹이나 감아야겠다."

비록 한여름은 아니지만 그리고 중천의 태양을 실록의 나무들이 가려준다고 하지만 더운 날씨에 일어나는 자연스러운 신진대사를 무시할 수는 없었다. 가뜩이나 나무를 짊어짐으로 해서 온몸은 땀으로 젖어 있었다.

"아이고, 이제 늙어서 몸이 말을 안 듣는구나. 이거야 원 제자를 구하든지 해야지, 이거 참."

말은 이렇게 하고 있지만 그 누구도 자신의 제자로 들어오지 않을 거라 생각하는 그였기에 그저 상상으로 끝나고 말 것이라는 것을 잘 알고 있었다.

"오, 저기 흑룡담이 보이는군. 어서 가서 목욕을 해야지 원… 이거 땀으로 번들거리니 찜찜해서 살겠나."

그는 반백의 머리칼을 휘날리며 흑룡담으로 옷도 벗지 않은 채로 짊어지고 있던 나무만 내팽개치고 뛰어들었다.

"으메, 시원한 거……. 세상사에 이보다 더 좋은 낙원이 어디 있느냐. 이거야말로 나의 생활 신조이자 사문의 유훈(遺訓)인 안전 제일에 부합되는 것이지. 암, 그렇고말고."

헌원당(軒轅堂)이 느끼기에 흑룡담은 충분히 그럴 자격이 있는 물이었다. 비록 그 소문난 형산(衡山)의 한수담(寒水潭)만큼은 아니지만 전설에 내려오는 흑룡(黑龍)의 음한지기(陰寒之氣)가 서려 있는 곳이기 때문에 이 뜨거운 햇살 아래에서도 그 차가움은 여전했다. 그리고 그 차가움은 일반 사람에게는 단 한 차례의 근접도 허용하지 않는 것이기도 했다. 그럼 이 헌원당은 뭐냐고? 그건 차차 알게 되겠지.

"역시 땀 한번 흘리고 난 뒤에는 이 흑룡담만한 것이 없다니까. 어? 저건 뭐야?"

헌원당은 흑룡담에 이는 파문의 물결에 의해 한쪽 구석에 처박혀 있는 무언가를 발견했다. 그에 강한 호기심을 느낀 헌원당은 그 물체를 확인하러 다가갔다.

"으잉? 뭐여, 이 시체는?"

시체였다. 헌원당이 발견할 수 있었던 것은 한 구의 시체였다. 옷은 거의 걸레라 해도 믿을 정도로 해어진 채였고 머리는 산발이 되어 있었으며 몸에는 갖은 자상(刺傷)들이 있었다. 그리고 특히 얼굴에 있는 칠공(七孔)에서는 검은 피가 새어 나오는 것이 아마도 살기는 틀렸다 싶었다. 헌원당은 어제까지도 없었던 이 시체가 갑자기 생겨나자 주위를 두리번거리다 문득 하늘 위를 쳐다보았다.

"설마 백운협에서 떨어진 것은 아니겠지?"

자고로 설마가 사람 잡는다고 했다. 하지만 헌원당은 감히 이 시체가 저 위에서 떨어진 시체라고 믿지 않았다. 누구지? 하며 시체를 꼼꼼히 살피고 있던 헌원당의 눈에 이채가 띠었다.

"호오~ 아직 살아 있었나? 이런 상태로 살아 있다니……."

시체의 가슴이 주기적으로 상승 하강 곡선을 그리고 있는 것을 보았기 때문이다.

"우선 몸 상태를 볼까나… 이런!"

이런 상태에서도 살아 있다는 것에 무한한 호기심이 발동한 헌원당이 그 시체의 몸에 손을 갖다 댔을 때였다.

"뭐야, 이거 왜 이리 뜨거워?"

헌원당은 뜨겁다며 호들갑을 떨면서도 시체에 계속해서 손을 대며 맥을 짚었다.

"호오~ 이럴 수가! 겉은 뜨겁고, 아니, 타오른다 표현이 맞겠지. 그리고 속은 얼음장같이 차갑다? 이게 무슨 현상이지?"

과연 그랬다. 시체의 피부는 마치 불이 타오르는 것같이 뜨거웠지만 속은 얼음장같이 차가웠다. 그렇다. 이 시체는 벽력마 상귀의 추뢰장을 맞은 진현이었다. 음과 양의 두 가지 극강의 기운이 만나 충돌한 뇌(雷)의 힘으로 쏟아내는 추뢰장이다 보니 진현의 몸은 겉으로는 양의 기운으로 불같이 뜨거웠고 속은 음의 기운으로 얼음처럼 차가웠다. 이 상반된 현상은 추뢰장을 맞은 이들의 전형적인 특성이었다. 그래서 무림인들은 벽력마의 추뢰장에 죽는 것보다는 오히려 칼에 맞아 죽는 것이 낫다고 생각한다. 이 두 가지의 상반된 기운의 고통은 상상을 초월하기 때문이었다.

"혹시… 이건 추뢰장! 맞아, 추뢰장이 아니고서야 이렇게 될 수가 없지."

헌원당은 결국 진현이 맞은 장세가 추뢰장으로 인한 것임을 알게 되었다. 하지만 그보다 더 큰 문제가 있었으니, 바로 진현이 백운협에서 떨어져 이 흑룡담에 떨어졌을 때 생긴 장 파열이었다. 원래 등이나 배에 넓은 면적으로, 아니, 조그만 면적이라도 엄청난 충격을 받게 된다면 뱃속에 있는 장들은 남아나지 않는다. 겉으로야 아무 이상이 없어 보이지만 속의 장이야말로 상할 대로 상하게 된다. 아무리 백운협의 높이가 아미산의 일반 봉우리보다 낮다 하여도 적지 않은 높이임은 분명했다. 그러니 오히려 진현이 살아 있음은 천운이라 함이 옳았다. 물론 그에는 그만한 이유가 있겠지만.

"허어… 진짜 이 녀석, 살아 있는 것이 신기할세. 이거 데리고 가서 치료라도 해야겠는걸."

헌원당은 안전 제일이라는 말과 함께 자신의 삼대생활신조인 생명 존중이라는 글귀를 떠올리며 진현을 나무를 담았던 지게에 둘러메었다.

"웅차… 이 녀석, 왜 이리 무거워. 깨어나면 우라지게 뜯어먹어야겠는걸."

그의 마지막 생활 신조는 땀 하나에 동전 한 닢이었다.

헌원당이 다 쓰러져 가는 초가(草家)에 나타난 건 유시(酉時:5시~7시) 초였다. 그의 등에는 지게가 짊어져 있었는데 지게에는 한 소년이 있었다. 초가에 도착한 헌원당은 그 소년을 마루에 내팽개치고 땀으로 번들거리는 이마를 소매로 훔쳤다.

"이거야 원… 이거 손해나는 장사가 아닌지 모르겠군 그래."

헌원당은 초가의 뒤편으로 가더니 물 한 바가지를 들고 와서 목을 축였다. 그리고 반쯤 남은 물을 소년의 입가에 가져갔다.

"이놈아, 너도 목이 마를 것이다. 자, 어서 먹어라."

진현의 입가로 흐르는 것은 물이라고 하기엔 조금 탁한 것이었는데 어딘가 모르게 약향(藥香)이 새어 나왔다.

"아이고… 잘도 먹는구나. 아이고, 아까운 것."

헌원당은 곧 진현을 방으로 옮기더니 다시 산속으로 들어갔다.

한 반 시진이 지났을까. 헌원당은 손에 풀과 나무껍질을 잔뜩 든 채로 나타났다. 그리고 손에 든 그것들을 정성스레 빻아 즙을 내기 시작했다. 굉장히 정성들여 일하던 헌원당은 천부적인지 계속해서 흐르는 땀을 닦으며 마저 일을 끝냈다.

"이놈의 땀 좀 보게… 이게 대체 몇 방울이야? 한 방울당 동전 한 닢으로 다 받아내야겠어. 암, 그래야지."

헌원당은 정성스레 빻은 풀과 즙을 들고 진현에게로 갔다. 그리고 굉장히 쓸 것만 같은 즙을 진현의 입으로 가져가더니 모조리 먹였다. 그 모습에 마치 자신이 마시는 것처럼 몸을 부르르 떠는 헌원당이었다. 그리고는 떡이 되어 있는 풀덩이를 진현의 외상이 가득한 곳에다 덕지덕지 바르기 시작했다.

"아이고, 힘들다. 한숨 자야겠구먼."

말이 끝나기 무섭게 헌원당의 코에선 코골이가 시작되었다.

"아니, 2주일이나 지났는데 아직도 깨어나지 않다니… 이 녀석, 돈이 많은가 보구먼."

자신이 흘린 땀 한 방울을 하나도 놓치지 않고 계산한 헌원당은 아직도 정신을 차리지 못하는 진현을 쳐다보았다.

"이런이런, 이러고 있을 때가 아니지."

헌원당은 급히 방을 나가 초가 근처에 있는 나무들 사이로 몸을 옮겼다. 그리고는 나무들 사이에 있는 큼지막한 돌들을 재배치하기 시작했다. 어느 정도 시간이 흘렀을까… 마지막 돌을 옮기고 난 헌원당이 땀을 소매로 훔칠 때였다. 초가의 주위로 안개가 조금씩 흘러 들어오기 시작하더니 곧 자욱한 형상을 만들어냈다.

"이것으로 됐고. 이제 저 녀석 일만 남았군."

헌원당은 진현을 처음 이곳에 와서 물을 먹일 때와 마찬가지로 초가 뒤편으로 가더니 곧 여러 개의 병과 약초들을 가져왔다.

"그래, 아깝지만 할 수 없지. 이게 다 우리 문을 위한 것이 아닌가. 이놈아, 네놈은 운이 좋은 줄 알아야 한다. 죽기 직전에 사문의 존장을 만났으니 이거야말로 천운이 아니더냐."

헌원당이 방을 들어가고 곧 얼마 되지 않아 방에서는 청홍(靑紅)의 기운들이 뻗어 나왔다. 한두 시진이 지날 무렵이었다. 갑자기 방문이 열리더니 녹초가 되어버린 헌원당이 비틀거리는 몸을 이끌고 나왔다.

"허어… 이래서 늙으면 죽어야지. 몸이 예전 같지 않아. 그건 그렇고 그것까지 해버렸으니… 이거 저놈이 살아나지 않으면 큰 죄를 짓게 되는구나."

곧 헌원당은 좀 전에 했던 것처럼 안개를 헤치고는 나무들 사이에 있는 돌을 원래의 자리로 옮겼다.

"이제 시간이 약이지. 나는 내가 해야 할 모든 것을 다 했으니 이제부턴 너에게 달렸다."

벽력마 상귀의 추뢰장을 맞을 당시 진현의 몸은 온통 음양의 기운으로 뒤덮여 있었다. 비록 겉과 안이라는 경계선이 있었지만 한시를 알 수 없는 앞날을 가진 진현의 몸이었다. 그렇다. 이제 염라대왕을 만나러 저승행 차표를 예약하고 있는 실정이었다.

그러나 여기에도 변수가 있었다. 염라대왕이 진현을 만나기 싫어했을까, 아님 진현의 불굴의 헝그리 정신으로 그 고통을 이겨낸 것이었을까. 오히려 상귀의 추뢰장을 맞은 것이 화가 아니라 복이 되고 말았던 것이다. 그냥 보통 벽공장(劈空掌)을 맞았으면 진현은 그야말로 죽음이라는 단어와 떼려야 뗄 수 없는 사이가 되었을 것이다. 하지만 운명의 장난이었을까, 최고의 죽음을 선사하겠다던 상귀(常鬼)의 추뢰장이 진현에게는 그야말로 활로가 되었던 것이다.

음양의 기운으로 쏟아내는 추뢰장의 기운이 진현의 몸에 침투하자 처음에는 보통 추뢰장을 맞은 사람과 같은 현상을 일으켰다. 하지만 곧 진현의 몸에 침투한 거대한 양의 음양의 기운이 진현의 양 팔목에 차여 있는 오화지음쌍환을 자극하기 시작했던 것이다. 그러자 엄청난 기운으로 승화된 두 개의 기운이 팽팽히 대립하게 되었다. 그런데 여기서 또 하나의 변수가 작용했으니 바로 흑룡담의 음한지기(陰寒之氣)였다. 흑룡의 기운을 받았다는 전설만큼 명성에 뒤지지 않는 한기를 또다시 침투받은 것이 진현의 몸에서 팽팽한 대립을 하고 있던 음양의 기운에 새로운 국면을 가져다 주었다. 차츰 음의 기운으로 승리의 여신이 손을 들어주었기 때문이다.

하지만 기억하는가, 진현이 한수담에서 얻었던(?) 괴어, 즉 한소지양화리(寒沼至陽火鯉)의 내단을. 극양(極陽)의 기운을 내포하고 있는 이 내단의 기운이 섭외도 받지 않고 갑자기 출연을 하는 바람에 거의 음의 기운으로 승리가 주어지는 상황에서 또다시 팽팽한 대립을 주게 되었다.

그렇게 2주일이 지났다. 그 와중에 진현이 얻은 복이라면 백운협에서 떨어져 입었던 장 파열과 자잘한 자상은 씻은 듯이 나았다는 점이다. 물론 여기에는 헌원당이 발라주었던 이름 모를 약초들의 공도 컸다. 그렇게 2주일이 지난 오늘 헌원당이 이 끝없이 나아갈 것 같던 음양의 대립에 새로운 변화의 혁신을 가져다 주었다.

바로 백초요상비예(百草了傷秘藝)라고 하는 헌원당의 사문에서 전해져 오는 비전의 대법이 바로 그것이었다. 비록 이름없는 풀이었지만 오랜 시간 동안 연구하고 알게 된 지식을 토대로 만들어졌다는 그 비전절예(秘傳絶藝)는 헌원당의 사문의 오랜 역사만큼이나 성능 또한 탁월했다. 진현의 몸을 지배하던 음양의 기운들을 어느덧 이끌기 시작했던 것이다. 하지만 급히 서두르지 않고 서서히 움직임으로써 충돌의 사태를 미연에 방지했다. 그래서 장장 두 시진(4시간)이나 걸렸던 것이었다.

하나로 조화된 백 가지 약초의 공능은 거대한 음양의 기운을 계속해서 진현의 몸 안에서 큰 원을 그리며 돌렸다. 하지만 여기서 헌원당도 짐작하지 못하는 것이 있었으니 바로 진현이 주화입마를 당해 주맥(主脈), 세맥(細脈), 단전(丹田) 할 것 없이 모두 막혀 있다는 것이었다. 이것을 모르고 이상하게 더디다 여긴 헌원당이 금단의 방법까지 써버렸으니…….

그것이 무엇이냐 하면, 헌원당의 사문에는 오랜 숙원이 한 가지 있었다. 비록 꿈같은 상상이었지만 그래도 헌원당의 사문에서는 그 꿈을 버리지 않았다. 오히려 그에 대한 준비를 착실히 해나갔다. 그런데 지금 헌원당이 그 꿈을 이룰 수 있는 방법 중 한 가지인 성약(聖藥)을 써버리고 말았던 것이다.

공청석유(空淸石乳).

혹은 미타성수(彌陀聖水)라고도 한다. 너무도 희귀하여 많은 양을 구하기가 하늘의 별을 구하기보다 힘들지만 그 작은 양으로도 엄청난 공효를 볼 수 있는 것. 하지만 공효라고 해봐야 내공을 높여준다든지 하는 것은 아니다. 솔직히 무림인들이 바라는 내공에 대한 상승을 목적으로 하는 것은 오히려 한소지양화리(寒沼至陽火鯉)의 내단이 더 나을 것이다. 그러면 왜 이 공청석유가 미타성수로까지 불리는가. 그건 바로 미타성수라는 말처럼 병든 자에게는 만년화리(萬年火鯉)의 내단보다 더 값진 것이기 때문이었다. 만독(萬毒)의 극성(極性)이며 한 방울의 공능으로도 못 고치는 병이 없다고 전해지는 것이 바로 공청석유였다.

그런 공청석유의 엄청난 양이 들어가 있는 병을 모조리 진현의 입으로 부어버렸으니 진현의 막힌 혈들이 견뎌내지 못하는 것이었다. 음과 양을 백초(百草)의 기운으로 감싸며 진현의 온몸 각지를 돌아다니는 공청석유의 힘은 세맥부터 시작하여 차례차례 뚫어 나가기 시작했다.

펑… 펑…….

자세히 듣자면 들릴 만한 크기의 소리였다. 팔만 사천 개의 모공(毛孔)에서 탁한 기운과 노폐물을 분비하며 진현의 세맥은 하나하나 터져 나가다가 이윽고 그 힘들은 진현의 주맥들을 향해 돌진하기 시작했다.

진현의 몸에서 엄청난 승리의 행진을 하고 있는 힘들은 십이정경(十二正經)을 뚫고 이제 기경팔맥(奇經八脈)만을 남겨두고 있었다.

동양 의학에서는 인체의 기(氣)가 운행하는 통로를 경락(經絡)이라고 하는데, 이에는 각 장부(臟腑)에 속하는 십이정경(十二正經)과 8개의 기경맥(奇經脈)이 있다. 먼저 임맥, 독맥과 함께 회음에서 시작하여 몸속을 똑바로 뚫고 올라가서 정수리에 이르는 것으로 앞쪽으로 배를 돌아서 입술에까지 이른다고 하는 충맥(衝脈)을 지나 정수리로부터 앞쪽으로 몸 한가운데를 따라 회음까지 임맥(任脈)을 타고, 아랫입술에서 목을 타고 계속 내려와 가슴을 지나 하단전(下丹田)에 이르던 공청석유와 그 일당들은 다시 회음으로부터 등 쪽으로 몸의 한가운데를 따라서 정수리까지, 정수리의 백회를 지나 이마를 돌아내려서 콧등을 지나 윗 잇몸에 이르는 독맥(督脈)으로 척추를 타고 올라갔다.

하지만 이것은 말처럼 쉬운 것이 아니었다. 회음을 첫 관문으로 개통하면서 꼬리뼈의 미려(尾閭)를 개통할 때와 척추의 중간 지점인 협척을 지날 때, 그리고 머리 뒷부분의 옥침(玉枕)을 지날 때는 진현의 몸이 부르르 떨 정도로 엄청난 희생을 감수해야 했다. 역시 삼대관문이라는 말이 헛말이 아니었다.

그러던 이 깡패 같은 힘들은 진현의 허리를 한 바퀴 돌면서 대맥(帶脈)을 뚫어버리고 다리로 향하더니, 발의 뒤꿈치 가운데에서 양쪽으로 갈라지며 다리의 안쪽과 바깥쪽을 동시에 뚫어버렸다. 이것이 음교맥(陰蹻脈)과 양교맥(陽蹻脈)의 개통이었다. 그리고 진현의 양맥(陽脈)과 음맥(陰脈)을 지배하는 음유맥(陰維脈)과 양유맥(陽維脈)을 뚫어버림으로 해서 십이정경(十二正經)의 모든 것은 끝나 버렸다. 그 와중에 진현의 단전은 순식간에 복구되어 버렸으니, 이건 말할 가치조차 없는 것이라 하겠다.

이 모든 것이 말하기는 쉬웠다. 하지만 여기에 들어가는 요인 중 하나라도 없었으면 도로아미타불이 될 뻔한 것임에는 두말할 나위도 없는 것이라 하겠다. 지금까지 말한 모든 것들이 빈틈없이 착착 이루어졌었기에 진현이 주화입마에 당한 폐맥(閉脈)을 고칠 수 있었지, 그렇지 않았다면 폐맥은 고사하고 사는 것조차 희망하기 어려웠을지도 모른다.

아마 벽력마 상귀로서는 죽음으로 몰아넣으려고 한 것이 오히려 진현에게 전화위복(轉禍爲福)이 되었다는 것을 꿈에도 상상하지 못할 것이다. 하지만 그것이 진현에게 복이 될지는 두고 봐야 알 일이다.

"윽… 여기가 어디지? 내가 아직 살아 있는 건가?"

몸의 여기저기에서 지르는 비명을 선율 삼아 진현은 자신이 눈을 뜬 곳이 저승인지 이승인지 구분하지 못했다. 희미하게 보이는 눈에는 다 쓰러져 가는 초가의 벽만이 보였고 자신은 그곳에서 누워 있다는 것을 알 수 있었다. 이곳이 어딘지 너무나도 궁금한 진현은 입을 열어 아무라도 부르고 싶었지만 그럴 수 없었다. 왜냐하면 입의 근육이 자신의 뜻대로 움직이지 않았기 때문이다.

'도대체 여기가 어디야? 누구라도 있으면 물어나 볼 텐데.'

진현은 오관(五官) 중에서 겨우 움직이는 눈동자만 이리저리 굴리며 좌우를 살폈다.

"저승은 아닌 것 같은데… 이거야 원, 움직이지 못하니 알 수가 있나."

과연 진현의 몸은 진현의 의지와는 관계없이 움직이지 않았다. 그것은 아직도 진현의 몸에 진현의 폐맥을 뚫어버리고 남은 공청석유와 음양의 기운들이 진현의 몸을 지배하고 있었기 때문이다. 진현의 폐맥을 뚫어버리느라 거의 모든 기운이 소멸되었지만 아직도 진현의 몸으로는 감당하지 못할 많은 양의 기운이 남아 있었다. 그 기운들은 서서히 시간을 두며 진현의 몸으로 흡수되어 가고 있었다. 만약 진현이 여기서 그 기운을 흡수할 수만 있다면 단숨에 내가의 계열에서 엄청난 진보를 하였을지도 몰랐다. 하지만 하늘의 장난인지 그것까지는 진현이 생각하지 못했다. 생각했다 하더라도 알고 있는 내공심법(內功心法)이 없었겠지만.

하여튼 이 미증유의 기운들은 자신이 뚫어놓은 진현의 십이정경과

세맥으로 스며들었다.

사람들은 그럴 것이다. 이렇게 스며든 기운이 있다는 것만 하더라도 행운이 아니냐고. 그럴지도 모른다. 하지만 이 스며든 기운은 단지 잠력(潛力)일 뿐이다. 진현이 다급할 때 쓸 수 있는 힘이 아니라 언제 쓸 수 있을지 모르는 아주 작은 확률의 희망이었다. 그러므로 진현은 평생을 두고 한 번이나, 아님 한 번도 오지 않을 기회를 놓친 것일지도 모른다. 내가의 고수들이 그간의 사정을 알게 된다면 땅을 치고 통곡할 일이었다.

"아! 이제 깨어났구나."

진현이 자신의 몸에 계속해서 힘을 주어 일어나려고 용을 쓰며 눈을 이리저리 굴릴 때 방문을 열며 들어오는 사람이 있었다. 특유의 반백의 머리를 휘날리며 들어오는 인물은 바로 헌원당이었다. 손에 주렁주렁 약초를 들고 들어온 그는 진현이 깨어나 있자 놀라며 진현에게 다가갔다.

"오호, 이제 정신이 드는가 보지? 이 녀석아, 너 때문에 얼마나 고! 생! 을 했는지 아느냐?"

고생이라는 두 글자에 강한 억양을 주며 말하는 그는 나오지도 않는 땀을 닦으려 이마에 소매를 가져갔다. 다분히 자신의 고생을 알아달라는 시위와 같았다.

"예? 저… 누구신지?"

진현은 자신의 앞에서 호들갑스럽게 행동하는 헌원당이 누군지 몰라 물어보았다. 진현으로서는 당연한 행동이었다. 하지만 이것이 헌원당의 신경에 거슬리는 행동이었을까? 마치 자신이 신탄자(神彈子) 하후단(夏候單)인지 착각을 하고 있는 듯한 헌원당은 진현의 말이 끝나자마자 들고 있던 막대기로 진현의 머리를 가격했다.

딱!

자신의 머리에 서서히 퍼지고 있는 막대기의 후유증을 전신으로 느끼며 진현은 자신의 말에 무엇이 잘못되었는지 곰곰이 생각했다.

"너는 내가 누군지도 모르고 이곳에 왔다는 말이냐?"

다짜고짜 터뜨리는 헌원당의 불 같은 노성에 진현은 눈앞의 인물이 누군지 생각해 보았지만 자신의 기억이나 원본 단지운의 기억에서조차 떠오르지 않았다.

"허어, 이 녀석 보게. 그럼 넌……."

너무도 화가 치밀어 오르는지 제대로 말을 잇지 못하는 헌원당은 그제야 진현이 자신의 발로 이곳에 온 것이 아니라 자신이 끌고 왔다는 것을 알게 되었다.

"참! 그렇지. 어험, 내가 누구냐면 말이지… 너, 돈 많냐?"

이번에도 역시 다짜고짜 난데없는 질문을 던지는 헌원당이었다. 갑작스런 헌원당의 물음에 진현은 생각할 겨를도 없이 무일푼인 자신의 처지를 밝혔다.

"아니오."

"이런 허접한 경우를 보았나. 너, 진짜로 돈이 없다는 말이지?"

"예."

"아니, 지금 말고 집에도 돈이 없냐?"

"예."

"아이고~ 야, 이 녀석아! 한 번쯤은 예 대신에 아니오라고 해야 되는 것이 아니냐! 모두가 예라고 할 때 너까지 예라고 한다면 너무도 획일적인 사회가 되지 않겠느냐 이 말이다. 그러니 온 세상이 다 그렇더라도 너 하나쯤은 달라야지. 다시 한 번 물어보겠다. 진짜로 돈이 없냐?"

"예."

도대체 이런 질문과 대답이 오고 가는 이유를 모르겠다. 하지만 진현이 한 가지 알 수 있었던 것은 어느새 자신의 몸이 서서히 움직이기 시작했다는 점이다. 그 예로 입의 근육이 움직여 말을 하고 있지 않은가. 또 한 가지 알 수 있는 것이 있었다. 바로 눈앞에 보이는 반백의 노인과는 다시는 상종의 여분을 만들면 안 된다는 것이었다. 아마 이 사람과 인연을 만들어 나갔다가는 자손 대대로 골치깨나 썩을지도 몰랐다.

"아이고, 내가 너무도 손해 보는 장사를 했구먼. 이럴 수가 있나. 한 번도 이런 적이 없었는데… 아이고, 내 수많은 땀들아… 미안하게 되었구나."

땅을 치며 통곡을 하던 헌원당은 진현을 홱 노려보았다.

"그럼 어쩔 수 없지. 숭결한 내 땀의 희생을 너의 땀으로 배상을 하는 수밖에."

음흉한 미소를 지으며 진현에게 다가들자 진현은 조금씩 뒤로 물러서며 등줄기에 식은땀을 흘렸다. 헌원당은 협박 어린 말을 하면서 계속해서 진현의 태도를 지켜보았다.

'이 녀석, 진짜로 모른단 말인가. 일이 이상하게 돌아가는구나.'

라고 생각하며 헌원당은 미간을 살짝 찌푸렸다.

"저… 죄송하지만 누구신지?"

진현은 다시 한 번 물었다. 누군지도 모르는 상태에서 이런 물음과 대답이 오고 간다는 것이 이상했기 때문이다.

"나? 헌원당."

간단했다.

명료했다.

답답했다.

"그게 아니고……."

"아~ 진작 말하지… 자네, 혹시 그거 알고 있나? 자네가 죽을 고비를 넘기고 있을 때 수많은 땀방울을 흘리며 옆에서 지켜주고 보살펴준 한 아름다운 마음씨를 가진 노인의 이야기를… 바로 날세."

결론은 자신이 진현의 목숨을 구해준 은인이라는 이야기였다. 간단한 이야기를 마치 수많은 적군이 몰아치는 상황에서 진현을 구해낸 것처럼 말하는 헌원당은 목에 힘을 주며 두 손을 허리에 걸치는 거만한 자세를 취했다.

"아! 예."

진현은 헌원당의 말에 왠지 믿음은 가지 않았지만 자신이 이곳에 있는 걸로 봐서 거짓말은 아닌 것 같았다. 헌원당은 진현이 수긍하는 눈치를 주자 다시 한 번 좀 전에 못다 한 이야기를 시도했다.

"자네 이름이 뭐지?"

"진현입니다."

"오! 그래? 진현이라… 아주 이름이 좋구먼. 참 진(眞)에 어질 현(賢)이라… 그래, 사람은 참되고 어질어야지. 그리고 무엇보다도 은혜를 입었을 때 그것을 모른 체하면 안 된다네. 그건 자네도 알고 있겠지? 더구나 생명의 은혜인데. 그래서 말인데… 좀 전에 자네가 말한 대로라면 자네에게는 나의 이 숭고한 은혜에 대해 갚을 능력이 없지 않은가? 물론 자네는 갚고 싶겠지. 하지만 나는 이 세상에서 돈보다 더 값진 것은 없다고 생각하는 사람들 중에 하나이니 이거 어쩌하겠는가. 그래서 자네가 나에게 은혜를 갚을 수 있도록 방법을 일러주지. 바로 이 년간만 나를 대신해 나의 일을 대신해 주는 게 어떻겠나? 어때, 별로 어렵지 않지? 이거 내가 많이 양보한 걸세. 그러니 운수대통했다고 여겨야 할 것이야, 암."

어이가 없었다. 혼자서 북 치고 장구 치고 노래까지 하는 격이었다. 진짜 이만하면 어디 가서 굶어 죽진 않을 것이다.

"예? 그런… 것이……."

"왜? 짧나? 그럼 사 년으로 늘릴까?"

"아닙니다. 하겠습니다."

진현은 헌원당의 입에서 무슨 말이 나올지 몰라 급히 손을 저으며 고개를 끄덕였다. 하지만 내심 걱정되는 게 이만저만이 아니었다. 그에게는 아미산에 온 목적이 있었기 때문이다.

'아… 여기서 이러고 있을 시간이 없는데… 북궁 탑주의 말대로 금강동(金剛洞)을 찾아야 하지 않은가. 하지만 이분의 은혜를 모른 체하고 지나가기엔 그럴 수 없는 일이고… 이것 참, 난감하네.'

"자네, 안색이 안 좋은데 무슨 걱정거리라도 있는가?"

진현의 내심을 훤히 들여다보고 있는 헌원당은 능청스럽게 진현에게 물었다.

"아닙니다. 그저……."

"그저… 뭐 말인가? 말을 해보게."

"저……."

"아이고, 답답하네. 어서 말을 해보래두."

'그래, 나의 사정이라도 말을 해보자. 혹시 아는가, 금강동을 찾고

난 뒤 이분의 은혜를 갚아도 될지?'

진현은 속으로 그렇게 생각하며 헌원당에게 자신이 이곳에 온 이유를 밝혔다. 그리고 덧붙여 그곳을 찾은 후에 은혜를 갚겠다고 말을 했다.

"호오~ 그러니 그 금강동이라는 곳을 찾은 후에 나의 은혜를 갚겠다고?"

"예, 은공의 은혜가 태산보다 높은 줄은 알지만 저에게 이 일이 아주 급한 일이라……."

"그럼 그러게."

진현은 헌원당의 입에서 쉽게 허락의 대답이 나오자 순간 당황했다.

"정말… 그래도 되겠습니까?"

"어허… 이 사람, 속고만 살아왔나? 그렇게 하래두."

"예, 고맙습니다. 정말 고맙습니다. 제 일이 끝나면 화살처럼 달려와 은공의 은혜에 보답하겠습니다."

진현은 거듭 인사를 하며 고마워했다. 하지만 그가 고개를 숙이는 바람에 헌원당의 음흉한 표정을 보지 못했다.

'이놈아, 니가 가긴 어디 간단 말이냐. 그래, 어디 한번 찾아봐라, 여기 말고 있는가. 마침 저 녀석과 지내려면 준비할 것도 많았는데 잘됐지. 일주일이면 충분할 거야.'

"그럼, 자네의 말대로 자네가 찾겠다는 금강동을 찾아보고 결과가 어떻든 일주일이 지나면 여기로 꼭 와야 하네. 알겠나? 꼭 와야 해."

헌원당은 진현에게 일주일이라는 못을 박았다.

진현은 다시는 상종하지 말자고 결심에 결심을 한 헌원당이 있는 초

가를 나오며 앞으로 자신이 찾아야 할 금강동을 가르쳐 준 북궁 탑주
와의 대화를 떠올렸다.

"진현아."

"예."

"네 녀석 마음이 어떤지 알고 있다."

"예? 아… 예."

"그래, 억울하겠지. 하지만 어쩌겠냐? 소천성탑(小天成塔)도 본래의 취지
를 잃어가고 갈수록 썩어지는 것을……."

"아닙니다, 저는 그런 생각이 추호도…….

"아무 말 하지 마라. 니 마음 충분히 이해하고도 남는다. 그래, 처음부터
너는 남들과는 달랐다. 어디 하나 볼 것 없는 삼류문파에서 온 네가 누구보
다 빨리 포기해 탑을 나갈 것 같았던 체력으로 이제껏 버티며 이곳의 생활에
누구보다 열심히 노력해 적응을 하는 모습, 그리고 너나 할 것 없이 붙임성있
게 지내는 것. 그래, 생각해 보면 너는 다른 아이들과 다른 점이 많았지."

"그렇게… 생각… 해 주셔서 감사합니다."

"후후, 지금 내가 한 말이 빈말 같으냐? 휴우~ 일 년밖에 남지 않았는데
이런 일이 생기다니… 참으로 안타깝구나. 너라면 이 철공(鐵功)의 끝을 볼
지도 모른다고 여겼거늘…….

"그런 말씀 하지 마세요. 제가 뭐가 잘났다고… 그리고 저보다 더 잘하는
아이들이 많잖아요."

"그건 네가 잘 모르는 말이다. 한 가지만 따져 보자. 너를 제외한 21명의
아이들은 제각각 좋은 것이든 그렇지 않은 것이든 내가의 심법을 한두 가지
씩은 연마하고 있다. 그런데 넌? 이유는 잘 모르지만 주화입마라는 천형의

굴레를 짊어지고 있는 너 말이다. 내공 하나 없는 상태에서 이 철공을? 어림도 없는 소리지. 이 철공이 이루고 나니 별것 아닌 것 같아도 성인 남자도 제대로 하지 못하는 것이다. 오죽하면 내공을 오륙 년은 했다는 놈들도 스스로 떠나지 않더냐. 그런데 네가 해냈다는 말이다. 나는 날이 갈수록 남들과 겨우 동수(同手)를 이루던 네가 이제는 앞질러 가는 것이 너무도 신기하고 대견스러웠다. 그리고 또 한 가지를 알게 되었다. 무엇인 줄 아느냐? 바로 내가 찾던 놈이라는 것이었다. 그래, 내가 찾는 조건에 부합되는 아이."

"예? 제가 탑주님께서 찾는 조건에 부합된다고요?"

"후후… 그래, 믿기 힘들겠지. 우선 결론만 말하자면 너는 거의 모든 조건에 부합이 된다. 단 한 가지만 빼놓고. 진중하지 못하다는 것이지. 하지만 그것은 어떤 계기만 있다면 저절로 되는 것. 나는 상관하지 않았다. 지금 내가 무슨 말을 하는지 이해가 되지 않을 것이다. 지금부터 내가 하는 이야기를 잘 들어라."

"예."

"사실 내가 너희들에게 가르쳐 주고 있는 철공이라는 것은 네가 잘 아는 대로 천신갑(天身甲) 엄대웅(嚴大熊)님이 만드신 것이다. 하지만 여기에 한 가지 비밀이 있지. 바로 창안하신 것은 맞되 기존에 있던 것을 바탕으로 창안하신 것이라 이 말이다. 여기서 기존의 것이란 철포삼(鐵布衫)이니 육신갑(肉身甲)이니 하는 것들이 아니라 엄대웅님께서 계셨던 사문의 비전이라는 것이다."

"사문의 비전이요?"

"그래, 엄대웅님의 사문의 비전이지. 바로 금강공(金剛功)이라 불리는 것."

"금강공……."

"엄대웅님께서 그러시더구나. 내가 처음으로 이 탑에 입관하여 이 철공을 익힐 때 말이다. 철공은 금강을 가기 위한 초석이라고. 금강을 가는 길이 너무도 험난해 자신이 강호에 나와 익힐 재목을 찾는 것이라고… 그리고 내가 철공을 익히고 이곳의 탑주로 임명받을 때였다. 엄대웅님께서는 나에게 이런 말씀을 하시더구나. 너는 자격이 안 되니 자격이 맞는 아이를 찾으라고. 십 년이든 이십 년이든 찾으라고 말이다. 그래서 내가 말했지. 도대체 그 조건이 무엇이길래 저는 안 되고 다른 아이를 찾으라는 겁니까라고 말이지. 그러니 하시는 말씀이, 진정한 금강의 길을 가기 위해서는 다른 것에 의지하지 않고도 오직 자신의 힘으로 견디어내는 그런 존재여야 한다고. 그래야 진정한 금강의 길을 갈 수 있다고 말이다. 그 당시 나는 그 말이 무엇인 줄 몰랐다. 그런데 오늘에 와서야 알겠구나. 넌 아무 도움 없이도, 오직 너 하나의 힘으로 해낸 것이다. 그래, 너야말로 그 조건에 딱 맞은 아이다. 하지만 아깝구나. 일 년만 지나면… 일 년만 지나면 철공을 다 익히고 금강의 길로 갈 수 있을 텐데."

"예."

"하지만 할 수 없다. 아니, 오히려 잘됐다. 지금이라도 이 썩어 빠진 이곳을 떠나 그곳을 가도록 해라."

"어디를 말씀이십니까?"

"금강이 있는 곳… 금강을 이룰 수 있는 곳… 그곳이라면 너에게 금강의 길을 알려줄 것이다."

"그 금강이 있다는 아미산에 오긴 왔는데… 도대체 어딘 줄 알아야 지, 나참."

진현은 길을 걸으며 연신 투덜거렸다. 사실 지난 사 일 동안 잠시도 쉬지 않고 아미산 곳곳을 돌아다녔다. 그 유명하다는 천불정(天佛頂), 금정(金頂), 옥녀봉(玉女峰), 보장봉(寶掌峰), 사자암(獅子巖), 장수암(長壽巖), 사신암(舍身巖) 등등… 가보지 않은 곳이 없었다. 정확히 말하자면 가보지 않은 곳도 많긴 하였지만 아미산 하면 떠오를 만한 곳은 거의 다 가보았다. 하지만 금강의 금 자도 보지 못했다. 혹시나 싶어 금정(金頂)을 지날 때 멀리 보이는 아미파에 물어나 보러 가려고 했지만 자신을 음해(陰害)한 주설란과 추선혜의 얼굴이 떠올라 속에서 복받쳐 오르는 화를 간신히 참아야만 했다.

"젠장, 조금 있으면 약속한 일주일이 다 되어가는데… 빨리 찾아야 하는데……."

진현은 조급해하며 자신이 아는 곳을 다 찾아보기로 하였다. 다시 길을 떠나 구로동(九老洞)을 지나고 천지봉(天地峰)을 지나 일선천(一線天)으로 온 것은 약속한 일주일이 거의 다 되었을 때였다.

"음… 바로 여기서 내가 떨어졌지."

일선천(一線天)의 또 다른 말은 바로 백운협(白云峽)이었다. 진현은 자신이 떨어졌던 절벽에 서서 절벽 사이사이에 자라고 있는 소나무를 보았다. 풀 한 포기 자라지 않을 것처럼 보이는 절벽에 무슨 영양분이 있는지 소나무는 비록 가로이긴 하지만 잘 자라고 있었다.

"그래, 나도 저 소나무처럼 될 거야. 어떤 역경에서도 잘 자라는 저 소나무처럼 말이야."

평상시 진현이라면 그냥 보고 지나칠 소나무였지만 저 소나무에 비하면 자신이 너무도 하잘것없다고 여겨졌다. 그리고 다짐했다. 앞으로의 자신의 삶이 저 소나무와 같을 것이라고…….

"아! 이런, 약속한 일주일이 바로 오늘이잖아? 아~ 금강동을 찾지도 못했는데… 이 년이라는 세월을 헛되이 보내야만 하다니……. 하지만 약속은 지켜야지. 난 썩은 위선자들과는 다르다. 아무리 헛되이 시간을 보내더라도 생명의 약속은 지키고 만다. 그리고 그곳에서라도 내 나름대로의 수련을 하면 그만 아닌가."

진현은 그렇게 생각하며 발걸음을 다시는 상종하지 않을 것이라 여겼던 헌원당이 있는 초가가 있는 석순구(石筍溝)로 향했다.

제12장

체험, 삶의 현장

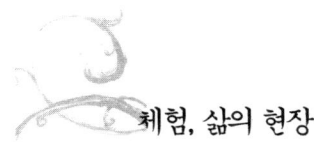 체험, 삶의 현장

딱. 쩍. 딱. 쩍.

한 번의 도끼질에 장작으로 쓸 나무는 어김없이 갈라졌다. 아주 매끄러운 표면이 믿기 힘들 정도로 정교했다.

"이만하면 결을 쓸 줄 안다고 말해도 되겠지?"

결이라니… 결이라 하면 틈을 말하는 것이 아닌가. 틈을 쓸 줄 안다니. 이것은 신탄자(神彈子) 하후단(夏候單)과 진현만이 알고 있는 이야기인데… 그렇다면… 그렇다. 지금 하염없이 장작만을 패고 있는 소년은 진현이었다. 한쪽 옆에는 쪼개어놓은 나무 장작을 수북이 쌓아놓고 진현은 이마에 흐르는 땀을 소매로 훔쳤다.

"아… 여기 온 지도 두 달이 다 되어가는구나."

진현이 헌원당과의 약속을 지키기 위해 이곳 석순구에 온 지도 두 달이 지났다. 진현이 있는 석순구는 이름답게 키가 십 장(十丈), 아니,

그보다 더 큰 석순(石筍)으로 이루어져 있었다. 그래서 주위에 헌원당이 기거하는 초가 주위를 제외하고는 나무가 하나도 없는지라 겨울을 대비하려면 이렇게 미리미리 장작을 준비해야만 했다.

"허어… 하라는 일은 안 하고 또 놀고 있구나. 이래서 잠시도 가만 두지 않으면 안 된다니까."

소리도 없이 다가온 헌원당은 진현의 뒤에 서서 진현을 향해 말했다.

"아이고, 깜짝이야. 제발 기척 좀 내고 다녀요!"

진현은 놀란 가슴을 쓸어 내리며 헌원당에게 빽 하고 소리쳤다.

"이놈이… 적반하장도 유분수지. 지가 잘못해 놓고 되려 누구보고 큰소리야!"

"제가 놀았나요? 이제껏 열심히 하다 잠시 땀 좀 닦는 건데."

진현은 입을 삐죽거리며 헌원당에게 억울하다는 듯 대답했다. 하지만 헌원당이 그런 것에 통할 사람인가… 어림도 없는 소리.

"그러니 내가 가르쳐 준 것을 쓰라고 하지 않았느냐. 이놈아, 너는 생각도 안 하고 있었지? 으이고, 배우면 뭐 하냐? 써먹을 줄 알아야지."

헌원당은 답답하다는 듯 가슴을 치며 자신이 왔던 길을 되돌아갔다.

"저 영감쟁이가 되지도 않는 것을 가르쳐 주고는… 뭐라고? 배우면 뭐 하냐고? 영감쟁이가 말이면 다인 줄 아나."

진현은 자신이 더 답답하다는 듯 가슴을 쳤다. 사실 진현도 헌원당이 말한 그것을 안 해본 것이 아니었다. 그러나 진전이 없는 것을 어찌할 텐가. 이거야 원, 뜬구름 잡는 것도 아니고…….

"뭐라고? 관심법(觀心法)? 그걸 익히면 고통이 없어진다고? 젠장, 죽는 줄 알았다. 그나마 하후 노사(夏候老師)가 가르쳐 준 '결' 자라도 있었으니 다행이지. 그렇지 않았다면 아마 근육통으로 두 팔이 마비되었든지, 아님 중노동으로 인해 허리가 끊어졌을 거야."

진현은 헌원당이 가르쳐 준 관심법에 대해서 생각했다.

헌원당의 말로는 이런 중노동 같은 일을 할 때 무조건 힘으로만 하면 자기만 손해라고 하였다. 요령을 피워서라도 힘을 덜 들여야 땀도 덜 흘린다는 것이었다. 그러면서 가르쳐 준 것이 관심법이었다. 이 관심법의 중요 요지는 관(觀)에 있었는데, 말 그대로 하면 지켜본다라는 뜻이었다. 그때 진현이 헌원당에게 갑자기 샘솟아 오르는 질문을 하였다가 어김없이 맞는 사태까지 벌어졌다. 뭘 지켜봐요? 하고 물었다가 말이다. 이에 헌원당은 따스한 손길과 함께 부연 설명을 해주었는데……

"이 녀석아, 지켜보기는 뭘 지켜봐? 네놈을 지켜봐야지."

"예? 저를요?"

"그래, 네가 너를 지켜보라는 것이다."

수수께끼와 같은 말을 하는 헌원당의 표정은 더없이 진지했다. 이에 질세라 진현도 심각한 표정을 지으며 물었다.

"어떻게 지켜보는데요?"

"어떡하긴, 이 녀석아. 저 나무를 봐라. 보이지?"

"예, 당연하죠. 제 시력이 얼만데……"

"그것처럼 보라는 거다. 네가 네 자신을 저 나무처럼 보라는 거야."

"그게 어떻게 돼요? 제가 어떻게 제 자신을 봐요. 눈이라도 뽑아서 저 나무에 걸어놓을까요?"

"아이고, 답답한 거, 내 말을 들어봐라. 만약 네가 죽었다고 생각해 봐."

"예. 그래서요?"

"그러면 네 영혼과 네 육체는 따로 분리되겠지?"

"그렇겠죠."

'난 이미 그걸 경험했는데…….'

진현은 헌원당의 말에 자신이 전생에서 죽음이라는 단어와 접했을 때 느낀 그 기분을 잠시 생각해 보았다.

"바로 그때 말이다, 네 영혼이 네 육체를 본다고 생각을 해봐라."

"음."

"어떠냐? 이제 이해가 가지? 그게 바로 네가 네 자신을 본다는 말이다."

"하지만 전 죽지 않았는데요?"

"아이고, 이 녀석아. 이제까지 뭘 들은 거야? 그건 만약이라는 가정으로 이해를 돕기 위한 예이고, 네가 그걸… 그래, 네 말대로 비록 아! 쉽! 게! 도 죽지는 않았지만 지금 현 상태에서 그렇게 해보라는 거다."

"그걸 어떻게 해요?"

"그러니 어렵다는 거지. 하지만 말이다, 만약 네가 그걸 이뤘다고 하자. 그러면 너에게 어떤 이익이 생기겠냐?"

"뭐… 그거야."

진현은 아무리 생각해도 영혼과 육체가 따로 논다는 것과 자신이 받을 수 있는 이익이라는 것은 전혀 연관됨이 없었다. 그런 진현의 내심을 짐작이라도 하는 것일까?

"야! 이놈아. 영혼과 몸이 따로 분리된다는 것이 아니고, 네 영혼조차도 바라봐야 하는 경지를 말하는 것이다."

"예?"

"휴우~ 다시 설명하마. 네가 마치 제삼자의 입장이 되어서 네놈을 보는 것이야. 네 정신, 네 육체, 네 영혼까지 두고 제이의 네놈이 제삼자의 입장이 되어 네놈을 보는 것이라 이 말이다."

스무고개하세요? 하고 물을 뻔한 진현은 간신히 입을 틀어막았다.

"다시 한 번 예로 들지. 네놈과 내가 장기를 둔다고 가정을 해보자. 그런데 다른 놈이 와서 지켜보고 있는 거야."

"그게 어쨌는데요?"

"이놈이… 참는다. 하여튼 너와 나는 서로의 장기 두는 데 정신이 빠져 있는데 지켜보고 있던 다른 놈이 훈수를 뒀지. 그 말에 미처 생각하지 못한 내가 이 장기를 이길 수 있었다. 이제는 상황이 바뀌어서 나와 아까 훈수 뒀던 놈이 장기를 두었지. 훈수를 두는 모양세가 아주 그럴듯했거든. 아마 장기의 고수라고 생각되었지. 그런데 막상 해보고 나니 영 아니올시다야. 이게 웬일일까? 다시 네놈과 내가 장기를 두는데 그놈이 다시 훈수를 뒀지. 아주 명수였어. 이게 무슨 이치일까? 막상 장기를 두면 아닌 놈이 옆에서 훈수를 둘 때는 마치 국수(國手)인 것 같고……."

"그거야, 원래 옆에서 보는 사람은 장기판을 더 잘 보는 법이잖아요."

"맞아, 바로 그거야. 아무리 사소한 승부라지만 장기를 두는 입장이 되면 자신도 모르게 신경이 쓰이고 흥분이 되기 마련이지. 그건 자연적인 현상이야. 하지만 방관자의 입장이 된다면 그때는 사정이 달라지지. 왜? 자신과 아무 상관이 없으니까. 맞는 말 아니냐? 자신과 상관이 없으니까 더 침착해지고, 더 정확히, 더 객관적으로 사물을 볼 수 있었던 거야."

"아하."

"아하 같은 소리 하고 있네. 나는 우리 사부가 이걸 사사하실 때 머리 두 대를 맞았다."

"왜요?"

"너무 빨리 이해해서 가르치는 재미가 없다나 뭐라나……."

"……."

"어쨌든 이제는 이해가 되지?"

"예, 되긴 하는데… 실천으로 옮기려니……."

"그래, 그건 나도 이해한다. 이게 보통 어려운 것이 아니지. 자신의 몸으로 하는 것인데 남의 것처럼 행동한다. 쉬운 일은 아니야. 하지만 이걸 네가 해낸다면 조금 전에도 말했지만 넌 세상에서 가장 침착한 눈을 가지게 되는 것이다. 그리고 부가적으로 네 몸에 일어나는 고통을 그저 방관자의 입장에서 볼 수 있다면 그 고통조차 무시할 수 있겠지."

"그럼 영감님은 그런 경지에……."

"아니, 나도 아직… 뭐라고? 영감님? 야, 내가 어딜 봐서 영감이냐? 엉, 죽을래?"

여기까지였다. 그 뒤로 진현이 맞는 부분도 기억 속에 생생했지만 애써 지우려 하는 진현이었다.

"아무리 생각해도 내 몸에 일어나는 고통을 다른 사람의 고통처럼 느낀다는 것은 영… 하지만 냉철하고도 침착한 마음을 가질 수 있다는 것은 인정할 만하군. 그러면 뭐 하나… 뜬구름과도 같은데……."

말은 그렇게 하고 있었지만 당장이라도 실행할 마음을 먹은 진현이었다.

"그런데 뭐라고 했지? 관심법이라면서 가르쳐 준 것이… 가만… 아, 그렇지!"

심재아 아즉아 아위공(心在我 我則我 我爲空). 색불이공 공불이색 색즉시공 공즉시색(色不異空 空不異色 色則是空 空則是色).

—내 안에 마음이 있고 내가 바로 나이며 빈 것에서 나를 만들어낸다. 형상은 무상(無相)과 다르지 않으며 무상은 형상과 다르지 않다. 형상이 곧 무상이며 무상이 곧 형상이다.

"젠장, 도대체 무슨 뜻이야?"

진현은 계속해서 투덜거리면서도 계속해서 그 구절에 대해 생각했다.

딱!

"아야, 왜 때려요?"

진현은 십 일이라는 시간을 허비하고 나서야 겨우 관심법에 대해 알 만해지는 상황에 이르렀는데 갑자기 헌원당이 나타나 자신의 머리를 때리자 화가 치밀어 나중에 일어날 사태를 짐작하지 못하고 대들고 말았다.

"왜 때려? 호~ 이제는 한 대 치겠구나. 그래, 어디 한번 쳐봐. 쳐봐."

헌원당이 얼굴을 갖다 밀자 진현은 그냥 아무 생각 없이 한 대 치고 싶다는 간절한 본능을 억누르며 간신히 말을 이었다.

"아닙니다. 어찌 제가 은인의 몸에 감히……."

"그렇지? 내가 은인이지? 난 또 네가 잊어버린 줄 알았지 뭐냐?"

이만하면 아마 화병으로 죽을지도 모른다. 진현은 갑자기 솟아오르는 혈압을 진정시키며 자신이 맞은 이유를 물었다.

"아, 맞다. 네놈이 엉뚱한 말을 하는 바람에 까먹었지 않느냐? 너는 진정 네가 맞은 이유를 모르겠느냐?"

알면 내가 묻겠수라고 말하고 싶은 마음이 굴뚝같았으나 좀 전과 같이 앞날을 예견하지 못하는 그런 미련한 사태를 방지하기 위하여 참도록 했다.

"너, 혹시 그런 말 아냐? 바른 자세에 바른 정신."

"바른 자세에 바른 정신?"

"그래, 이놈아. 그런데 너, 말이 짧다? 이번 한 번은 그냥 넘어간다만 다음에는 그냥… 알지? 난 원래 뭐든지 짧은 것은 싫어하거든."

"……."

"뭐든지 자세가 좋아야 그 속에서 효과를 볼 수 있는 거야. 아무리 시간을 보내고 하여도 똑바로 하지 않는다면 그건 헛수고에 지나지 않지."

"그럼 왜 처음부터 그 자세라는 것을 말씀해 주지 않으셨죠?"

"그거야 네놈이 하려는 마음가짐이 없었으니까."

하긴 맞는 말이다. 진현은 헌원당이 관심법에 대해 말했을 때 그 말에 전적으로 믿음을 품지 않은 것이 사실이었다. 하지만 이제라도 하려는 마음을 먹은 이상 헌원당이 말하는 올바른 자세가 필요했다.

"이제는 할 마음이 생기더냐?"

"예!"

"호오, 대답이 시원하구먼. 바로 그 자세야. 뭐든지 매사에 그런 자세로 임해야 하거든."

"예! 알겠습니다!"

"어허… 너무 넘치지는 말고. 그럼 내가 하는 자세를 따라 하겠나?"

"예!"

진현은 이왕 마음을 먹었기 때문에 헌원당이 말하는 것에 전적으로 믿음을 가지며 우렁찬 대답을 했다.

역시 믿을 사람이 따로 있었다. 헌원당을 믿은 것이 이렇게 후회가 될 줄이야.

진현은 자꾸만 터져 나오는 불만을 내뿜으며 비 오듯 하는 땀을 피해 눈을 깜박거렸다.

"이게 그 올바른 자세냐? 젠장, 올바른 것들이 씨가 말랐나 보군. 아이고, 힘들어."

진현은 바닥에 머리를 심은 채 계속해서 투덜거렸다. 바닥에 머리 심는 것이 뭐가 힘드냐고? 모르시는 말씀. 그냥 바닥에 머리를 박는다면 그건 아무나 할 수 있을 것이다. 하지만 반대로 해서 심는다면? 배를 하늘로 향한 채 두 손을 배에 얹으며 허리를 곧게 편 상태로 머리와 다리만으로 지탱한다는 것이 얼마나 힘든 건지 해본 사람만 알 것이다.

"뭐? 복근과 허리 힘이 단련된다고? 단련되기 전에 아작나겠다."

사실 헌원당이 가르쳐 준 대로 정확하게 실행을 한다면 그의 말처럼 단련이 될지도 모른다. 하지만 사람의 몸이라는 것이 어디 말하는 것처럼 쉽게 적용되겠는가? 조금만 힘들어도 꿈틀거리고, 땀이 흐르면 그것에 신경이 가는 것이 당연한 이치이다. 그러니 정확한 자세가 유지되겠는가? 어림도 없는 소리다. 하지만 헌원당은 그것을 시켰다. 진현은 했다. 다만 유지되는 시간이 문제였다. 일각도 유지하기 힘이 드니 말 다 했다. 그래도 이건 나았다.

"내가 가르쳐 주는 것은 모두 몸을 이용하는 것으로 크게는 팔[臂], 다리[脚], 허리[腰], 목[脰] 네 가지로 이루어져 있다. 작게는 어깨[肩], 겨드랑이[脅], 팔목[腕], 팔꿈치[肘], 손바닥[掌], 손가락[指]의 여섯 가지로 된 팔[臂]과 넓적다리[股], 대퇴부[胎], 장딴지[腓], 사타구니[胯], 오금[膕], 무릎[膝], 정강이[脛], 발 뒤축[踵], 발등[跗] 발가락[胲]으로 열 가지로 나누어진 다리[脚], 그리고 가슴[胸], 배[腹], 배꼽[臍], 명치[肓]로 나누어지는 네 가지의 허리[腰], 마지막으로 목 머리 위[項], 턱[頷], 목구멍[咽], 이빨[齒], 혀[舌], 입[口], 코[鼻], 눈[目], 눈동자[睛], 귀[耳], 이마[額], 정수리[頂], 머리[頁]로 나누어지는 열세 가지의 목[脰]이야. 총 서른세 가지이다. 이 서른세 가지 부분을 연마하려면 그에 맞는 자세를 잡아야 해. 꼭 그 자세가 그 부분만 단련하는 것은 아니지. 하지만 자신이 단련하고자 하는 부위를 하려고 한다면 그에 맞는 자세를 하는 것이 나아. 아… 관심법하고 이것이 무슨 상관이냐고? 물론 상관이 있지, 그것도 아주 깊은 관련이. 지금 말한 부분들이 거의 우리 몸이 쓰이는 부분들이지. 그 밖의 나머지는 이 부분들을 단련시키면 부가적으로 따라오게 되어 있어. 그러니 이 서른세 가지 부분만 단련시킨다면 온몸을 단련시키는 것과 같은 의미야. 그런데 여기서 한 가지 알아두어야 할 점이 이 수련법이 장난이 아니거든… 고통스럽지, 암. 하지만 이 고통들을 이겨냄으로써 너는 이 고통으로부터 해방되고 더 나아가 관조하는 입장이 될 수가 있는 거야, 암."

"개뿔이… 이제 시간이 되었으니 밥이나 먹자."

진현은 자신에게 그토록 엄청난 고통을 주던 자세를 풀며 온몸을 두드렸다.

"아이고, 삭신이야… 이 짓을 언제까지 해야 하는지 원."

진현은 말을 하면서도 재빨리 초가의 뒤편에 자리한 부엌으로 들어갔다. 처음의 약속처럼 이 년간은 아무리 피곤하고 힘들어도 밥 하고, 빨래 하고, 나무 하는 것을 멈출 수가 없었다.

"그런데… 이런 풀 쪼가리를 먹어서 힘이나 나겠어? 자기는 고기다 뭐다 잘 먹으면서 나는 꼭 이런 풀이나 이상한 물을 먹이고 말이야."

과연 그랬다. 헌원당이야 자신이 조금이라도 손해를 보면 잠을 못 자는 성격이기 때문에 하루 세 끼 빈틈없이 정상적인(일식오찬에 고기 포함해서) 식사를 하지만 진현은 그렇지 않아도 서러운데 밥까지 차별 대우를 받고 있었다. 양념도 되지 않은 보도 못한 풀덩어리와 한약과도 같은 무지 쓴맛을 내는 물이 그의 주식이었다. 헌원당의 말에 의하면 이것이야말로 힘든 단련을 하느라 굳은 근육과 몰린 혈액을 푸는 해혈(解血)에 그만이라는 음식이었지만 막상 먹으려고 하면 주름부터 잡혀지는 것이 인지상정이었다. 특히 그 쓴맛을 내는 물은 무엇으로 만들었는지 고약한 냄새까지 풍겨 장난이 아니었다. 거기다 아침에는 수련을 하지 않으니 꼭 솔잎을 먹으라 하고. 아마도 헌원당은 진현이 송충이인 줄 착각하는 모양이었다. 그래도 할 수 있나, 시키면 해야지. 칼을 잡고 있는 것은 진현이 아니라 헌원당이었다.

"아! 정말 이놈 아니었으면 지난 일 년은 아마 견디지 못했을 거야."

진현은 아랫배를 쓰다듬으며 흐뭇한 미소를 지었다.

일 년.

정말 지옥 같은 시간이었다. 지금은 적응이 되어 살 만하지만 몇 개월 전만 하더라도 진현은 하루에도 수십 번씩 지옥과 천당을 오갔다.

"이 녀석, 기특하기도 하지. 그래, 무럭무럭 자라거라. 알았지?"

진현은 도대체 누구에게 이런 말을 하는 걸까? 진현의 자세를 보아하니 아랫배를 쓰다듬는 것이 자신의 배를 보며 하는 말인 것 같았다.

진현은 지난 일 년 동안, 아니, 처음 그것을 접했을 때부터 하루도 빼놓지 않고 꾸준히 수련을 하였다. 하지만 금단태극선공(金丹太極仙功)이 자신과 뭐가 그리 맞지 않는지 별 효과를 보지 못했다. 그러던 것이 일 년 전 죽을 뻔한 고비를 넘기고 난 이후로 상황이 백팔십 도로 바뀌어졌다. 가히 파죽지세(破竹之勢)였다. 엄청난 진도를 보이며 수련 효과를 보이는 것이 이제까지 더디게 나간 진도가 거짓말 같았다.

이제는 정(精)을 기로 변화시켜 체내에 순환시키는 연정화기(練精化氣)의 단계를 지나서 기를 연(練)하여 양신(陽身)을 만드는 연기화신(練氣化神)의 단계까지 왔다. 비록 아직까지는 연기화신(練氣化神)의 진실된 목적인 양신을 이루지 못했지만 소약(小藥)의 단계를 지나 대약(大藥:내단)의 단계에 이르렀다. 아마 몇 년이 지나면 양신(陽身)을 이루고 그 양신을 단련하여 시간과 공간을 초월하며 육신과 양신을 동일한 상태로 만드는 연신환허(練神還虛)의 경지까지 갈지도 몰랐다.

진현이 여기까지 온 것에는 진현을 살리는 데 큰 몫을 하였던 공청석유의 힘이 컸다. 이게 무슨 말이냐 하면 공청석유와 그 일당들이 진현의 막힌 맥과 혈을 뚫으면서 전신에 쌓여 있던 노폐물과 불순물을 몸 밖으로 내뿜었기에 가능한 일이었던 것이다. 그리고 두 팔목에 차여진 오화지음쌍환(午火至陰雙環)은 천선자(天仙子)의 말대로 금단태극선공(金丹太極仙功)을 운용하는 데 막대한 도움을 주었다. 이전과는 다르게 균형있게 음양의 기운들이 샘솟아 진현의 대약(大藥)을 이루는 데 지대한 공헌을 하였다.

이런 선천지기가 내포된 내단을 가진 진현이다 보니, 이제는 몸이 피곤하여도 내단으로 온몸을 누비면 그 피곤하던 부위가 싹 가셨다. 마치 내공심법을 소주천(小周天)하고 난 뒤 느끼는 개운함과 같았다.

이러니 어찌 진현에게 있어서 보배와 같지 않겠는가.

"아차차… 물 길러 가야지."

진현은 쏜살같이 달려가 검은빛이 나는 물통을 두 개나 가져왔다. 햇빛에 살짝 비치는 것이 여간 예사롭지 않아 보였다.

"지금에 와서 하는 말이지만 이 짓도 정말 못할 짓이다. 정말 나 아니면 아무도 못했을 거야."

진현은 옆에 물통을 내려놓곤 품에서 뭔가를 꺼내더니 발목에 묶었다. 그러고 난 뒤 물통을 손에 들고서 일어나는 진현의 폼을 보아하니 조금 힘이 든 듯 미간을 찌푸렸다.

"윽, 이것도 적응이 될 만도 한데… 영……."

진현은 떼기 힘든 두 발을 옮기며 천천히 흑룡담이 있는 방향으로 발을 놀렸다. 진현이 품에서 꺼낸 것은 흔히 체력을 보강하기 위해서 팔목과 발목에 차고 하는 환(環)이 아니었다. 그저 천으로 된 보자기들이었는데 그 안에는 무엇인가가 들어 있는지 볼록했다.

"양 발에 100근(斤), 물통 한 개에 150근(斤) 도합 500근이네. 진짜 전생에서 이 정도였으면 역도 부문 신동이 났다고 경사가 났을 거야, 아마."

진현은 일 년이라는 시간이 지나도 아직 이것만은 힘겨운지 천천히 발을 놀렸다. 석순구에서 흑룡담까지는 꽤 거리가 되기 때문에 어서

가지 않으면 날이 지고 나서야 초가에 돌아오게 될지도 모르기에 진현
은 잠시도 쉬지 않았다.

"저 녀석… 그래, 잘 견디고 있구나. 조금만 있으면 본공(本功)을 시
작해도 괜찮겠는걸? 삼대입문지공(三大入門之功)도 어느 정도 끝이 보
이는구나."

헌원당은 진현이 물통을 지고 흑룡담으로 가는 것을 흐뭇한 미소로
쳐다보았다.

금강문 입문 삼대연신지공(金剛門 入門 三大練身之功).

연신일공(練身一功) 금강연신로(金剛練身路).

온몸을 단련시키는 수련으로 총 서른세 가지 부분을 단련시키는 공
법(功法)이다. 가장 육체적인 수련 방법으로, 말이 기본이지 그 고통은
상상을 초월했다. 만약 진현이 철공을 익히지 않고 이 수련에 돌입했
다면 아마 견디지 못했을 것이다. 그리고 진현의 대약이 큰 도움이 되
지 않았다면 헌원당이 준비하였던 약수(藥水)와 해혈초(解血草)들이 있
다 하여도 진현의 몸으로는 무리가 있었을 것이다.

연신이공(練身二功) 표웅력(標熊力).

말 그대로 밑바닥에 있는 곰 같은 힘을 끌어올리는 것이다. 여기서
말하는 곰 같은 힘이란 무엇일까? 사람이란 개체는 자신이 활동할 때
쓸 수 있는 힘에 한계가 있기 마련이다. 선천적으로 물려받은 육체의
힘은 그리 크지 않다. 그래서 수련함으로써 그 한계를 돌파하고자 노
력한다. 그것은 무림인도 마찬가지다. 그러나 무림인과 일반인 사이에
는 다른 점이 있었으니, 그것이 바로 내가의 힘을 이용한다는 것이다.
자연의 기를 받아들여 그것을 자신의 힘으로 소화한 다음 펼쳐지는 소

위 내공이라고 말하는 힘은 수련 정도에 따라 파천(破天)의 힘까지 낼 수 있는 것이었다. 가히 신공의 힘이라 할 수 있었다. 하지만 여기도 한 가지 맹점이 있었으니, 만약 어떤 계기로 인해 그 힘을 잃어버린다면 항상 내공의 힘에 의지하고 있던 그 당사자는 일반인보다 허약한 신체를 가질지도 모른다. 그 일례로 진현의 경우가 그러했다. 자연적으로 반응하던 힘이 없다면 그 힘을 대신해 줄 것이 없기에 기댈 것이 없어진 그는 평소 자신의 힘만으로 생활하던 다른 이보다 약해지는 것이 당연하다 할 수 있었다. 그래서 이것까지 생각을 하고 있었던 금강문에서 내공이 없는 상황 하에서도 자신의 힘의 한계를 능가하는 힘을 내기 위해 찾은 돌파구가 바로 선천지력(先天之力)이었다. 우리의 몸 제일 밑바닥에 감추어져 있는 미증유의 힘, 진력(眞力)을 끌어올려 사용할 수 있도록 수련하는 것이 바로 표웅력(標熊力)이었다. 하지만 이것에도 맹점이 있는데 그것은 항시 사용할 수 있는 것이 아니라는 점이다. 사람의 진력이란 생명과도 깊은 관련이 있는 것이기에 함부로 사용할 수 없었다. 그래서 금강문에서는 선천지력을 사용할 수 있는 허용 단계를 두어 수련을 하였다. 총 3단계로 나누어지는 표웅력은 단계에 따라 그 힘이 천차만별이었다.

연신삼공(練神三功) 전사(纏絲).

언제나 내공의 소실이라는 가정까지 생각하던 금강문에서 내공의 힘을 빌리지 않고 사람의 힘으로써 극한의 힘을 내기 위해서 선택한 것이 바로 전사(纏絲)였다. 보통 주먹을 지르는 것만 하더라도 그냥 지르는 것보다는 팔을 몇 번 휘둘러서 지르는 것이 위력이 큰 것은 당연했다. 바로 그것을 이용한 것이었다. 하지만 몸의 동작이 크면 그만큼 위험 부담이 크기 때문에 회전의 동작 범위를 최대한 줄이면서 그 효과는 극대화한 것이 바로 전사였다. 회전하는 명주실의 물레처럼 크지 않은 범위 내에서 끊임없이 회전하며 극대의 효과를 보이게 함으로써 금강문만의 이상적인 힘을 만들어낸 것이다. 진현은 전사의 힘을 최대한 자신의 것으로 만들기 위해서 일상생활에도 전사를 도입하여 항시 사용하는 것이었다.

"아~ 어느새 여기까지 왔단 말인가? 그래, 조금만 있으면 본 문의 숙원도 풀리겠지. 그날이… 그날이……."

헌원당은 하늘을 우러러보며 탄식했다. 언뜻 스치는 그의 눈동자는 평소 진현을 괴롭히며 밝게 빛나던 눈동자가 아니었다. 붉게 물든 그의 눈동자는 진한 아픔이 서려 있었다. 전혀 볼 수 없을 것 같은 진지한 모습의 그의 뒷모습은 아무런 힘이 없는 듯했다.

"진현아… 진현아… 금왕(金旺)의 힘을… 부디……."

"아이고… 이거 갈수록 힘이 드네."

진현은 흑룡담에서 퍼 온 물통을 지고 다시 석순구로 돌아가는 중이었다. 그냥 걷는 것도 힘이 드는데, 거기다 전사의 요령까지 보태니 죽을 맛이었다. 하지만 헌원당이 모든 것을 지켜본다고 마치 전생에서 유행하던(?) 스토커처럼 따라다니니 잠시도 쉴 수가 없었다. 어디서 귀신같이 나타나 딱 하고 머리와 막대기를 상봉시킬지 모르는 일이었기 때문이다.

"아이고, 내 팔자야. 금강을 찾아온 아미산에서 이런 생고생만 하다니… 그래도 갈수록 몸은 좋아지고 있으니 참는다, 참어."

진현의 말이 맞았다. 날이 갈수록 육체적인 힘은 커져만 갔다. 그렇지 않아도 철공을 익힘으로써 성인보다도 발육 상태가 좋았던 진현은 엄청나게 몸이 커졌다. 균형이 잘 잡힌 것이 키만 조금 더 크다면 거인이라고 여길 만했다. 그런 육체적인 발육과 함께 유연성과 영민함까지 더해져 들짐승보다도 날째졌다.

"벌써 날이 어두워졌네. 아이고, 빨리 가야겠는걸."

진현은 아미산의 산세가 수려한 만큼 길이 험하다는 걸 알고 있었다. 아무리 밤눈이 좋아졌다고 해도 위험하기는 매한가지였다. 그런 생각에 걸음을 빨리하자 조금 무리한 것이 있긴 있는지 지고 있는 물통이 천근만근 무거웠다. 하지만 위험한 산길을 걷는 것보다는 낫다고 생각했기에 묵묵히 참고 그대로 유지했다.

휘이잉—

"이런, 왜 이렇게 바람이 불지?"

평소에도 중원의 서북쪽에 있는 사천성에 위치한 아미산이라 바람이 곧잘 불긴 하지만 주위에 병풍처럼 펼쳐진 백운협과 연심령(年心岭) 식심소(息心所)로 둘러싸여 있기 때문에 그리 바람이 세지는 않았다. 그런 이 길이 오늘따라 바람이 세게 부는 것이었다.

"이상하네. 바람이 잘 부는 곳이 아닌데… 아무래도 심상치가 않은걸."

진현이 아무래도 이상한지 뒤를 돌아보다 다시 고개를 돌려 길을 걷자 뒤쪽의 나무 사이에서 빛나는 안광 한 쌍이 나타났다.

사박. 사박.

들리는 것은 진현의 힘겨운 발에 채이는 풀잎과 나뭇잎들의 비명 소리였다. 가끔씩 세찬 바람 소리도 들리긴 했지만 주위의 풀잎과 나뭇잎들의 비명 소리가 을씨년스러웠다.

"진짜 이상하네. 어째 벌레 소리도 없는 거지?"

과연 그러했다. 아무리 진현이 지나가고 있다고 하지만 진현이 지나간 후 다시 벌레들의 울음소리가 들려와야 하는데 그러하지 않았다. 즉, 이 말은 주위에 진현 말고도 다른 무언가가 있다는 소리였다. 비록 사냥꾼은 아니지만 산속에서 적지 않은 생활을 한 진현이 그걸 모를 리 없었다.

"음, 역시 이상하다 했어. 그래, 언제까지 그리하는지 두고 보자."

진현은 자신의 짐작에 확신을 걸었다. 그리고 비록 아직 성과가 미비하다지만 관심법의 구결을 운용하며 침착함을 되찾았다.

"누구지? 혹시… 그때처럼……."

진현은 어느 한때 기억을 떠올렸다. 결과적으로는 자신에게 금단태극선공(金丹太極仙功)과 오화지음쌍환(午火之陰雙環)이라는 선물을 안겨준 그 시절의 기억. 처음으로 이곳에 와서 공포란 것을 느끼게 해주었던 그 녀석… 바로 형산(衡山) 소천성탑(小天成塔) 시절 남궁유와 함께 오른 등정길에 조우(遭遇)한 호랑이와의 만남이었다.

"그래, 당황하지 말고 기회를 엿보자. 침착하자, 진현아. 넌 예전의 진현이 아니다."

아무래도 예전의 기억과 호랑이 하면 무서운 것이라는 전생에서의 고정관념 때문에 몸이 굳어져만 가는 것을 달래고 있는 진현이었다. 진현은 그렇게 자신에게 최면을 걸며 발걸음을 멈추지 않았다. 그러면서 주위 공기의 유동을 느끼려 하였다.

심재아 아즉아 아위공(心在我 我則我 我爲空). 즉, 내 안에 마음이 있고 내가 바로 나이며 빈 것에서 나를 만들어낸다라는 구결처럼 자신을 주위의 자연과 동화시키며 조금씩 자신을 죄어오는 낯선 기운을 느끼려 하였다. 아직 미비하다고 하지만 수련이 헛되지 않았는지 진현의 관심법은 어느새 어둠 속 조화된 공간 속에서 흐릿한 사물을 그려 나 갔다. 주위의 나무나 풀과 모든 것들은 사라지고 오직 진현과 그 물체 만이 남았다. 진현의 머리 속 공간에서 나타난 그 물체는 서서히 진현 에게 다가오는 듯했다.

'그래, 조금씩… 조금씩 오너라. 그래, 느껴진다.'

진현은 이 긴박한 상황보다 자신이 느끼고 있는 그 물체에 대한 확 신으로 너무나도 기뻤다. 진현은 이제껏 마음 한구석 미심쩍었던 부분 을 오늘 일로 해서 모두 날려 버렸다.

'앗! 움직였다.'

그랬다. 낯선 기운을 퍼뜨리던 그 물체는 진현이 격동하고 있다는 것을 알고나 있는지 조금씩 움직여 나갔다.

'그래, 어디 한번 해보자.'

휘익―

'지금이다!'

"타앗!"

진현은 기합을 지르며 자신의 뒤에서 달려드는 물체를 향해 돌아서 며 힘차게 주먹을 내질렀다.

팟.

사람인 것 같았다. 어둠 속이라 자세히 구별하지 못했지만 들짐승이 아니라 사람의 모습을 하고 있었다. 진현은 그 점을 의아하게 생각했 지만 나간 주먹을 거두지는 않았다. 조금도 방심할 수 없었기 때문이 다.

진현의 주먹에서는 가벼운 경기(勁氣)가 일어나며 상대방의 면전으로 나아갔다. 가벼운 주먹 지름이었지만 전사의 힘이 실려 있었기 때문이다. 직선의 형태였지만 그 사이에 회전의 흐름이 흐르자 팔 주위로 공기의 유동이 생겼다. 그 흐름이 진현으로 하여금 손을 쓰게 만든 상대방의 옷깃을 찢어놓았다.

"합!"

진현은 두 번째의 권(拳)을 질렀다. 아직까진 기본 주먹 지름과 각법을 익힌 진현이었기에 정교한 각법과 권법을 기대하기는 힘이 들었다. 아마도 첫 번째 권에 진현이 반격하지 못하리라 생각한 상대방의 방심이었던 것 같았다. 그러니 진현의 두 번째 권이 나가기가 무섭게 권로(拳路)가 막혀 흐름이 이어지지 않는 결과가 나오지 않았겠는가.

'이런.'

이상했다.

상대방은 무섭게 암습을 하는 것처럼 보이는 듯했지만 살초(殺招)를 쓰지 않았다. 그저 가볍게 진현의 몸에 충격을 줄 뿐이었다. 하지만 그것이 진현으로 하여금 더 얄밉게 느껴지도록 했다. 자신을 살살 가지고 노는 듯한 그의 행동에 처음에는 놀람이, 그리고 황당함이, 급기야 분노를 일으키게 만들었다.

표웅력(標熊力).
—신체의 가장 밑바닥에 자리한 곰같이 거대한 선천지력(先天之力).

진현은 분노한 나머지 자신이 알고 있는 기술 중에서 그나마 공격적인 표웅력을 사용했다. 과연 그의 몸에서는 그동안 축적되었던 힘들이 한꺼번에 봇물 터지듯이 터져 나오더니 진현의 몸 곳곳에 충만한 힘을 가져다 주었다. 진현은 자신이 채워주는 충만한 힘을 느끼면서 주먹을 꽉 쥐었다.

'그래, 이 기분이야.'

진현은 꽉 쥔 주먹을 자신을 가지고 노는 상대방에게 화살처럼 쏘아 보냈다. 힘뿐만 아니라 속도까지 빨라진 진현의 주먹은 온통 검은색으로 이루어진 괴인(怪人)에게 놀라움을 일게 하기 충분했다.

'이런, 이 녀석이 표응력까지…….'

이번에는 장난처럼 넘기기가 어려웠는지 괴인은 진현의 팔을 아래에서 위로 튕기며 곧바로 팔꿈치로 진현의 가슴을 가격했다.

"으악!"

괴인에 팔꿈치에 일격을 당한 진현은 거대한 고통을 느끼며 옆에 있는 나무를 향해 나가떨어졌다.

'이 녀석, 이번에는 정말 위험했다.'

괴인은 어느새 정신을 잃어버린 진현을 어깨에 짊어지고 걸음을 옮겼다. 그런데 가는 방향이 진현이 가고자 했던 석순구로 가는 방향과 동일했다.

딱!

"이놈이 아직도 자는 척하네. 야, 이 녀석아. 들켰으니 일어나."

"히잉~ 어떻게 아셨어요? 간만에 잠 좀 자는가 싶었는데……."

진현은 통증을 호소하는 머리를 쓰다듬으며 서서히 몸을 일으켜 자신을 쳐다보고 있는 헌원당을 보았다.

"그거야 척 하면 삼천리지."

"날 이렇게 만든 사람이 누군데……."

이미 진현은 어제 자신을 암습한 괴인이 헌원당임을 알아챈 후였다. 괴인의 마지막 일격의 팔꿈치에서 전사의 힘을 느꼈기 때문이다. 그 일격으로 진현의 가슴에는 검게 물든 멍이 자리하고 있었다.

"그거야 네가 몸이 느리니 그러한 것이 아니냐?"

"제 몸이 느리다고요? 정말로 느린 사람을 못 보셨군요?"

말로는 부정을 하고 있었지만 진현은 어제의 대련 아닌 대련에서 자신의 몸이 얼마나 느린지, 그리고 초식에 대하여 얼마나 무지한지 인정하고 있었다.

"그럼 말만 그렇게 하지 마시고 방법을 가르쳐 주세요."

"흐흐흐… 그래, 말 한번 잘했다. 방법을 가르쳐 주지. 주고말고."

헌원당의 기분 나쁜 웃음에 진현은 왠지 모를 불안감을 느꼈지만 이대로의 자신은 힘만 셀 뿐 그 이상도, 그 이하도 아니라 여겼다.

"그나저나 말이야. 너, 몸이 무겁지 않냐?"

뜬금없이 이게 무슨 말인가? 진현은 그렇게 생각하며 헌원당의 말에 토를 달지 않고 이어 나올 이야기를 기다렸다.

"맞잖아. 몸이 무거우니 당연히 느릴 수밖에. 그렇지 않냐?"

맞는 말이긴 했다. 하지만 몸이 무거워진 것은 오직 힘만을 수련한 당연한 결과이기에 지금 헌원당이 무슨 말을 하는지 이해하지 못한 진현이었다.

"그래서 말인데… 너, 살 좀 빼야겠다."

"악!"

"녀석, 엄살은… 조그만 참어. 다 되어가."

곽.

"악!"

"어허, 비명을 지르면 몸 안의 진기가 새어 나간다니까."

꽉.

진현은 끊임없이 비명을 지르며 고통을 호소하고 있었다. 그때였다. 어둠 속에서 진현을 고통 속으로 내모는 듯한 무언가가 날아와서 진현의 어깨를 쳤다.

꽉.

"윽!"

진현은 입술을 깨물며 참고 또 참았다.

'그래, 해내고 만다. 어디 한번 해보자. 윽!'

진현의 어깨를 친 그것이 이번에는 허리를 쳤다. 하지만 진현은 계속해서 입술만 깨문 채 터져 나오는 신음을 참을 뿐 결코 신형을 흐트리지 않았다.

"이제 그만 하자."

털썩.

헌원당의 그만 하자는 소리가 무섭게 진현은 바닥에 쓰러졌다. 그리고 가쁜 숨을 내쉬며 얼굴에 있는 근육이란 근육을 모두 움직이며 자신의 고통을 표현했다. 하지만 결코 헌원당의 도움을 바라지 않았다. 반 시진을 그렇게 꼼짝없이 누워 있던 진현은 조금씩 꿈틀거리는 팔과 다리를 이용해 신형을 일으켰다. 그리고 비틀거리며 동굴 안을 나갔다.

"진현아, 이제 시작이다. 조금만 참거라."

헌원당은 비틀거리며 나가는 진현의 신형을 보며 나직하게 중얼거렸다. 진현을 괴롭히는 것 같아 너무나 마음이 아파왔지만 그의 마음과는 다르게 어쩔 수가 없었다. 그의 개인적인 사정을 봐주기에는 사문의 숙원이 너무나도 컸기 때문이다.

"이 녀석아, 관심법은 어디다 팔아먹었냐?"

헌원당은 자신이 내려치는 나무 막대기에 고통을 참지 못하는 진현이 안타까웠지만 그저 옆에서 소리를 지르는 수밖에 없었다. 어떻게 보면 자신이 내려치는 막대기에 진현이 아파하고, 그것에 헌원당의 마음이 아파온다는 것이 어불성설 같은 상황이었지만 헌원당은 내려치는 막대기에 힘을 줄이지 않았다. 아무리 내려쳐도 부러지지 않는 철심목(鐵心木)으로 만들어진 봉(棒)이라 부러질 염려조차 하지 않고 사정없이 내려쳤다.

"공기의 병화를 살펴. 그래야 미리 짐작하고 피하든지 하지."

원래 이 수련법은 다섯 명의 사람이 한꺼번에 달려들어 피시전자의 중요 사혈(死穴)과 대혈(大穴)에 내려치는 것이어야만 했다. 그러나 시전자가 헌원당 하나뿐이라 어쩔 수 없이 진현의 눈에 붕대를 가리고 어둠 속에서 헌원당의 봉로(棒路)를 가리는 것으로 대처를 했다.

그러나 진현으로서는 이것이 더욱 고역이었다. 눈이라도 가리지 않았다면 달려오는 봉로라도 파악을 할 수 있을 테지만 아직 오감(五感)을 초월하지 않은 진현이었기에 눈을 가리고 다가오는 봉에 대처한다는 것은 무리였던 것이다. 헌원당의 말처럼 물리적인 타격을 몸으로 받아들이며 혈을 옮기고[移還], 물리적인 힘을 받아들이며 그 힘을 자신의 내구적인 힘과 조화를 시키고[柔化], 조화를 시킨 힘으로 자신에게 물리적인 타격을 준 그 힘을 다시 돌려준다는[彈쏘] 것은 말처럼 쉽지 않았다. 이 세 가지 구결이야말로 금강문의 모든 것이라고도 할 수가 있으니 어찌 단시간 안에 진현이 얻을 수 있겠는가. 말도 안 되는 소리였다.

"이 녀석아, 고통을 느끼기 전에 먼저 그 힘을 받아들여……."

헌원당도 충분히 공감하고 있었지만 진현의 고통 어린 얼굴을 보자 마음이 저려왔다. 아직 나이가 열다섯밖에 되지 않은 소년에게 너무도 못할 짓을 하는 것 같았다. 그걸 알기에 더욱더 소리 높여 진현을 채찍질했다. 어서 빨리 이 고통에서 벗어나라고…….

'크윽… 이환(移還)… 결(訣)…….'

진현은 계속해서 마음속으로 부르짖었지만 몸이 따라주지 않았다.

첫째, 타격점이 어디로 올지 모르기 때문에 막는다는 것은 무리였고, 두 번째, 설사 안다고 해도 철심목에서 전해오는 강력한 힘이 진현의 몸에 있는 혈도를 옮기기도 전에 강타했으며, 세 번째, 진현의 내부에서 맞서 나오는 기운과 융합되기도 전에 진현의 온몸으로 퍼져 갔다.

'하고 만다. 억울해서라도 하고 만다. 꼭…….'

진현은 이미 멈추어 버린 철심목의 고통 속에서 정신을 잃어가며 다짐하고 또 했다.

팍.

팅.

오늘도 예외없이 날아드는 철심목이 진현의 등에 닿았다가 바로 팅겨져 나갔다. 철심목에서 심한 떨림이 있는 것을 보아 아마도 탄력이 대단했나 보다.

'그래. 이거다! 그래, 이거야!'

진현은 드디어 해냈다는 생각에 몸을 부르르 떨며 가슴 벅찬 감동을 받았다. 이걸 이루기 위해서 지난 십 개월 동안 얼마나 고통에 몸부림 쳤으며 밤마다 저려오는 전신의 근골(筋骨)에 몸서리쳤던가. 이제 그 고통의 결실을 맺었다. 드디어 그 고통으로부터 해방되었다는 말과 일맥상통했다. 진현은 눈물까지 날 지경이었다.

팍.

"윽!"

자고로 방심한 놈은 어떻게 하든 죽는다고 했던가. 기쁨에 몸서리치던 진현은 다시 한 번 다가오는 철심목을 짐작하지 못하고 그만 어깨에 맞아버렸다.

하지만 다음번의 철심목은 상황이 달랐다. 비록 눈에 보이지 않았지만 그의 감각으로 등 뒤에서 다가오는 철심목의 파장(波長)을 느꼈다. 그러나 피하지 않았다. 당당히 몸으로 막았다. 진현은 자신의 왼쪽 목과 어깨 사이로 철심목이 닿는 것을 느꼈다.

이환결(移還訣).
─혈(穴)과 경맥(經脈)을 다른 곳으로 옮겨 화를 피하고 다시 복구하다.

그리고 바로 그곳의 견정혈(肩井穴)을 살짝 옮겼다. 뼈와 근육 사이로 혈도를 옮기는 것은 불가능했지만 근육을 움직여 잠시 옆으로 밀려나게 하는 것은 가능하였다. 조금만 타격을 주어도 팔 전체를 마비시키는 견정혈이기 때문에 진현은 아주 짧은 시간이었지만 조심스레 다루었다.

유화결(柔化訣).

─힘과 힘을 부드럽게 좇아 서로를 따른다.

그리고 자신의 근육으로 퍼지는 철심목의 파장을 자신의 내구적인 힘과 조화를 시켰다. 그리고 그 상반된 힘을 하나로 만들었다. 비록 자신의 힘으로 승화를 시키지는 못했지만 일수유(一須臾)의 시간 동안 진현의 몸속에 담아냈다.

탄공결(彈空訣).

─허공의 공간에 내리치듯 자신의 힘을 되돌려 받게 하다.

진현은 담아낸 두 상반된 힘을 아직까지 자신의 목과 어깨 사이에 머물러 있는 철심목에 담아주었다. 그리고 철심목은 헌원당이 힘을 거두어 회수하기 전에 스스로의 힘으로 튕겨 나가 버렸다.

이 모든 것은 설명하자니 긴 시간이었지만 눈 깜짝할 사이에 일어나고 벌어졌다.

"영감님."

"이 녀석이 죽으려고……."

"영감님, 저 해냈어요."

헌원당은 진현을 그렇게도 괴롭히던 철심목을 아래로 늘어뜨리며 진현의 말에 공감하였다. 그 역시 진현과 마찬가지로 기쁨을 참지 못했다. 하지만 그것은 마음속의 일일 뿐 겉으로 표현하지 않았다. 오히려 반대의 표정과 말을 하였다.

"그게 무슨 자랑이냐? 나는 시작한 지 두 번 만에 했다니까."

'에구, 저 거짓말……'

하지만 언제까지고 헌원당의 종이 되어야만 할 것 같았던 진현은 예, 예, 맞습니다라고 하는 수밖에 없었다.

'잘했다, 이놈아. 그래, 장하다.'

"저 이제 이거 안 해도 되죠?"

헌원당은 진현의 물음에 고개를 저었다.

"아니."

"왜요?"

"아직 멀었어."

진현의 헌원당의 말에 펄쩍 뛰며 반발했다.

"그게 무슨 소리예요? 철심목을 튕겨내면 끝이 난다고 했잖아요!"

"어허, 너 지금 반항하는 거니? 이제는 돈이 생겼나 보구나."

"……"

"이 녀석아, 진정으로 그것을 해냈다는 소리를 들으려면 철심목을 튕겨내는 정도가 아니라 튕겨 파(破)할 정도가 되어야 해."

"엑?"

"기껏 그거 좀 튕겨냈다고 기고만장하기는… 쯧쯧, 이놈도 싹수가 노랗구나. 어이고, 가서 밥이나 해라."

진현은 헌원당의 말에 고개를 푹 숙이며 터벅터벅 걸어갔다. 좀 전만 해도 하늘을 다 가진 것처럼 기뻤는데 역시 사람 일이란 한 치 앞을 모르는 것이었다.

"이 녀석… 장하다, 장해."

진현이 동굴을 빠져나가고 나서야 헌원당은 떨리는 목소리로 말할 수 있었다. 그런데 그의 눈에서 반짝거린 것은 햇빛에 반사된 안광(眼光)이었을까? 하지만 이 동굴 속에는 빛이 들어오지 않는데… 그럼 혹시 눈에서 눈물이…….

"진현아, 여기 앉거라."

'이 영감이 이번에는 또 무슨 짓을 하려고 이렇게 나오는 거지?'

헌원당의 진지한 모습에 진현은 어리둥절하면서도 그의 말대로 자리에 앉았다. 한동안 아무 말도 하지 않는 헌원당을 바라보며 진현은 그가 도대체 무슨 말을 하려고 이렇게 무게를 잡나 하고 불안해했다.

"…음."

"도대체 무슨 소리를 하려고 이래요?"

딱!

진현이 소리를 지르자마자 기다렸다는 듯이 날아가 진현의 머리 위로 떨어지는 철심목은 미리 예상하고 있었다는 듯한 진현의 반격에 튕겨 나갔다.

"…음."

자신의 일격이 실패로 돌아가자 헌원당은 미간을 찌푸리며 인상을 구겼으나 마음 한편에는 진현을 대견스러워하는 마음이 가득했다.

"이제 아주 능숙하구나."

"호오~"

당연히 다시 한 번 길길이 날뛸 것이라 생각했던 헌원당이 예상 밖의 말을 하자 진현은 턱을 쓰다듬으며 헌원당을 향해 마음속으로 한 가지 질문을 했다.

'이 영감이 죽을 때가 됐나? 아님 아침에 먹은 것 중에 못 먹을 것이

라도…….'

"진현아."

"예."

"진현아."

"예."

"진현아."

"아! 그래, 제가 진현이에요. 왜요?"

자꾸만 시간을 끄는 헌원당의 모습에 진현은 그만 참지 못하고 빽하고 소리를 질러 버렸다. 하지만 정말로 죽을 모양인지 진현의 반항 어린 행동을 묵묵히 참으며 헌원당은 진현에게 말을 했다.

"네가 이곳 그러니 아미산에 온 목적이 금강동을 찾기 위해서라고 했지?"

"예… 그래요."

'지금은 영감에게 붙잡혀서 이렇게 개고생하고 있지만요.'

여전히 겉과 속이 불일치되는 진현이었다.

"그래, 너의 마음 잘 알고 있다. 억울하겠지. 무슨 사정인지는 모르지만 어서 빨리 금강동을 찾아야 할 너인데 이렇게 고생만 하고 있으니……."

"자, 잠깐만요."

진현은 급하게 방문을 나서 초가의 뒤쪽에 있는 부엌으로 들어갔다. 그리고 거기서 무엇을 하나 들고 다시 방으로 들어왔다.

"헥… 헥… 아이고, 여기요."

진현은 헌원당을 향해 손을 내밀었다.

"이게 뭐냐?"

진현의 손에는 진현이 매일같이 먹던 약수(藥水)가 담긴 그릇이 놓여 있었다.

"이게요, 제가 다년간 경험한 바에 의하면 굳혀진 근골만 풀어주는 것이 아니라 해이해졌거나, 아님 혼몽(混夢)한 정신을 되돌리는 데에는 그만이거든요."

다년간… 맞다, 일 년이 넘었으니 다년간은 다년간이지.

"우워워… 이놈이……!!"

자신을 정신 나간 놈을 치부하는 진현의 행동 앞에 헌원당은 그만 폭주해 버리고 마는, 이미 예상됐던 사태가 벌어지고 말았다.

"이 녀석이… 기껏 걱정해 주니까 나를 미친놈 취급을 해? 이 녀석, 어디 오늘 한번 죽어봐라."

이환(移還), 유화(柔化), 탄공(彈空).

아무 소용 없었다.

그렇게도 민감하면서도 진현에게 닥쳐올 위험을 미리 알려주었던 진현의 관심법도 소용이 없었다.

그저 맞았다.

비록 복날의 개는 아닐지라도 진현은 개와 흡사한 모양으로 구부러지며 죽도록 맞았다. 그의 앞에는 얼마나 때렸으면 숨이 찬 붉은 눈으로 진현을 노려보는 헌원당이 있었다.

"헥… 헥… 이런 녀석에게는 아무 말도 소용없어. 그냥 몸으로 때워야 해."

제13장

금강학개론

금강학개론

"그러니까 처음부터 알고 하셨단 말이죠?"

진현은 그동안 속았다는 배신감에 몸서리치며 헌원당을 잡아먹을 듯 쳐다보았다. 이에 헌원당은 마치 아무 일도 없었다는 듯이 휘파람을 불며 하는 말.

"오늘 날씨가 맑은걸."

"지금 밤이잖아요!"

"그런가."

"하여튼 결론은 지난 이 년이 헛수고가 아닌 것이 아니냐. 그럼 됐지, 뭘 더 바래?"

"그거야… 뭐……."

진현은 아직까지도 자신이 꿈을 꾸는 것 같은 환상이 느껴졌다. 매일 개고생하던 이 년 동안의 시간을 얼마나 안타까워했는가. 어서 빨리 이 이 년이라는 시간이 지나 하루빨리 금강동(金剛洞)을 찾아야 한다고 여겼거늘…….

"이제 네가 수련하는 것이 별 볼일 없는 것이 아니라 바로 금강(金剛)의 유학(遺學)이라는 것을 알게 되었으니 더욱더 수련에 박차를 가해야 할 것이다. 알겠냐?"

"예? 예."

"그럼, 이상."

진현은 무엇에 홀린 듯 방문을 나서며 아직도 어리둥절한 느낌으로 머리를 긁었다.

"금강… 문."

"우리 문이 바로 네가 그토록 찾던 금강동(金剛洞)이라는 문(門)이다. 그래, 뭐가 뭔지 잘 모르겠지. 인정하마. 너를 속여왔다는 것을… 처음부터 그러려던 것은 아니었다. 그저 처음부터 밝히기에는 이제껏 준비해 온 것이 조금 미비한 점들이 많았지. 갑작스런 너의 출현에 당황했다고 할까… 아무튼 이제라도 알았으니 다행이지 않느냐. 그럼 다시 한 번 소개하지. 나는 팔대 금강문주(八代 金剛門主) 헌원당이라고 한다. 비록 문도(門徒)라 해야 너와 나밖에 없지만 적지 않은 세월을 지내온 유구한 역사를 가지고 있는 문파(門派)라고 할 수 있다. 너는 이 금강문의 제자라는 것에 자부심을 가지고 행동을 남달리 해야 할 것이다. …(중략)……. 지금까지 네가 배운 수련들은 먼저 입문(入門)의 공부와 금강문의 비전절학(秘傳絶學)인 금왕기(金剛氣)이다. 입문 삼대연신지공(入門三大練身之功)인 금강연신로(金剛練身路)와 표웅력(標熊力), 전사(纏絲)는 너의 몸을 수련하는 연신지공(練身之功)이며 이것을 익혀야 본 문의 절학인 금왕기(金旺氣)를 익힐 수 있는 것이었다. 지금까지 네가 나에게 철심목(鐵心木)으로 맞으며 배웠던 세 가지의 구결(口訣)인 이환결(移還訣), 유화결(柔化訣), 탄공결(彈空訣)과 다른 한 가지를 포함하여 금왕기라 한다. 내 다른 것은 모르지만 이것 한 가지는 단언하지. 입문의 과정과 금왕기를 대성(大成)하게 된다면 너는 금강의 이름을 얻을 수 있을 것이다. 그러나 문제가 하나 있다. 바로 금강을 이루기 위한 금왕기의 구결 하나가 실전(失傳)이 되어버린 것이다. 혹시 네가 알지도 모르겠구나. 지금은 열한 명의 고수가 있어 천하를 주름잡고 있지만 백오십 년 전에는 천하삼대고수(天下三大高手)라고 불리는 인물이 천하를 평정하고 있었다. 검황(劍皇), 도제(刀帝), 그리고 신수현녀(神水玄女)라는 이름을 가진 사람들이었지. 그중 신수현녀(神水玄女)라는 여중제일인과 우리 문은 깊은 관계가 있다. 칠대무서(七大武書)라고 알지? 신수현녀는 칠대무서 중 하나인 오행결(五行訣)의 수(水)의 무공을 익혔단다. 그것 하나만으로 천하에 잔재한 여중고수(女中高手)들 중에서 진정한 여중제일인(女中第一人)이 될 수 있었다. 그래, 궁금하겠지. 그녀가 여중제일인이라는 것과 지금 우리의 현실과 무슨 상관이냐고… 상관이 있다. 그녀가 우리 문과 상관이 있는 점은 바로 그녀의 무공에 있다. 오행결(五行訣)의 수, 다른 말로는 한령빙음공(寒靈氷陰功)이라 하지. 혹시 이런 생각은 안 해봤냐? 오행의 수 하나만으로 여중제일이라면 오행의 남은 것들은 어떨지를 말이다. 이만하면 너도 짐작하고 있을 것이다. 그렇다. 오행의 금(金)이 바로 금왕기(金旺氣)를 말하는 것이다. 처음부터 말하자면 화(火)와 수(水)는 공(攻)의 신공(神功)을… 목(木)과 토(土)는 방(防)의 신공을… 그리고 우리 문의 금은 비록 방이긴 하지만 연신연혼(練身練魂)의 신공(神功)을 지니고 있지. 원래 이 다섯 가지의 무공은 하나로 묶여 있었다. 그래서 오행결(五行訣)이라는 이름으로 칠대무서(七大武書)의 한자리를 차지하게 되었지. 그런데 한 사건으로 해서 이 다섯 가지가 떨어져 나가게 되었다. 한 명의 반도(反徒)에 의해서였다. 너무나도 안타까운 사건이었지. 반역(反逆)이라는 오해로 한 명의 문도(門徒)가 사라지게 됨으로써 그 사건은 일어났단다. 다섯의 오행을 하나로 묶는 중대한 과제를 맡고 있었던 문주(門主)가 주화입마로 죽은 줄도 모르고 마침 그와 함께 있을 때 일어났다는 이유 하나로 그를 반도로 내몬 것은 지금 생각하면 정말로 땅을 칠 일이지. 반도로 내몰린 그는 복수라는 두 글자와 함께 화(火)의 구결이 담긴 비급(秘笈)을 들고 사라져 버렸고 남은 문주라는 자리를 탐내고 있던 세 명의 제자는 끝내 각기 흩어지고 말았다. 금(金)을 이어받은 제자가 바로 우리 문의 오대문주(五代門主)였고 수(水)를 이어받은 제자가 신수현녀(神水玄女)에게 사사를 하였고, 남은 두 가지는 나머지 한 명의 제자가 가지고 가버렸다. 그 안에 또 다른 사정이 있었던 것으로 아는데 오대문주님께서는 기어코 거기에 대해서는 아무 말씀을 하시지 않더구나. 하여튼 흩어진 세 명의 제자는 그렇게 자신만의 길을 이어 나갔다. 그런데 일이 벌어지고 말았다. 바로 반도라고 몰아세워진 그가 복수를 하려고 나타난 것이다. 그는 이미 흩어진 세 명의 제자의 행동에 허탈해했고, 그것에 더욱 분노를 했지. 그 다음은 지금과 같다. 다섯의 비급을 다시 모아 새로운 금강문(金剛門)을 만들겠다는 그는 금의 비급을 가지고 감으로써 당시 금왕기(金剛氣)의 세 개의 구결밖에 익히지 않았던 우리 문은 그대로 멈추어 버리고 말았지. 그가 그 다섯의 비급을 다 모았는지 알 수는 없지만 이미 삼백 년 전의 일이니 어찌 되었는지 알 수는 없다. 하지만 그 후로 신수현녀(神水玄女)가 나온 것을 보면 아마 그 일은 틀어진 것이 아닐까 생각한다. 그 후로 우리 금강문의 불완전한 금의 무공으로 쇠퇴의 길을 걸을 수밖에 없었다. 그래서 나의 사형이었던 엄대웅(嚴大熊) 사형은 결국은 참지 못하고 강호로 나가 새로운 길을 모색한다고 하였다. 그리고 나보고 그랬지. 우리 문의 금에 부합되는 이가 있을 때 그가 금강문을 찾아갈 것이라고. 그래서 나는 이곳에서 삼십 년을 기다렸다. 그리고 네가 왔지. 이것이 지금까지 우리 금강문의 역사이다."

"휴우… 세상에 이런 일이 있었다니… 그럼 내가 이 숙원을 해결해야 되는 것인가?"

진현은 헌원당이 자신에게 했던 말을 떠올리며 생각에 잠겼다. 어제까지만 하여도 아무 걱정 없이 살아갈 줄 알았던 헌원당에게 이런 비사(秘事)가 있을 줄은 생각조차 못했던 진현이었다. 조금은 나직한 말로 일관하던 헌원당의 표정에는 한 줌의 가식도 없었고 진지함으로 가득한 진실이 담겨 있었다. 즉, 너무나도 거짓말 같은 헌원당의 말이 헛소리가 아니라는 점이다. 진현은 그걸 알기에 한숨밖에 나오지 않았다. 비록 이 세계에 와서 이제껏 어리버리하게 살아왔다고 하지만 그에게도 창대한 포부가 가슴속에 담겨 있었다. 그런데 그런 그에게 한 가지가 보태졌다.

"안 그래도 복잡한 나에게 이런 일까지……."

진현의 머리 속은 갈수록 복잡해져 갔지만 그의 눈빛은 갈수록 빛을 발했다.

"그래, 나는 피하지 않아! 나에게 어떠한 일이 생긴다 하여도 피하지 않아! 백운협(白云峽)에 자라고 있던 소나무와 같이 어떠한 시련에도 굴복하지 않을 것이며 전부 다 맞서 싸울 거야!"

진현은 두 주먹을 굳게 쥐며 별빛이 비치는 하늘에 대고 외쳤다.

"이 녀석아, 그게 아니래두. 그렇지 않아도 불완전한 무공인데 있는 것까지 불완전하면 어찌하겠냐?"

헌원당의 예전같이 신경질적인 말투에도 진현은 그저 묵묵히 듣는 수밖에 없었다. 이제는 그의 마음을 알게 되었기 때문이다. 진현은 암중으로 다가오는 철심목(鐵心木)의 기운을 느끼며 바로 바로 대응했다. 한 번도 놓치지 않고 모두 반응하는 그의 몸이었지만 아직도 멀었다고 헌원당은 닦달했다.

"금왕기의 본질은 상대방의 타격으로부터 자신의 몸만 보호하는 차원을 떠나 상대방의 힘을 그대로 돌려주는 것에 있다. 내가(內家)에서 말하는 호신강기(護身剛氣)가 바로 이것이다. 하지만 나머지 구결만 알 수 있다면 그… 것만 찾을 수 있다면 전설의 금강불괴(金剛不壞)를……."

이제는 대놓고 한풀이를 하는 헌원당 앞에서 잠시도 꾀를 부릴 수가 없었다. 오히려 수련에 정신을 집중하며 온 힘을 쏟으려 했다. 아니, 쏟아야만 했다. 그만큼 헌원당의 목소리는 진현에게 절실하게 들렸다.

"너는 이미 연신(練身)의 단계는 지났다. 아마 신병이기(神兵異器)나 신공(神功)이 아니라면 누구도 너의 털끝 하나 다치게 하지 못할 것이다. 하지만 이것으로는 부족하다. 연신의 위에는 연혼(練魂)이 있다. 이것이야말로 진정한 금강이다. 이미 유구한 세월을 지나온 각 문파에서는 이것을 알고 있기에 모두들 하나씩은 소장하고 있다. 예를 들어 소림(少林)의 금강지식(金剛止息)이 그러하다. 무구한 세월을 각고의 노력으로 수도(修道)를 함으로써 정신을 단련시켰다. 하지만 너는 사정이 다르다. 많은 세월을 지나야 얻을 수 있는 연혼(練魂)의 단계를 넌 짧은 시간 안에 얻어야 한다. 그러기 위해서는 더욱 피나는 수련이 필요하다. 어서 다시 시작하자. 너에게 시간이 부족하다. 언제까지 여기에 매달리고 있을 수는 없지 않느냐. 너에게 불완전한 금의 무공으로는 제일이 될 수 없다. 그러므로 너에게 우리 문의 무공뿐만 아니라 타파(他派)의 무공도 필요하다."

긴 이야기를 마친 헌원당은 다시 한 번 철심목에 힘을 주었다. 그러나 이미 진현의 관심법(觀心法)에 파악당한 그의 봉로(棒路)는 진현이 미리 마련해 놓은 덫에 걸렸다. 그리고 예상한 대로 튕기어 나갔다. 하지만 그뿐이었다.

'도대체 뭐가 문제지? 사부님도 오직 나 자신만이 할 수 있는 거라고 하시니 물어보지도 못하고 말이야.'

어느새 진현은 헌원당을 자신의 스승으로 인정하고 있었다. 비록 구배(九拜)의 예(禮)는 올리지 않았지만 옛날 신탄자(神彈子) 하후단(夏候單)에게 하던 예와는 근본이 다른 자세였다.

그때였다.

"에잉… 이 녀석아, 내가 시범을 보일 테니 잘 보거라."

헌원당은 진현에게 철심목을 건네주며 자신이 눈을 가리고 등을 보였다.

"네가 한번 내려쳐 보아라. 그냥 내려치지 말고 표웅력까지 동원하여 내려쳐 보아라."

진현은 헌원당의 시범 보인다는 말에 뭔가 하고 지켜보다가 표웅력이라는 말에 깜짝 놀랐다. 진현 정도의 표웅력이라면 가히 내가의 고수가 육성(六成)의 힘으로 치는 것과도 같은 것이기 때문이었다.

"진짜요?"

"그럼 진짜지 가짜겠느냐."

진현은 철심목에 힘을 주었다. 아무 망설임이 없었다. 아니, 있으면 안 되었다. 진현이 지난 이 년 동안 당한 것이 얼마인가. 아마 진현의 속은 타 들어가 재가 되었을지도 모르는 상황이었다.

"그럼 갑니다."

진현은 후회나 하지 말라는 듯이 경고성 발언을 하며 벌써 온몸에 퍼져 있는 표웅력의 힘을 두 팔에 모았다. 그리고 저기 보이는 헌원당을 향해 사정없이 내려쳤다.

'우리 저 세상에서 봐요.'

퉁.

콱.

이게 무슨 일인가… 저 세상에서 보자는 진현의 바람과는 달리 진현의 철심목은 헌원당의 등에 닿는 즉시 바닥에 던진 고무공처럼 튕기더니 바로 진현의 손아귀에서 벗어났다. 여기까지는 진현이 했던 것과 별로 차이가 없었다. 한 가지 차이점이라면 진현의 등에 맞은 철심목은 멀쩡했는데 반면 헌원당의 등에 맞은 철심목은 과자 부스러기처럼 부스러져 버렸다.

"……."

진현은 이 상황에 아무 말도 할 수 없었다. 그저 멍하니 쳐다볼 뿐이었다.

"이제 알겠지? 이게 바로 진정한 탄공결(彈空訣)이다. 이 정도는 해야 금왕기의 반을 했다고 보는 것이다.'

"……."

유구무언(有口無言)이었다. 진현은 정말 입이 열 개라도 할 말이 없었다.

"자, 다시 시작하자."

"예."

    진현은 이제야 헌원당이 말하는 경지를 알게 되었다. 비록 눈으로
보고도 믿지 못할 광경이었지만 이제 그에게 뚜렷한 목표가 생겼다.
이제까지의 불투명한 목표가 아니라 확실한 목표였다. 그 다음 목표는
어떻게 될지 모르지만 지금 당장의 목표는 생겼다 이 말이었다.

제14장

귀가지로(歸家之路)

귀가지로(歸家之路)

"너무 슬퍼하지 마라."

"누가요?"

"음⋯⋯."

"드디어 이곳을 나가게 되는군요."

"마치 기다렸다는 말투다."

"그럴 리가 있나요. 사부님과 헤어진다는 것이 너무나 싫어서⋯⋯."

"그럼 이 년 더 있던가?"

"아, 아닙니다. 하루 속히 문의 숙원을 해결해야지요."

"음, 그렇지⋯ 그렇고말고⋯⋯."

"지난 이 년간의 시간을 뒤돌아보면 사부님의 은혜가 너무나도 높지만 보답할 길이 없는 제 자신이 너무나도 안타깝네요."

"그래, 너에게 들어간 나의 땀들이 너무도 많았지. 그걸 돈으로 환산

한다면……."

"……."

"넌 잊지 말아야 한다."

"예, 우리 문의 숙원. 절대로 잊지 않겠습니다."

"아니… 나에게 빚진 돈 말이다."

"……."

"왜 아무 말이 없냐? 설마 모른 척하겠다는 것은 아니겠지?"

"음… 그럼… 요."

"너, 그렇게 이를 갈면 사십도 되기 전에 몽땅 빠진다."

"예, 예. 알겠습죠. 조심합죠."

"그건 그렇고 넌 이제 사문의 중대한 사명을 지고 가야 하는 것을 한 시도 잊어선 안 된다. 너의 몸은 이제 너 하나의 몸이 아니야. 그 속에는 우리 금강문의 혼(魂)이 담겨져 있는 거야. 알겠냐?"

"예."

"만약 내가 너의 나이에 너만한 재질을 가지고 있었다면 내가 대신 강호에 나갔겠지. 그러나 나는 이미 죽은 몸이나 마찬가지인 폐물이다. 저번에 있었던 금왕기의 운용 한번으로도 몸에 무리가 오는 나는 금강문에 오히려 짐이 될 뿐이지. 그만큼 너의 존재가 높다는 것이다. 그리고 너는 이제 금왕기의 거의 대부분을 습득했다. 만약 네가 나머지 구결을 찾아 대성을 한다면 금강문 초유의 금강불괴를 이룰지도 모른다."

"예."

"강호에 나가면 우선 수(水)의 결(訣)을 가지고 있는 신수현녀(神水玄女)의 후손을 찾아라. 그리고 그녀의 도움을 받아야 한다. 그런 후 그녀와 함께 나머지를 찾도록 해라. 그리고 나서야 화(火)의 결을 가진 이에게 맞서야 한다. 알겠지?"

"예."

"그래, 부디 몸조심하고……."

"사부님도 몸조심하세요. 제가 멀지 않은 날에 들를게요."

"그러지 마라. 이제 더 이상 이곳으로 올 필요는 없다. 정… 정 오고 싶거든 너의 대성을 이룬 모습으로 오너라. 그때면 아마 죽은 내 시체도 반길 것이다."

"사… 부… 님."

"자, 무슨 일이든 먼저 맞는 매가 덜 아픈 법이다. 어서 가거라."

"……."

"어서 가래두."

"예, 그럼 부디 옥체 보존하시고……."

"그래."

"음, 여기가 바로 그년들을 만난 곳이지."

진현은 눈앞에 보이는 이층의 주루(酒樓)를 보며 이를 갈았다.

중경제일루(重慶第一樓).

결과적으로는 진현과 헌원당의 인연을 만들어준 주설란(周雪蘭)과 추선혜(秋善慧)와 만난 곳이다. 비록 과정이 어떻든 결과는 진현이 바라던 대로 되었기 때문에 그리 복수를 해야겠다는 마음은 없지만 그녀들의 악독한 마음씨를 잊은 것은 아니었다. 강호라는 곳이 자신이 생각하는 것만큼 만만한 곳이 아니라는 것을 마음 깊이 새겨놓았다.

"젠장, 가기는 싫지만… 그래도 밥은 먹어야겠지."

진현은 중원(中原)으로 가기 위해서는 사천분지(四川盆地)를 지나야 하기 때문에 다시 중경으로 온 터였다.

"어서 옵쇼."

진현이 주루에 걸쳐져 있는 발을 걷으며 안으로 들어서자 반가운 목소리로 반기는 인물이 있었다.

"음……."

진현은 이 점소이가 바로 그때 그 점소이인 것을 알았다. 이 년이라는 시간이 지났건만 그가 변한 건 더욱 비굴한 모습으로 맞이한다는 것밖에 없었다.

"안으로 드시지요."

그때와는 다르게 이번에는 일층에 위치한 탁자로 진현을 안내했다. 그리고 점소이는 변함없는 레퍼토리로…

"여기 앉으세요. 주문은 뭘로… 우리 중경제일루에서는 향압동충(香鴨冬虫)이 제일 유명하고 화과(火鍋 : 전골)류 또한 천하일미(天下一味)이며, 그리고 소동파가 만들었다는 동파육(東坡肉)은 그야말로 저희 루의 자랑입습죠. 그럼 어느 것으로…….."

"그냥 간단한 소면 한 그릇 주세요."

"크윽!"

정말 한 치도 다르지 않은 그때의 재연이었다.

'어디서 본 듯한 얼굴인데…….'

남들보다 뛰어난 것은 기억력 하나밖에 없다고 자부하는 점소이는 진현의 얼굴이 어디서 본 듯하자 기억을 떠올렸다. 하지만 주루에 지나가는 수많은 이들을 그가 기억하기에는 용량 부족이었다.

계속해서 고개를 좌우로 흔들며 점소이는 '소면 한 그릇… 어디서 본 듯한 얼굴'이라고 중얼거리며 주방으로 갔다.

진현은 그의 내심을 짐작하고 있는지 쓴웃음을 지으며 그의 뒷등을 지켜보았다.

쿵쾅쿵쾅.

큼직한 발소리를 내며 주루 안으로 들어서는 인물이 있었다. 험악한 인상이 가히 절세적이라는 말밖에는 하지 못할 인물이었는데 그에 못잖게 덩치도 장난이 아니어서 그가 한 발짝을 뗄 때마다 주루 안의 나무 바닥은 비명을 질렀다.

"여기야."

그가 들어오자 먼저 탁자에 앉아 있던 누군가가 손을 흔들며 그를 반겼다. 그에 주루 안으로 들어온 사나이는 성큼성큼 그에게로 다가갔다.

"오, 얼마 만이야."

덩치에 맞는 목소리를 가진 그는 딴에는 조용히 말하는 것처럼 보였지만 주루 안을 울리는 목소리는 어쩔 수가 없었다.

"그래, 진짜 오랜만인걸."

그들은 그 후로 작은 목소리로 말하며 서로의 안부를 물었지만 진현이 앉은 탁자가 그들의 바로 옆이라 그 후의 이야기까지 본의 아니게 들을 수 있었다.

"그런데 왜 만나자고 했나?"

"응, 그게 말이지, 이번에 우리 표국(鏢局)에서 표사(鏢士)를 모집하고 있지 않나. 그래서 자네에게 알려주려고 겸사겸사해서 왔지."

"아니, 자네 표국에서 사람을 뽑은 지 얼마나 되었다고 또 뽑는 건가?"

"자네도 소문을 들어 알 것일세. 구두당(九頭堂)에 대한 소문을⋯⋯."

"헉, 그럼 이번에도⋯⋯."

"그렇네. 일차 표행에 이어 이차 표행도 몰살이네."

"이보게, 그럼 자네는 나를 죽음의 길로 몰고 가려 하는가."

"그게 아니야. 이번 표행에는 표국으로서 만만의 준비를 하고 가는 것이거든. 정말로 이번만큼은 구두당으로서도 쉽지 않을 것이야."

"그러니 나보고 그 틈에 끼어서 굿이나 보고 떡이나 먹으라고?"

"그렇지!"

"도대체 이번 표행에 누가 가기에 그렇게 호언장담을 하는 것인가?"

"응, 일차 표행(一次鏢行)과 이차 표행(二次鏢行)에서 빼앗긴 취화선(翠花扇)과 칠보주(七寶珠)의 주인일세."

"그⋯ 럼⋯ 당가(唐家)와 화산(華山)이 나선단 말인가?"

"그렇네."

"하긴 당가나 화산이나 자신의 텃밭이나 마찬가지인 사천과 섬서(陝西)에서 그런 일이 벌어졌으니⋯ 게다가 그 주인이 그들임에야 참지 못하는 것은 당연하겠지."

"그래서 이번에 화산의 오수(五秀)와 당가의 제이가주(第二家主)까지 나서기로 했다네."

"그건 또 무슨 소리인가? 아무리 날고 긴다는 구두당이지만 당가의 제이가주까지 나오다니⋯⋯."

"그건 이번 표행의 표물 때문에 그런 거지. 바로 천하제일가(天下第一家)에 들어가는 표물이거든."

"호오, 그럼 아무리 구두당이라도 감히 나서지 못하겠군."

"그렇지. 오히려 우리 쪽에서는 그들이 나서기를 바라는 입장일세. 그러니 자네에게 추천하는 것이 아닌가."

진현은 그 후로도 이야기를 나누고 있는 그들의 대화에 더 이상 신경이 가지 않았다.

"천하제일가라고?"

진현은 타 지역의 주루에서 자신의 집 이야기가 나오자 갑자기 자신의 부모님과 사마화련이 생각났다. 이 세계에 온 지 얼마 되지도 않은 시간에 거의 사분지 삼은 밖에서 생활했기에 단명후와 단목빙과는 거의 만나지 못한 상황이었다.

이때 다시 진현의 귀로 그들의 이야기가 들어왔다. 자신과 관련된 단어가 포함된 말을 하고 있었기 때문이다.

"조심해야지. 일 년 전에 소천성탑(小天成塔)은 그야말로 고욕을 치르지 않았는가."

"그러게 말이네. 이전에도 천하제일의 가문이었지만 그 일로 해서 호천사정맹(護天四鼎盟)도 감히 건드리지 못하게 되지 않았나."

"그런데 아직까지도 이해가 되지 않는 것이 왜 그 일이 벌어졌냐는 거네. 그저 관광 삼아서 방문한 천하제일가주(天下第一家主)가 왜 갑자기 그토록 화를 냈을까?"

"그것은 나도 모르네. 내가 듣기로는 탑주(塔主)인 검군(劍君)과 맹(盟)에서 급파된 총순찰(總巡察) 구류검(九流劍)이 나서서 겨우 말렸다고 했었지, 아마."

"아무튼 그 일로 해서 정파의 기둥인 천하제일가와 호천사정맹의 사이가 벌어진 것 같아 심상치가 않아."

"과연 그렇네. 이런 시국에 만일 천마사천회(天魔邪天會)의 공습이라도 있으면… 아마 반정지란(反正之亂) 못지 않을 걸세."

"흐음……."

"아참! 이러고 있을 시간이 아니지, 어서 식사를 마무리하고 표국에 신청을 하러 가야지."

진현은 그들의 마지막 대화에서 자신의 집과 소천성탑에 무슨 일이 일어났는지 너무나도 궁금했다.

"무슨 일이 일어난 거지? 그리고 아버님이 그곳에서 화를 내셨다고? 무슨 일로… 혹시 나 때문에……?"

진현은 거기까지 생각하자 충분히 이해가 가고도 남았다. 아무리 천하의 대협(大俠)이라고 하더라도 자신의 아들이 부당한 처사로 상처까지 입고 탑에서 쫓겨갔으니 참지 못했으리라. 그런 데다 어디 간지 행방도 알 수 없으니… 아들인 진현과의 약속으로 진명을 밝히지 못해 끝까지 추궁을 못하니 얼마나 답답했겠는가.

"아! 내가 너무 집에 무심했구나. 아무래도 내 마음 한구석에는 부모님에 대한 반심(反心)이 숨어 있었던 것 같구나."

진현은 처음에 단명후와 단목빙을 진짜 자신의 부모로 섬기려고 다짐을 했다. 하지만 몸은 아무리 친부모라 해도 영혼은 그렇지 못하니 자연히 홀대하는 것은 당연했는지도 모른다. 진현은 그것에 대해 후회를 했다.

"연락이라도 드리고 갔어야 하는데… 이 참에 집에 한번 들렀다가 다시 길을 가야겠구나."

진현은 이곳에서 소면으로 간단히 요기를 한 후 곧장 운남(雲南)에 있는 자신의 집으로 가기로 마음을 먹었다.

"사천에 온 것이 이 년이나 되었는데 나는 그동안 뭘 이루어놓았지?"

진현은 사천과 운남의 경계령을 지나며 이 년 전에 사천으로 들어설 때를 회상하고 있었다. 그리고 지난 이 년 동안 자신이 한 일을 다시 떠올려 보았다. 주설란과의 만남, 그리고 배신, 죽음에서의 헌원당과의 만남, 그리고 수련, 이제는 사문의 숙원을 안고 가는 자신의 모습. 정말로 평탄치 않은 이 년이었다.

"그래도… 사부와의 만남은 정말로 행운이었어."

진현의 말이 옳을지도 모른다. 그 사건이 아니었다면 아직도 아미산을 헤매며 금강동이 어딘지 찾아 헤매고 있었을 것이다.

"집에 가면 련 누이가 기다리고 있겠지? 이번에는 얼마나 더 예뻐졌을까?"

부모님보다는 사마화련이 더 궁금한 진현이었다. 이래서 자식새끼 키워보아야 헛일이라는 말이 있는 것일 게다. 하지만 이 세상 누가 사랑하는 사람이 그립지 않겠는가. 진현 역시 마찬가지인 셈이다.

히이잉~

진현이 사마화련에 대한 그리움을 표현하고 있을 때 관도(官道)의 저 멀리에서 말소리가 들리더니 흙먼지가 피어올랐다. 진현의 시각에 하나의 점으로 보이던 것이 어느새 진현의 앞으로 달려오는 말이 되어 버렸다.

"이크."

진현은 자신을 스쳐 지나가는 말 한 필을 급히 피하며 이토록 거칠게 말을 모는 장본인이 누구인지 얼굴을 확인하였다.

"이런… 여자가 저렇게 말을 거칠게 몰다니……."

진면목은 보지 못했지만 확실히 여자인 것은 확실했다. 진현은 피어오르는 먼지에 의해 더럽혀진 자신의 옷을 툭툭 털며 다시 길을 걷기 시작했다.

"잡아라!"

"저기 간다!"

또다시 몰려왔다. 이번에는 한 필이 아니라 떼거리로 몰려왔다. 도복 차림을 한 그들은 냉막한 인상을 풍기는 중년인과 함께 말을 몰았다. 이에 진현은 또다시 신형을 비켜서며 투덜거렸다.

"오늘 왜 이렇게 많이 지나가는 거야. 그건 그렇고 결국은 빨아야 하잖아."

진현은 자신의 옷을 보며 울상을 지었다. 분명 황의(黃衣)가 아니었는데도 불구하고 단 몇 분 만에 그의 옷은 틀림없는 황의가 되어 있었다.

"어디 냇가를 찾아야겠는걸."

비록 진현이 깨끗한 걸 좋아하는 고상한 취미를 가지고 있진 않지만 찝찝함을 참을 만큼 개방(丐幇)의 투철한 절약 정신을 이어받은 것은 아니었다.

"어디 있나? 아, 저기 있구만."

진현은 주위를 두리번거리다 멀리서 물이 흐르는 소리를 들었다. 금왕기를 익힌 후로 오감(五感)이 극도로 발달한 진현의 귀에 물소리가 놓칠 리 없었다.

"아이고, 시원하다."

진현은 결국 찾고야 만 냇가에서 옷을 빨고 그 참에 목욕까지 한 후였다.

"역시 사람은 씻고 봐야 해."

비록 관도(官道)상에서 벗어난 곳이긴 하지만 산속이라 여겨지지 않을 만큼 냇가의 주위는 한적하고 험하지 않았다. 이곳저곳에 불을 피운 자국이 있는 곳으로 봐서 이곳을 지나가는 사람들이 많은 것 같았다.

"이러다 사람들이 오면 큰일인데……."

말이 씨가 된다고 했는가.

"어머!"

갑자기 들려오는 교성에 진현은 고개를 돌렸다. 그리고 곧 울상이 되었다. 진현이 고개를 돌린 곳에는 사람들이 있었는데 그중에 여자도 끼어 있었다.

"이런 선객이 있었구만… 하하."

뭐가 좋은지 하하 하고 웃는 놈의 얼굴에 철심목을 쑤셔 박고 싶은 진현이었다. 하지만 진현은 그렇게 하지 않았다. 먼저 빨고 널어놓은 옷을 찾아 입는 것이 급선무였기 때문이었다.

진현은 대충 옷을 걸치고 나서야 눈앞에 보이는 사람들이 좀 전에 보았던 말을 탄 인물들인 것을 알게 되었다. 지금은 어디 가고 없는지 말은 보이지 않았지만 청색 바탕에 흰색 도복이 증명하고 있었다.

"하하… 별로 좋지 않은 상황에서 만나게 되어 유감입니다. 아! 제 소개를 하죠. 저는 화산의 허자강(許慈康)이라 합니다만……."

자신이 매우 긍정적이라는 인상을 심어주려고 노력하는 이십 대로 보이는 청년도사는 출신을 말하고 진현의 이름을 물었다. 세력을 과시하려는 목적이 다분했다.

"예, 진현이라고 합니다. 그런데 어떻게 여기에……."

진현은 허자강의 말에 기분이 나빠지는 것을 느꼈으나 이내 참으며 이름을 말해 주었다. 하지만 기분이 나쁜 기색을 표출하는 것은 도리어 허자강이었다. 자신의 이름을 듣고도 그저 그런가 보다 하는 진현에게 의문과 동시에 건방짐을 느끼고 있었던 것이다.

"하하, 저의 미천한 이름을 아직 듣지 못하셨나 보군요. 저희는 이곳에서 사람을 찾다 지쳐서 휴식을 취하러 온 것입니다."

"예, 그러시군요. 그럼 쉬다 가십시오."

진현은 자꾸만 비꼬는 듯한 허자강의 말투에 기분이 상해 자리를 뜨려고 하였다. 그리고 무엇보다도 진현의 마음에 들지 않은 것은 그 옛날 자신과 언무청을 소천성탑에서 떠나보내게 했던 이가 바로 화산의 시철영이기 때문이었다. 그를 생각하면 진현이 화산에 대해 좋지 않은 생각을 가지고 있는 것이 당연하였다. 하지만 그의 발목을 붙잡는 것이 있었으니 허자강이 아니라 처음 진현의 속살을 보며 소리를 질렀던 소녀였다.

"흥, 꼴을 보아하니 그저 그런 낭인(浪人)인 것 같은데 너무 건방지군요."

그녀 딴에는 나직한 소리로 중얼거린다 한 것이지만 진현이 듣기에 충분한 크기였다. 자신의 사문이 강호에서 이름을 떨치고 있다고 좌중을 무시하는 듯한 말투는 소천성탑 시절에 너무나도 많이 겪었기 때문에 익숙해질 만도 했지만 진현은 그렇지 못한 것 같았다.

"화산이 뭐 어떻다는 거지, 참나!"

진현 역시 나직이 중얼거린다고 말한 것이었지만 여기 있는 모든 사람들이 듣기에 충분한 성량이었다.

"뭣이라고!"

제일 먼저 참지 못한 이는 진현에게 시빗거리를 제공한 소녀였다. 예쁘장한 얼굴에 그런 성격이 숨어 있는 것을 보지 않았다면 아마 누구도 믿지 않을 것이다.

"너, 지금 뭐라고 했지?"

앙칼지게 쏘아붙이는 그녀의 물음에 진현은 친절하게 대답해 주었다.

"화산파면 다냐고 말했다."

"이놈이……."

그녀는 몸을 부르르 떨며 솟아오르는 분노를 참지 않았다. 평소 내숭떨던 모습에 익숙해 있던 그녀의 사형들은 내심 당황했지만 그 심정을 충분히 이해하고 있었다. 저자는 사파 중 속가제일파(俗家第一派)라는 대화산파(大華山派)의 대사형인 허자강(許慈强)이 친히 이름까지 밝히며 존중해 주는데도 넙죽 받아들이지는 못할 망정 감히 건방진 태도를 보이는 것이다. 자신들이라도 나서서 징계를 하고 싶은 심정이었다. 게다가 이제는 화산파도 안중에 없는 듯한 태도를 보이니 가만둬서는 안 될 일이라 여기게 되었다.

"잠깐."

이때 한창 대치 중이던 진현과 화산파의 제자로 보이는 소녀의 중간에 나서는 사람이 있었다. 냉막한 인상에 비쩍 마른 오십 대의 노인이었다. 화의(華衣)를 입은 것이 전혀 어울리지 않는 듯한 모습이었지만 그것도 그 노인만의 카리스마를 만들어냈다.

"난 당가의 당수파(唐洙把)라고 한다. 아마 내 이름도 듣지 못했겠지?"

냉막한 인상만큼이나 냉막한 음성으로 말하는 당수파의 모습은 얼음 그 자체였다. 하지만 진현은 눈앞의 소녀에게 했던 것과는 달리 공손한 태도를 보였다. 그것은 진현이 당수파의 신분을 알고 있어서가 아니라 자신보다 연장자이기 때문이었다.

　"예, 노사의 대명은 익히 들어 알고 있습니다. 저는 진현이라고 합니다."

　진현은 당수파의 이름도 오늘 처음 들었으면서 그저 예의상의 말을 하며 인사를 했다.

　"호오, 이 보잘것없는 이름을 알고 있나 보구나. 그럼 너의 사문을 가르쳐 줄 수는 있겠느냐?"

　"예, 저의 사문은 금강문(金剛門)이라 합니다."

　"금강문?"

　당수파는 고개를 갸우뚱거렸다. 그의 적잖은 연륜에서 오는 지식으로도 금강문이라는 이름의 문파는 들어보지 못했기 때문이었다. 신흥방파로 하루아침에 우후죽순(雨後竹筍)식으로 생겼다 사라졌다 하는 요즘 세태에 금강이니 태극이니 하는 이름뿐인 문파가 너무도 많았기 때문이었다.

　그리고 당수파는 어이가 없음을 느꼈다. 그도 그럴 것이 허자강의 이름을 무시하는 태도 하며 화산오수(華山五秀)의 귀여움을 독차지하고 있는 막내 옥매화(玉每花) 상비경(尚琵境)과 맞서는 태도는 어지간한 문파를 등에 얹고 하는 전형적인 무림초출(武林初出)의 모습이기 때문이었다. 그래서 어디 문의 제자인고 하며 물어봤는데 한가락 하기는 커녕 이름도 모르는 문파의 아이임에야 이거 말 다 했다고 볼 수 있었다.

다들 당수파의 심정과 같은지 당수파가 고개를 돌리고 먼 곳을 응시하자 자신들이 마음먹은 것을 표출하기 시작했다.

"요즘에도 이렇게 배짱이 두둑한 인물이 있다니… 나이도 어린데 말이야. 오랜만에 신선한 느낌을 받는군."

오수의 둘째인 파옥검(破玉劍) 가우량(嘉于梁)이 먼저 침묵의 선을 끊었다.

"그러게 말입니다. 이런 놈들 때문에 적잖게 재미를 보는 거지요. 그렇지 않아도 구두당 놈들 때문에 짜증이 나 있었는데 말입니다."

셋째인 화홍검(火紅劍) 서문(徐紋)이 맞받아쳤다.

비록 넷째는 원래 이런 데에는 무관심한 터라 묵과하고 있었지만 일행 중 제일 어른이라 할 수 있는 당가의 제이가주(第二家主) 당수파가 암중으로 묵인을 하고 있어 호랑이 등에 날개를 단 격이었다.

"네가 감히 우리 화산을 무시하다니… 그러고도 살기를 바라지는 않겠지?"

진현을 핍박하는 그들의 모습은 평소 그렇게도 싫어하고 경시하던 시정잡배의 모습을 담고 있었다.

"흥, 화산파 제자면 천하제일이라도 된다는 말이오? 그리고 내가 뭘 잘못했는지는 모르나 시비는 그쪽에서 건 것 같은데……."

진현은 그동안 품어왔던 명문후예들에 대한 편견과 똑같은 행동을 하는 이들의 모습에 참지 못하고 터뜨리고 말았다.

"그래, 천하제일은 아니지. 하지만 금강문이라는 이름도 듣지 못한 문파의 제자에게 무시당할 만큼은 아니지."

"어디 말 좀 들어봅시다. 내가 언제 당신들을 무시했다는 거요?"

진현의 아직은 어려 보이는 외모로 인해 따지는 듯한 그의 모습은 어쩐지 어울리지 않는 감이 있었다. 하지만 야무지게 말하는 그의 모습은 예전의 어리버리한 모습은 어디로 가고 없었다.

"오호, 네가 해놓고도 모른다고 발뺌이냐. 그래, 이런 놈에겐 말이 필요없지. 나의 사형과 사매가 나설 것도 없다. 내가 너를 상대하마. 어디 그 잘난 너의 자존심대로 무공도 잘난지 보자꾸나."

화홍검(火紅劍) 서문은 그의 성명절기인 검을 쓰지 않고 화산의 유명한 죽엽수(竹葉手)를 운용하며 진현에게 다가갔다.

"흥, 그러면 내가 두려워할 줄 아시오. 그래, 어디 한번 해봅시다."

진현은 그동안 수련한 금왕기에 대한 자신감이 넘치고도 남았기에 물러서지 않고 당당히 맞섰다. 그런 그의 말에 서문은 대꾸도 하지 않고 손을 날렸다. 말이 필요없다는 것이었다.

죽엽수파(竹葉手破).

화산파는 대대로 신공(神功)과 함께 검으로 유명한 문파였다. 그래서 유구한 화산파의 세월만큼 수많은 검법이 산재했다. 그런 화산파에 검법이 아니고도 당당히 화산의 절기에 손꼽히는 것이 바로 죽엽수였다. 그만큼 위력 면으로 보나 초식의 정교함으로 보나 단연 뛰어나는 것이었다.

이런 죽엽수는 화홍검(火紅劍)이라는 별호를 가지고 있는 서문에게 검이 아닌 수법(手法)으로도 유명하게 해준 절기였다. 그렇기에 당연히 자신에게 실망을 주지 않을 것이라 생각했다.

팍.

"윽!"

과연 그들의 격돌, 아니, 서문의 일방적인 공격에서 신음 소리가 튀어나왔다. 하지만 소리를 낸 것은 다들 예상하고 있는 진현이 아니라 일격을 날린 서문이었다. 서문은 옆에서 지켜보고 있던 동료들의 경악성을 들으며 저려오는 손을 문질렀다. 아마 당분간 왼손은 쓰지 못할 것 같았다. 서문은 그것을 알고는 남은 오른손으로 자신의 허리에 차여 있는 검을 서서히 뽑아내었다.

 스르릉.

 검과 검집이 마찰되는 소리가 영롱한 것을 보니 대단한 보검인 것 같았다.

 "어디 한가락 하는 외공(外功)을 익힌 것 같은데 이것도 견뎌내는지 보자꾸나. 이번만큼은 쉽지 않을 것이다."

 화산검공 매화십이검(華山劍功 梅花十二劍).
 매화점점(梅花點點).
 ─매화의 꽃송이가 점점이 뿌려지니 그 누가 피할쏜가.

 진현은 자신의 앞으로 다가오는 매화 송이들을 보며 예전 호되게 당했던 시철영의 매화검법(梅花劍法)이라는 것을 알았다. 하지만 예전과 다른 것이 있다면 그때는 네 송이였는데 지금은 여덟 송이라는 점이었다. 비록 네 송이밖에 차이가 나지 않았지만 위력은 천지 차이였다. 진현은 감히 경시하지 못하고 사문의 관심법(觀心法)을 운용하며 서문의 진실된 검로(劍路)를 찾았다. 하지만 찾는다 해도 걱정이 되는 것은 마찬가지였다.

 '내가 과연 저 검을 견딜 수 있을까? 더구나 보검 같은데……'

진현의 마음속에는 금왕기에 대한 불신이 조금은 자리 잡고 있었다. 진현이 이런 걱정을 하고 있는 사이 벌써 서문의 검은 진현의 몸에 닿아왔다.

서문이 만들어낸 매화의 꽃들은 진현의 몸에서 화려하게 피어나고 있었다. 꽃봉오리를 활짝 펴며 진현의 몸이 마치 매화나무라도 되는 것인 양 몸 곳곳에 피어났다. 하지만 피기가 무섭게 사그라들고 말았다.

원래 매화검에 격중된 이의 몸에는 매화가 피어난다. 그것이 매화검의 특징이었다. 하지만 언제까지 피고 있는 것은 아니었다. 그러나 격중된 이의 몸에는 오래 매화가 보이게 된다. 언제까지 피고 있는 것은 아닌데 매화는 보인다? 즉, 이 말은 매화검을 운용한 검에서 만들어진 매화는 사라지고 없지만 격중된 이의 몸에는 혈화(血花)가 대신 매화를 만들어낸다는 소리다.

그런데 서문의 매화검이 만들어낸 매화가 사라지고 난 후의 진현의 몸에는 혈화가 피지 않았다. 비록 옷의 여기저기는 찢어져 걸레처럼 되었지만 벌어진 옷 사이로 보이는 진현의 맨살은 그저 긁힌 것 같은 얇은 혈선만이 있을 뿐 서문이 기대하던 혈화는 보이지 않았다.

"아니……."

이번에는 주위의 동료 말고도 서문조차 당황해했다. 평상시는 불같은 성격으로 여러 가지 사건의 주인공이 되곤 하는 그이지만 정작 검을 섞으면 누구보다도 냉정해지던 서문이었다.

"무슨 사술(邪術)이냐?"

이 말이 나올 줄 알았다. 하지만 서문의 입장에서 본다면 당연한 소리였다. 화산의 매화검, 아니, 서문 정도의 실력으로 매화검을 펼쳤을 때 단순한 외공으로는 막지 못하는 것이었다. 그것도 서문의 공격에 반격을 한 것이 아니라 단순하게 몸으로 막는다는 것은 어떤 문파의 무학(武學)을 보아도 없는 소리였다. 그리고 서문의 검이 진현의 몸에 닿아 매화를 피워낼 때 느껴지던 당김과 탄력은 사마에서 한때 유행했던 흡성대법(吸星大法)의 흡인공(吸引功)과 같은 느낌이었다. 그러니 서문이 사술이라고 몰아붙이는 것도 이해가 갔다. 하지만 진현의 입장에서 보면 억울한 일이 아닐 수 없었다. 사술은커녕 정도(正道)의 절대적인 무서(武書)인 칠대무서(七大武書) 중 하나인 오행결(五行訣)의 금왕기이니 말이다.

"당신은 당신의 공격이 통하지 않으면 전부 다 사술이라고 하나요? 정말 편하시군요."

"그럼 사술이 아니라면 무엇이냐?"

"그거야… 금…….."

진현은 욱하고 받아칠려고 하였으나 화(火)의 행방을 알기 전까지는 밝히지 말라는 사부의 당부가 생각나 급히 입을 다물었다.

"그것 보아라. 말을 못하는 것을 보니 사파의 무공이 분명하구나. 그럼 더 더욱 너를 잡아야겠다. 감히 사파의 무공을 익히고 대화산파 앞에서 어슬렁거리다니… 죽고 싶어 환장한 놈이로군."

"자꾸 사파사파 하는데 이름을 밝히지 못한다고 사파의 무공으로 몰아가는 것은 억지가 아니오. 사정이 있어 말을 못하는 것일 뿐 절대 사파의 무공이 아니오. 그건 분명 알아두시기 바라오."

정색을 하고 소리치는 진현의 서슬에 서문은 잠시 할 말을 잃었지만 역시 그의 페이스대로 밀어붙였다.

"홍, 말은 누구나 하지. 하지만 몸은 그렇지 않을 것이다. 이제까지

너를 경시하는 바람에 내가 실수를 했다는 것은 인정하마. 그러나 이
무공만큼은 다를 것이다."

단단히 마음먹었는지 진지한 모습을 한 서문의 검에는 붉은 검기(劍
氣)가 피어올랐다. 하지만 이미 자신감을 얻은 진현에게는 그런 것들
이 보이지 않았다.

"합."

서문은 단발마의 기합을 지르고는 검을 진현에게 찔렀다.

화산비검공(華山秘劍功) 화검(火劍).

염락천세(炎落天洗).

─타오르는 불꽃이 떨어지니 천하가 씻기어 나간다.

화산의 신진고수를 대표하는 이들이 오수라고 다섯이라는 숫자에
제한이 된 것은 이유가 있었다. 그것은 그들이 가지고 있는 한 가지씩
의 비전무공에 있었다.

화산에서 배출된 고수들 중에 평소 칠대무서 중 오행결을 흠모하고
있던 이가 있었다. 도호(道號)까지 오행자(五行子)라고 바꾸며 오행이
라는 주제를 가지고 평생을 수학(修學)했다. 그리고 끝내는 하나의 무
공을 만들어내었다. 목화토금수(木火土金水)라는 특성을 살린 검공이
었다. 그것을 이 화산오수가 하나씩 이어받은 것이었다. 그들은 그것
을 자신만의 비전으로 삼고 화급을 다투는 때가 아니면 사용하지 않았
다. 하지만 그것을 펼치면 그 위력만큼은 확실히 보장이 되었다. 서문
만 하더라도 그 위력 한번으로 화홍검(火紅劍)이라는 별호를 얻은 터였
다.

서문의 검은 붉은 화기를 내뿜으며 커다란 원을 그렸다. 그리고 그 안에서 어김없이 매화를 그려 나갔다. 불꽃의 매화를……

진현은 자신의 몸이 타오르는 것을 느꼈다. 금강공만을 따지지 않아도 철공(鐵功) 하나만으로 뜨거움과 차가움에서 탈피를 하였는데 화홍검 안에는 진현이 감당하지 못할 정도의 열기를 가지고 있었다.

핑그르르.

진현은 감히 몸으로 맞설 생각을 하지 못한 채 몸 전체에 전사를 운용했다. 이번에도 그냥 몸으로 막기에는 서문의 화검이 너무나도 강한 열기를 품었기 때문이다. 발끝을 축으로 삼아 급속의 회전을 하며 자신을 향해 다가오는 열기에서 틈을 찾기 시작했다. 이 세상 모든 것에 결이 존재한다는 하후단의 말처럼 진현 또한 그 생각으로 서문이 펼치는 열기가 가득한 검공에서 틈을 찾는 것이 이 검을 파훼하는 방법임을 알았다.

지난 이 년간의 수련과 병행하던 결의 운용은 너무나도 능숙했고 더구나 그에게는 천하의 관심법이 있었기 때문에 쉽지 않았지만 틈을 찾을 수 있었다.

커다란 원 안에서 존재하는 매화 송이들을 이어주는 줄기가 바로 그것이었다. 형(形)을 띠며 나타난 것은 아니지만 진현은 자신의 감각으로 그 줄기를 알 수 있었다. 그 줄기는 진현에게 자신이 매화를 그리며 이어지는 검로라고 말하고 있었다. 그것을 안 진현은 망설이지 않고 그 검로를 끊으려 하였다. 그것만이 서문의 화검을 깨뜨리는 것이기 때문이었다.

표웅력(標熊力).

진현은 자신의 힘에 표응력을 실었다. 표응력은 힘의 세기뿐만 아니라 속도까지 높여주기 때문이었다. 진현의 몸은 전사를 운용하는 자체로 불의 매화를 피어내는 곳으로 달려갔다. 그리고 오른팔 전체에 강력한 회전을 주고 표응력을 한데 모아 서문의 검로에 내려쳤다.

…….

진현의 팔과 서문의 화검이 부딪치며 어이없게도 아무 소리도 나지 않았다. 진현의 금왕기가 동시에 운용이 되었기 때문이다. 소리가 날 틈도 없이 부딪친 검의 행로가 진현의 팔에서 운용이 되고 있는 금왕기 속으로 흡수가 되었다. 그만큼 진현의 유화결(柔化訣)은 절정을 달리고 있었다.

허공에서 피어오르던 불꽃은 맥없이 사그라들었다. 하지만 점점이 허공에 뿌려지는 것이 있었다. 바로 진현의 팔에서 뿌려지는 피들이었다. 비록 소량의 피였지만 진현의 마음을 무겁게 하기엔 충분했다. 아무리 절정의 금왕기였지만 내가의 고수가 펼치는 검기를 전부 막지는 못했던 것이다. 오수 중 셋째를 차지하고 있는 서문이 이럴진대 위의 둘은… 그리고 저기 그저 냉정한 눈으로 사태를 주시하고 있는 당수파는… 진현은 아무래도 오늘은 길보다 흉이 될 것이라 여겨졌다.

그러나 진현보다 더 충격을 먹은 이가 있었으니 바로 서문이었다. 매화검이야 그렇다 치더라도 자신을 만들어준 화검이 막힐 줄은 꿈에도 상상하지 않았던 서문이었기에 충격은 심하다 할 수 있었다.

"……."

모두 경악했다. 보잘것없어 보이던 진현이 자신과 거의 비등한 서문의 검을 꺾었으니 그들 또한 당사자만큼이나 충격이 오는 것은 당연했다. 그래도 오수의 맏이라고 허자강은 금세 충격에서 벗어나 진현에게 말을 걸었다.

"하하, 과연 한 수가 있으시군요. 어린 나이에 정말 보통이 아니십니다. 몇 년 후면 금강문이라는 이름이 천하에 진동하겠어요. 그런데 이거 어쩌죠, 지금 우리와 조우를 했으니. 저는 미래의 사파고수(邪派高手)를 미리 제거해야겠거든요."

허자강의 마음속에는 이미 진현을 제거할 생각이 들어 있었다. 진현의 무공이 사파이든 정파이든 상관없었다. 아니, 어찌 보면 진현의 무공은 정도를 걷고 있다는 것쯤은 그의 연륜으로도 알 수 있었다. 하지만 문제는 오수의 한 명이 무명인에게 졌다는 것이다. 이 사실이 새어 나가기라도 한다면 결코 자신들의 명예가 그대로 유지되지는 않을 것이라 생각하는 허자강이었다.

"미안하군요, 결과가 이렇게 되어서. 처음에는 그저 좋은 친구로 사귀고 싶었는데… 어쩔 수 없죠. 이렇게 된 것이 하늘의 뜻이라면 하늘을 원망하는 수밖에……."

아주 친절한 어투로 말하는 허자강은 서서히 검에 내공을 불어넣었다.

화산비검공(華山秘劍功) 금검(金劍).

금왕현세(金王現世).

―금빛의 신장(神將)이 세상에 나타나니 모두가 굴복하도다.

"후후, 조심하시길……."

친절하게 경고까지 한 허자강은 친절한 말과는 달리 느닷없이 검을 찔렀다. 이에 진현은 쏜살같이 다가오는 허자강의 검에 미처 대비하지 못했다.

그때였다.

위기에 빠진 진현을 구해주려고 나타난 것이 있었으니 바로 하나의 작은 환(丸)이었다.

펑.

마치 동영(東瀛)의 인자(忍子)들이 쓰는 연막탄과도 같이 환은 진현과 허자강 사이에서 펑 하는 소리와 함께 터졌다. 그리고 그 터진 환 속에서 검은 연기가 새어 나왔다.

"앗, 숨을 멈춰라. 이것은 구두당의 잠마연(潛魔煙)이다."

들이마시면 바로 중독이 되어 장시간 몸을 움직이지 못하게 하는 구두당의 잠마연인 것을 알자 당수파는 역시 노련한 강호고수답게 경고하고는 바로 다른 이들과 함께 숨을 멈췄다.

이윽고 산속에 흐르는 바람에 의해 독연(毒煙)은 서서히 걷혀갔다.

"아니… 이놈이……."

자신들과 함께 숨을 멈추고 있을 줄 알았던 진현이 사라지고 없다는 것을 안 일행은 경악했다.

"그럼 그놈도 구두당?"

허자강은 구두당이 잠마연을 던져 진현을 구한 것으로 생각하고 진현도 구두당의 일행으로 추측했다.

"역시 그랬군요. 여기서 우리를 기다린 것이에요. 교활한 놈들이군요."

화산오수(華山五秀)의 막내 옥매화(玉每花) 상비경(尙琵境)은 허자강의 추측에 확신을 더해갔다.

"누구세요?"

진현은 극적인 순간에 자신을 구해준 앞에 떡 하고 자리한 여인을 보며 정체를 물었다. 아니, 여인이라 하기엔 키가 너무 작아서 소녀라 칭해야 할 것 같았다. 하지만 그 소녀가 얼굴을 진현 쪽으로 돌리니 그 말을 다시 정정해야 했다. 얼굴 곳곳에 주근깨와 주름이 가득한 것이 추녀선발대회(醜女選拔大會)에 나가면 당당히 금상을 입상할 것 같은 외모였다. 진현은 그 속에서 적지 않은 세월을 살아온 것 같은 나이를 느꼈다. 아마 못 되어도 불혹의 나이는 넘은 것 같았다.

"나? 옥미인(玉美人)."

"허걱……."

너무나도 상반되는 이름에 진현은 그만 자신의 처지를 잃고 입을 벌렸다. 언제까지고 그렇게 있을 것 같던 진현은 자신이 알고 싶었던 것을 아직 물어보지 않았음을 느끼고 말을 이어 나갔다.

"그런데 왜 저를 구해주신 거지요?"

"그거… 음… 그냥."

"예?"

"그냥. 사람 구해주는 것도 이유가 있어야 구해주냐?"

"그게 아니라 저와 싸우던 사람들은 화산파의 사람들인데……."

"그거라면 신경 쓸 것 없어. 화산파 같은 것들은 내 안중에도 없으니까."

대단한 자신감이었다. 기고만장한 그녀의 자신감은 진현에게 객기로 받아들여지는 것은 왜일까?

"그러시다면 저야……."

"신경 쓰지 마. 다 내가 좋아서 한 일이니까."

"아무튼 고맙습니다. 지금은 여유가 되지 않아 보답을 해드리지 못하지만 나중에 기회가 된다면 꼭 갚도록 하겠습니다. 그럼 이만."

진현은 정중히 옥미인에게 예를 올리며 신형을 돌려 계속해서 가던 관도를 따라 걸음을 옮겼다.

"야!"

진현은 옥미인이 자신을 부르자 얼른 고개를 돌려 바라보았다.

"예, 무슨 하실 말씀이라도 있으신지……."

"너 지금 어디 가냐?"

"예? 집으로 가는……."

"집이 운남인 모양이구만… 잘됐다. 나랑 같이 가자."

"……."

그녀 혼자 추측하고―거의 맞았지만―혼자 결정하는 옥미인의 행동에 진현은 또 다른 시련이 자신에게 왔음을 본능적으로 알 수 있었다. 마음은 정말이지 이 시련을 피하고 싶었지만 은인이라는 현실에 그저 받아들일 수밖에 없었다.

"야! 뭐 해, 안 가고?"

어느새 옥미인은 앞장서며 진현을 재촉하고 있었다.

"저기요? 제가 누군지 알고 구해주셨어요?"

"아까 말했잖아. 그런 것은 상관없다고. 단지 말이야, 네가 그 냄새나는 정파 놈들이랑 싸우는 모습이 보기 좋았다라고 하면 대답이 될까? 아무튼 그런 위선자들은 다 족쳐 버려야 해."

"……."

"그리고 내가 준 약 먹었지? 네가 아까 마신 연기가 보통 연기가 아 니니깐 조심해야 해. 그거 장난이 아니거든."

"예."

"그러나저러나 너희 집이 운남 어디에 있냐? 아까 너의 무공을 보아 하니 보통 집은 아닌 것 같은데……."

"그게… 저… 그냥 집이죠. 그리고 저의 무공은 가전무학이 아니라 사문의 무공입니다."

"오호, 그러냐? 그럼 사문이 어디지?"

진현은 눈을 빛내며 자신의 얼굴로 다가오는 옥미인의 얼굴이 너무 나도 부담스러웠다. 하지만 달리 생각하니 자신의 얼굴도 그리 잘난 것이 아니기에 그냥 참기로 했다.

"금강문이라고 하는데… 아마 들어보지 못하셨을 거예요."

"금강문……."

고개를 숙이며 곰곰이 생각하던 옥미인의 눈에서 한줄기 이채가 떠 었다. 하지만 곧 그런 내색을 지우며 진현을 향해 자신도 모르겠다는 듯 고개를 저으며 말했다.

"금강문이라고… 나도 잘 모르겠네."

고개를 갸우뚱거리며 말하는 옥미인의 모습에 진현은 자신도 모르 게 미소 지었다. 그러다 그런 자신의 모습을 깨닫고는 어이가 없어 헛 웃음을 지었다.

'이런… 나보다 한참이나 나이가 많으신 부인에게 이게 무슨 망상 인가. 하지만 목소리 하나만큼은 정말 좋다니까. 아마 얼굴은 보지 않 은 상태로 목소리만 들었으면 천하미인인 줄 알겠다.'

진현은 옥미인에 대해서 생각을 하다 문득 그녀의 정체가 궁금해졌다. 하지만 대놓고 물을 수도 없는 일이기에 그냥 그녀가 말할 때까지 참기로 했다. 그런데 그의 이런 생각이 옥미인의 마음에 들었나 보다.

"호오, 넌 내가 누군지 궁금하지 않냐?"

"예, 당연히 궁금하죠."

"그런데 왜 안 물어보냐?"

"그거야… 숙녀에게 많은 걸 물어보면 실례잖아요."

진현의 말에 옥미인은 그렇지 않아도 흉한 얼굴에 더욱 주름을 만들며 박장대소를 하였다. 그런 그녀의 모습이 진현에게 이상하게 보였다.

"호호호… 세상에 나에게 숙녀라고 말하는 사람이 다 있다니… 정말 오래 살고 볼 일이구나."

그녀의 말에 진현은 갑자기 그녀가 불쌍해졌다. 저렇게 웃고 있지만 그 안에는 얼마나 속이 상했을까 하고 생각하니 절로 마음이 저려왔다. 얼마나 외모를 가지고 푸대접을 받았으면 저렇게 좋아할까 하고 생각하니 말이다.

"이제부터 제가 꼬박꼬박 숙녀님이라고 불러드릴게요. 그래도 되겠죠?"

"호호… 넌 정말 나를 기쁘게 하는 말만 하는구나. 너를 구하기 잘했다는 생각이 든다. 그래, 너 마음대로 하거라. 호호호."

옥미인은 한참을 웃다 갑자기 정색을 하고 진현에게 진지한 말투로 물었다.

"넌 너에게 어떠한 일이 있어도 나를 지금 이대로 대해줄 수 있니?"

"예, 그럼요."

진현은 그녀의 말에 걸리는 부분이 있긴 했지만 위선적인 화산파의

사람보다 비록 흉측한 얼굴이긴 하지만 착한 것 같은 옥미인에게 더
마음이 갔다.

"그런데 왜 관도로 가지 않고 산길로 가는 거예요?"

진현은 아까부터 편한 관도로 가지 않고 험한 산길을 고집하는 옥미
인의 행동이 이해가 가지 않았다.

"그건 나를 찾는 사람들이 많기 때문이지. 내가 너무 예뻐서 말이
야."

"……"

정말로 한순간도 진현으로 하여금 방심하지 못하게 만드는 옥미인
이였다. 진현은 옥미인의 말에 그녀만의 사정이 있음을 알고는 더 이
상 물어보지 않았다.

"호호호… 농담이다. 애, 뭘 그리 심각하게 받아들이니……."

입을 가리고 웃는 옥미인의 손에서 진현은 이상한 것을 발견하게 되
었다. 남색의 사슴 머리가 새겨져 있는 반지였다.

"그 반지는 뭐예요?"

"응? 이 반지? 뭐긴… 반지가 반지지."

아무렇지도 않게 넘어가는 옥미인의 행동에 진현도 그녀의 취향이
특이하구나라고 생각하며 그냥 넘어갔다.

"아이고… 다리야. 저기서 좀 쉬었다 가자."

진현과 옥미인은 어느새 운귀고원(雲貴高原)의 막바지에 들어섰다.
그러는 동안 쭉 험한 길을 골라온 이들이기에 피곤함이 장난이 아니었
다. 그래서 어디서나 손쉽게 볼 수 있는 관제묘(關帝廟)에서 잠시 쉬기
로 하였다. 그렇다고 관제묘가 이런 산길에까지 퍼져 있는 것은 아니

었지만 때마침 눈에 보이는 관제묘는 진현과 옥미인에게 사막 한가운 데의 오아시스와 같은 존재였다.

"애야, 너 혹시 먹을 거라도 있니?"

"아뇨."

"어떻게 먼 길을 가면서 그 흔한 육포 하나 들고 있지 않니? 너, 이런 여행 처음이지? 그렇지?"

"음⋯⋯."

진현은 비록 그녀의 말이 맞는 것은 아니지만 맞는 거나 다름없기 때문에 아무 소리도 못했다.

"아이고, 할 수 없이 자급자족을 해야겠구먼⋯ 다리도 아픈데⋯ 씨."

옥미인은 어린아이처럼 투덜거리며 관제묘에서 나갔다. 이에 괜히 진현은 미안한 마음이 들어 그녀를 따라 나갔다.

"토끼라도 잡아야겠어. 어디 보자."

옥미인은 신형을 숲 속으로 날렸다. 그리고 얼마 되지 않은 시간에 정말로 토끼 한 마리를 잡아왔다.

"어쩜 이리 통통한지⋯ 족히 두 명은 먹겠다."

옥미인은 잡아온 토끼를 보며 중얼거리더니 진현에게는 눈길 한번 주지 않고 관제묘로 들어갔다. 그 뒤로 진현 역시 따라갔다. 하지만 곧 진현은 관제묘를 나와야 했다.

"야! 가서 진흙이나 가져와."

진현은 진흙을 구하기 위해 사방을 뒤져 보았다. 그늘진 곳, 또는 햇빛이 들지 않는 곳 등 음지를 찾거나 땅을 파고 황토(黃土)를 찾아보았다.

"응? 이상하다… 예전에 텔레비전에서 보면 이런 곳에 많이 있었던 것 같은데……."

진현은 계속해서 자신의 생각에 믿음을 가지며 여러 곳을 둘러보았다.

"어라, 이 버섯은 참 색깔도 예쁘네."

진현이 보고 있는 곳에는 알록달록한 무늬가 그야말로 아름다운 결코 버섯이라고 볼 수 없는 작은 버섯이 나고 있었다.

"따가야겠어. 혹시 이거 먹으면 몸이 좋아지는 영약 같은 것은 아닐까?"

그렇지 않아도 먹는 것에 눈치가 보였던 진현은 이 버섯 하나로 만회를 하려고 하였다. 버섯을 딴 진현은 주머니에 넣고는 다시 진흙이나 황토를 찾으러 다녔다.

한참이 지나 진현이 관제묘에 다시 나타났을 때 진현의 손에는 황토가 가득 있었다.

"숙녀님, 여기 황토요."

진현이 황토를 건네자 옥미인은 미리 털을 제거한 토끼를 꺼내더니 황토를 덕지덕지 발랐다.

"이래야 토끼가 맛있어. 알겠어? 다음에 내가 없더라도 이렇게 해서 먹어봐."

"예."

"어라, 한 가지가 부족하네. 에이, 내가 갔다 와야겠다."

옥미인은 황토를 바르던 토끼를 진현에게 주며 급히 관제묘를 나갔다. 그사이에 진현은 급히 자신이 딴 버섯을 꺼냈다.

"후후… 아마 맛이 색다를 거야. 나중에 깜짝 놀래켜 줘야지. 감히 먹을 것으로 나를 구박해. 칭찬만 해봐라."

진현은 즐거운 상상을 하며 황토 사이로 벌어진 곳에 버섯을 잘게 뜯어서 쑤셔 넣었다. 그리고는 완전무결하게 황토를 토끼에 발랐다.

"음, 됐어. 이러면 눈치가 아무리 빨라도 모를 거야."

"야! 너, 혼자 뭐라고 중얼거리고 있냐?"

"아, 아니에요."

갑자기 들어온 옥미인의 등장에 진현은 당황하며 말을 더듬었으나 옥미인은 그것에는 개의치 않고 나뭇가지째 들고 온 솔잎을 마구 따더니 황토로 둘러싸인 토끼를 다시 벌려 내장이 있었던 곳에 솔잎을 넣었다. 진현은 벌어진 황토 사이로 버섯의 잔해가 나올까 조마조마했지만 다행인지 볼 수 없었다.

'휴… 다행이네. 들키는 줄 알았어. 하마터면 나의 즐거운 상상들이 상상으로 그칠 뻔했잖아.'

옥미인은 가지고 온 소나무의 가지를 잘라 불을 피웠다. 그리고 어느 정도 타서 숯이 만들어지자 그 위에 황토로 둘러싸인 토끼를 놓았다. 그리고 다시 나뭇가지를 위에 쌓아 불을 계속해서 피웠다.

"아, 이제 됐다. 밥 먹기 진짜 힘드네."

"야! 네가 한 것이 뭐가 있다고 그런 소리를 하냐?"

진현은 옥미인이 또다시 구박을 하자 작게 투덜거렸다.

"흥, 나중에 보라지."

이각이 지나고 옥미인은 뜨거운 불 속에 손을 집어넣어 굳어진 황토 덩어리를 꺼냈다. 그리고 품에서 단도를 꺼내어 황토를 반으로 갈랐다. 그러자 갈라진 황토 안에서 모락모락 김이 피어나며 정말 맛있어 보이는 토끼 구이가 나타났다.

"우와… 정말 맛있겠어요."

"그럼, 누가 한 건데……."

옥미인은 황토덩어리의 반을 진현에게 주며 먹으라고 하였다. 하지만 진현은 옥미인에게 먼저 시식을 권했다. 왜냐하면 그녀가 먼저 먹어야 평소에 해먹던 그것과 다르다는 것을 알고 놀라기 때문이었다. 그때 진현이 놀람에 대한 해명을 해주며 옥미인을 구박한다. 이것이 바로 진현의 계획이었다.

계속된 진현의 권유에 이것 또한 숙녀에게 하는 예의라 생각한 옥미인은 못 이기는 척하며 자신이 먼저 토끼 구이를 시식하기로 했다. 살점을 하나 떼어 작은 입에 쏙 하고 넣었다.

"어라?"

옥미인은 과연 진현이 예상한 대로 예전과 다른 맛을 느끼며 확인 차 다시 한 번 살점을 떼어 먹어보았다.

"호오, 이거 맛이 왜 이래?"

"푸하하하, 그건 바로 내가……."

진현이 허리에 두 손을 얹으며 하늘에 대고 앙천대소(仰天大笑)를 할 때였다. 옥미인은 갑자기 허리를 숙이며 신음 소리를 토해냈다.

"윽!"

"왜… 그래요? 에이, 알겠다. 너무 맛있다는 것을 숨기려고 장난치는 거죠?"

"아… 이… 건"

"왜 그래요? 진짜로 아파요?"

진현은 심각한 옥미인의 표정에 그제야 장난이 아닌 것을 알고 옥미인의 몸을 붙잡으며 걱정 어린 물음을 토했다.

"어디가 아파요? 왜 그래요?"

"으… 도… 독……."

"예? 독이라고요?"

옥미인의 한마디에 진현은 기겁을 했다. 무슨 토끼고기에 독이 있다는 말인가. 이건 말도 안 되는 소리였다.

"그게… 무슨 소리예요? 독이라니요? 토끼고기에 독이 어디 있어요?"

진현은 옥미인의 말이 고통에서 오는 헛소리일 것이라 생각하며 갑자기 배가 아픈 이유를 위염이나 아니면 혹시 모르지만 맹장이 터진 것으로 생각했다.

"그러면 이거 큰일이잖아. 혹시라도 맹장이 터졌으면 한시가 급한데……."

거기까지 생각이 미치자 진현은 옥미인을 들쳐 업고 전속력을 다해 산을 내려갔다.

"으… 으."

"조금만 참어요. 제가 구해드릴게요. 예? 조금만 참아요. 제발……."

진현은 의식이 없는 상태에도 고통이 심한지 신음을 하는 옥미인을 향해 안쓰러운 말을 토하며 급히 달렸다. 그래도 안 되겠는지 두 다리에 표응력을 집결시키고는 말 그대로 쏘아진 화살처럼 달려나갔다.

"헉… 헉… 저기 마을이 보인다. 조금만 참아요. 헉… 헉……."

순전히 자신의 힘으로 호흡법도 운용하지 않은 상태로 달렸던 진현은 입에 단내를 토하며 숨을 헐떡거렸다. 그도 그럴 것이 옥미인을 업고 뛰었던 것이 두 시진이나 되기 때문이었다. 말이 두 시진이지 열다섯의 소년이 아무리 신공을 익혔다지만 자신만의 힘으로 달린다는 것은 무리가 있었다. 하지만 진현에게는 은인의 생명이 달린 것이기에 한시도 지체할 수 없었다.

"헉헉… 거의 다 왔어요. 조금만 참아요."

계속해서 참아요, 참아요, 하며 똑같은 말만을 되풀이하던 진현은 결국은 마을 안으로 진입을 했고 사람을 불러 의원을 찾았다.

"헉… 헉… 저기, 사람이 죽어가고 있어요. 의원님이 계시는 곳 좀 가르쳐 주세요."

"아이고… 그런가… 그럼 어서 빨리 가야지."

밭을 메다 왔는지 갈퀴를 든 농부는 진현에게 재빨리 의원이 있다는 곳을 가르쳐 주었다.

광의당(廣醫堂).

널리 의술을 베푸는 곳이라고 쓰여진 편액이 걸린 대문 앞에 진현은 여전히 옥미인을 업고 서 있었다.

"저기… 이보세요… 의원님."

"누구요?"

대문이 열리며 하인으로 보이는 사내가 나타났다.

"사람이 죽어가고 있어요! 제발 좀 구해주세요!"

진현은 하인으로 보이는 사내의 옷을 붙잡으며 급히 말했다. 그러자 이런 일이 다반사였던 하인은 간단한 말 한마디를 하며 진현을 안으로 안내했다.

"드시지요."

"아니… 단 공자님."

심 의원은 진현을 알아볼 수밖에 없었다. 당연히 심 의원이 진현의 살아날 길을 제시한 당사자이니 그거야 당연하다 할 수 있는 일이었다. 비록 그로부터 근 사 년이 지났기 때문에 체격이나 외모에서도 달라진 면이 있었지만 심 의원이 구별 못할 정도는 아니었다. 지금까지도 심 의원의 처방(?)대로 해서 진현이 살아났다고 믿고 있는 진현의 가족과 천하제일가의 모든 이들 때문에 열렬히 지원을 받고 있는 실정이라 잊어버리려고 해도 잊을 수가 없었다.

"어떻게 저를……."

진현은 그야말로 깜짝 놀랐다. 이제껏 자신을 알아본 사람이라 해야 타인으로서는 조진환이 다였기 때문에 비록 가문이 있는 운남이라 하지만 자신을 알아보는 사람이 있을 줄은 꿈에도 생각하지 못했기 때문이었다.

"공자님… 제가 기억나지 않으십니까? 공자님이 생사를 헤매고 있을 때 공자님에게 살아날 방도를 일러준……."

심 의원은 말을 흐리며 진현을 살려준 것에 일등 공신임을 은연중에 과시하고 있었다. 하지만 진현에게는 지금 그런 말이 들어올 리 없었다. 심 의원으로서야 '아! 그러십니까? 정말로 고맙습니다. 평생 은인으로 삼겠습니다' 등등 이런 말을 원할지 모르지만 진현의 눈은 그저 너무나도 심한 고통으로 인해 정신을 잃고 만 옥미인에게 가 있을 뿐이었다. 이에 민망함을 느낀 심 의원은 그제야 진현이 이곳에 온 목적을 살펴보았다.

"이 부인은 누구신지?"

"예, 이분은 저에게는 은공이 되시는데……."

진현은 그 와중에도 그녀의 이름을 알려주면 처음 옥미인과 만났을 때와 마찬가지로 심 의원도 비웃을 것 같아 흘려 버리기로 하고 그녀가 이토록 아파하는 이유만 말했다.

"…그래서 제 생각으로는 맹장(盲腸)에 이상이 있지 않나 하고 감히 추측을 해봅니다만……."

끝으로 진현은 자신의 의견까지 덧붙였으나 간단하게 심 의원에게 일축당하고 말았다. 그것은 심 의원의 의술(醫術)의 단계를 너무 과소평가한 것이나 마찬가지이기 때문이었다. 비록 심 의원은 신의(神醫)의 단계는 아닐지라도 눈으로서 환자의 상태를 짐작할 수 있는 단계에 접어든 후였다. 흔히 이런 단계를 목의(目醫)라고 했다. 그런 심 의원의 눈에는 고통으로 정신을 잃으면서도 통증이 오는 곳을 부여잡은 옥미인의 손이 맹장이 있는 부분보다는 위(胃)의 부분을 잡고 있는 것이 보였다. 즉, 이 말은 장에 관련한 증세보다는 식(食)에 관한 증세라고 보아야 한다는 말이었다. 대충 진현으로부터 옥미인이 이렇게 된 경위를 들었기 때문에 심 의원은 어렵지 않게 추측할 수 있었다.

"음… 토끼를 구워 먹고 이렇게 됐다? 이건 말도 안 되고… 혹시… 단 공자, 토끼고기에 무얼 첨가하였습니까?"

심 의원의 이 말은 혹시나 하는 마음에서 나온 말이었다. 하지만 심 의원은 그 혹시나 했던 마음이 역시나가 되었다는 것을 곧 알게 되었다.

"예, 우선 황토로 둘러싸서 구웠고… 음, 솔잎도 넣었으며… 아! 그리고 버섯도 하나 넣었습니다. 그런데 그건 왜……?"

"음, 역시… 그래, 그 버섯이 어떻게 생겼나요?"

심 의원은 이 통증의 원인이 버섯에 있다고 단정하고 있었다. 그 밖에는 아무리 생각해도 답이 나오지 않았기 때문이었다.

"예, 버섯의 갓 지름이 한 치에서 두 치 사이이고 중앙이 안으로 들어간 백(白), 홍(紅), 황(黃)이 한데 어우러진 버섯이었습니다. 그리고… 음, 주위는 좀 더 연한 색으로 되었고 전체적으로 담황색으로 외피가 둘러 있었습니다."

진현은 심 의원의 자세를 보고 심각하다 여겨 잠시 보고 말았던 버섯의 형태를 계속해서 떠올려 자세하게 말해 주었다. 버섯의 형태가 워낙 예뻤기 때문에 그리 어렵지 않게 기억을 살릴 수 있었다.

"음, 역시… 독버섯을 드셨군요."

"예?"

진현은 깜짝 놀라고 말았다. 옥미인의 증세가 왠지 버섯에서 기인하는 것 같은 기분은 들었지만 독이 함유된 버섯인 줄은 몰랐다. 그저 모양이 예쁘고 생긴 것도 아주 귀엽게 생겨 마치 전생에서 즐겨 시청하였던 스머프 나라의 그 버섯인 줄 알았던 진현으로서는 정말로 충격이 아닐 수 없었다.

사실 진현이 토끼 구이 속에 넣었던 희마균(喜魔菌)은 현재 파리버섯이라 부르는 것으로 전체적인 흰 바탕에 담황색의 무늬가 있고 식용버섯인 담황색 주름버섯과 매우 흡사한 외형을 가지고 있었다. 그렇기에 자칭 생존 훈련이다 뭐다 하며 소천성탑 시절 형공탑 아이들을 주름잡았던 진현이라 하더라도 헷갈릴 수밖에 없었던 것이다.

이런 말이 있다. 아름다운 것일수록 독이 있으니 조심해야 한다는 말. 무림에서는 격언이나 마찬가지인 말이었다. 정말로 아름다운 것일수록 독이 더욱 강한 독물이 많다는 것은 일반인까지 알고 있는 것이었다. 장미의 아름다움이 화사할수록 장미의 아름다움에 숨겨진 가시가 더욱 날카로워지는 것처럼. 하지만 이런 상식과는 달리 아름다운 것임에도 불구하고 독이 없는 것도 의외로 많았다. 산딸기 같은 경우도 전해오는 이야기처럼 주위의 독사를 조심해야지 아름다워서 독이 있을까 봐 먹지 않겠다는 말은 낭설이었다.

"그럼… 어떻게 해야… 하나요?"

진현은 말까지 더듬으며 심 의원에게 물었다. 그저 자신의 단순한 머리로는 배가 아프면 맹장이다, 아니면 장이 꼬였네 하고 치부하고 말았던 것이 자신의 행동 때문에 그런 것인 줄은 감히 상상도 하지 못했던 것이다.

"예, 정확한 상태를 보아야 알겠지만 지금 저의 판단으로써는 그리 심각한 문제는 아니라고 봅니다. 그 독버섯의 이름은 희마균이라 합니다. 이름이 특이하죠? 이 이름에도 사연이 있습니다. 원래 이 버섯은 맹독이 함유된 버섯이긴 하지만 민간에서는 곧잘 볼 수 있는 버섯이랍니다. 모양이 하도 예뻐서 이 버섯과 함께 밥풀을 담아두면 벌레들이 달려들어 먹어버리죠. 그리고 그 맹독을 이겨내지 못합니다. 그래서 기쁨에 왔다 마귀를 만난다 해서 희마균이라고 하는 것이죠. 하지만 이 부인께서는 단 공자께서 말씀하신 대로 황토에 섞어버렸기 때문에 오히려 화를 피한 경우가 되었습니다. 황토의 정화 작용이 희마균의 맹독을 거의 소멸시켰다는 이야기입니다. 그러니 이렇게 숨을 쉬고 있는 것이겠지요. 하지만 그 여분의 독으로도 능히 사람을 폐인으로 만들 수 있으니… 정확히 진맥을 해야 알겠지만…….."

심 의원은 그 말을 끝으로 옥미인을 방으로 데려가 침상에 눕혔다. 그리고 자신이 애용하는 금침(金針)을 가져와 옥미인의 복부에 대혈이 있는 부분을 살짝 찔렀다. 그리고 진맥을 하고 금침을 뽑아 상태를 보곤 하였다. 이 모두가 진현에게는 생소한 장면이었으나 모두가 옥미인을 위한 일이라는 것을 알기에 하나도 놓치지 않고 바라보았다. 지금 진현의 속마음은 아주 혼란한 상태였다. 자신이 만들어놓은 일에 대한 죄책감, 벌레나 꼬인다는 이 버섯에 대한 원망감, 자신이 벌레가 되어버렸다는 실망감. 모든 것이 이렇게 한데 어울려져 진현을 괴롭히고 있었다.

"아~"

"의원님, 어떻게 되었습니까?"

짧은 탄성을 지르는 심 의원에게 진현은 급히 달려들어 옥미인의 상태를 물었다.

"음, 아주 심각한 상황은 아닙니다. 하지만 위가 많이 상했군요."

"위가 상했다니요?"

"예, 무릇 균(菌)이란 음지에서 음기를 먹고 자라는 대표적인 음에 해당하는 생물입니다. 그런 균의 독이 바로 음독(陰毒)이 되는 것은 당연지사, 거기다 여자인 옥미인의 음기를 만나 마치 물 만난 고기처럼 되었습니다. 한 가지 다행이라면 처음에 말씀드린 대로 황토에 의해 거의 정화가 되었기 때문에 그리 심각한 수준은 아닙니다. 하지만 음독이 투입된 곳이 오장(五臟)에서도 수(水)의 기운을 띠고 있는 위에 해당하는지라 위가 상하는 것은 막지 못했던 것이죠. 보통 여자라면 아마도 그 자리에서 즉사를 하지 않았겠나 싶지만 이 부인은 본인의 공력(功力)이 아주 훌륭하신 데다 심후한 내공으로 더 이상 독이 침투하는 것을 본능적으로 막으신 것 같습니다. 이런 경우에는 거의 한 가지 방법만 있으면 만사형통이지요."

"그 방법이란 것이 무엇입니까?"

진현은 다급히 물어보았다. 설사 그 길이 지옥으로 간다는 것이라 해도 지금의 진현으로서는 해야 할 것 같은 의무감이 들었기 때문이다.

"혹시 상생상극(相生相剋)이란 말에 대해 아십니까?"

상생상극. 항상 헌원당이 진현에게 하던 말이었다. 오행(五行)의 결(訣)은 모두 상생상극하고 있으니 하나의 결로만 모두를 이길 순 없다고 말이다.

"독도 마찬가지입니다. 독이 있다면 그에 대한 해독약 또한 있는 법이지요. 특히 자연에 의한 독이라면 말입니다. 독이 자라고 있는 그곳에는 해독약 또한 같이 자라고 있습니다. 바로 상생상극의 원리에 의해서 말입니다. 영약(靈藥)을 지키는 영수(靈獸)의 독처럼 말입니다. 사람들이 단지 모르고 지나칠 뿐이지요. 이 희마균도 마찬가지로 이 버섯이 자라고 있었던 곳에 그 해독약이 있을 겁니다. 거기다 오과(五果) 중 위에 해당하는 율(栗)과 오채(五菜) 중 역시 위에 해당하는 콩잎을… 그리고 오곡(五穀) 중에서 콩, 오축(五畜)에서 돼지의 피를 한데 섞어 달인 다음 축시(丑時)와 묘시(卯時) 두 차례에 걸쳐 먹인다면 위에서 요동을 치고 있는 희마균의 독 여분들은 모두 소멸이 될 것입니다. 축시와 묘시도 마찬가지로 오수(五數)에 해당하는 시간이지요."

"그럼 그렇다면 이 버섯을 딴 곳에 그것이 있다는 말씀이신데 어떻게 생겼습니까? 제가 찾아오겠습니다."

진현은 말만 하면 자신이 다 해결하겠다는 자세로 심 의원에게 말했다.

"아마 구별하기 어렵지는 않을 것입니다."

진현은 열심히 찾았다. 심 의원이 말한 삼지활엽초(三支活葉草)를 찾기 위해 자신이 버섯을 땄던 곳에 다시 왔으나 생각보다 찾기가 수월하지 않았다. 세 개의 풀잎으로 이루어진 삼지활엽초는 그 하나의 풀잎마다 효능이 각각 숨어 있다고 했다. 우선은 희마균에 대한 해독을, 그리고 보혈(補血)에 대한 효능이 있었고 우스갯소리로 삼지활엽초 세 개면 구지선엽초(九支仙葉草)만큼 한다고 전해질 만큼 오랫동안 장복(長服)을 하게 되면 몸이 좋아질 뿐 아니라 내가의 고수들에게 좋은 도움이 된다고 한다. 그래서 운남의 역사가 오래된 문파일수록 이 삼지활엽초의 효능을 높이 사 꾸준히 장복을 한다고 전해져 왔다.

"잎이 세 개고 중앙에 하얀 몽우리가 있다고? 어디 보자……."

쉽게 보인다는 심 의원의 말과는 달리 진현의 눈에는 그리 띄지 않았다. 아마도 자신의 희귀성이나 소중함을 호소하는 것처럼 말이다. 그때였다, 진현의 눈이 햇살을 따라 비추어진 곳에 머문 것은. 그리고 그곳에 정말 영화의 한 장면처럼 고운 햇살에 자신의 자태를 실은 삼지활엽초가 보인 것은.

"드디어 찾았다!"

진현의 목소리는 격앙되고 있었다. 그만큼 기뻤다. 하지만 그의 기쁜 마음을 표현한 목소리가 너무 컸던 것일까? 진현에게 찾아온 복은 자기 혼자 오지 않고 화라는 골치 아픈 것까지 데리고 와버렸다.

"그래, 이 근처일 줄 알았다. 관제묘에서 본 흔적들을 믿고 이곳에 있길 잘했구나."

진현으로서는 오늘로써 두 번째 듣는 목소리였다. 그리고 자신이 금강문의 무공을 익히고 처음으로 상대했던 인물이기도 했다. 그러니 어찌 잊을 수 있겠는가. 진현은 그 목소리에 일이 좋지 않게 되었다고 생각하며 급히 삼지활엽초를 따려고 했다. 하지만 진현의 목소리가 들릴 때부터 진현만을 주시하고 있었던 서문(徐紋)에게는 허락지 않은 행동이었다. 금세 자신의 검에 화검(火劍)의 기운을 집어넣으며 처음부터 전력을 다하려는 서문의 대응에 진현의 목적은 무산돼 버리고 말았다. 진현은 자신의 행동을 막으며 검에 더욱 화검의 기운을 불어넣고 있는 서문과 나머지 화산오수(華山五秀), 마지막으로 당수파(唐洙把)를 보았다. 아마도 이번에는 요행을 바라지 못할 것 같았다. 저번의 실수에 많은 준비를 하였는지 이 여섯 명은 육합(六合)의 방위를 모두 점하고 있었다.

"무슨 일이시오?"

진현은 무언가 마음속으로 짚이는 것이 있었지만 애써 무시하며 당당히 그들을 맞섰다. 아니, 조금 조급해하는 마음이 있었다. 아무리 심각한 상황은 아니라지만 옥미인의 상세를 만든 장본인이기 때문에 한시라도 빨리 그 고통에서 해방시켜 주기를 간절히 바라고 있었기 때문이다. 그의 이런 마음을 알고 있기나 한 것일까? 서문은 입가에 미소를 지으며 진현을 더욱 압박해 왔다.

진현은 아무래도 말로는 해결이 나지 않을 것이라 여기며 몸에 가득히 힘을 실었다.

진현은 몸에서 피어오르는 금왕기의 힘을 느꼈다. 비록 금왕기는 오행의 결(訣) 중 금(金)에 해당하는 진산절기이긴 하지만 유형화되는 힘은 없다는 것이 사실이었다. 내공과 같은 힘이 아니라 자신의 몸을 보호하며 상대방의 힘을 교묘히 되돌리는 기술이라고 해야 옳을 것이기 때문이었다. 그러나 진현에게는 힘이 나는 것 같은 느낌을 주기엔 충분하였다. 허자강의 금검(金劍)과 부딪치지는 않았지만 서문의 화검과는 충분히 자웅을 견주어보았기 때문이다.

"내가 구두당의 악견(惡犬)을 살려둘 줄 알았느냐? 당치도 않은 소리. 내 검에 죽는 것을 다행으로 여겨야 할 것이다."

진현은 다짜고짜 자신을 몰아가는 서문의 행동에 심한 분노를 느꼈다. 하지만 진현 역시 서문과 마찬가지로 억지스럽게 나갈 수가 없었다. 중경제일루(重慶第一樓)에서 들은 구두당의 소문을 들었기 때문이다.

"무슨 근거로 나를 구두당의 일원으로 몰아가는 것이오? 나는 결코 그런 악인의 소굴에 발을 담그지 않았소."

이렇게 반박하는 진현의 말이 소문이나 나머지 화산오수에게 먹혀들 리 만무했다. 자신들의 눈앞에서 구두당의 또 다른 일당이 진현을 구해가는 것을 보았기 때문이다.

"흥, 그런 말이 통할 줄 알았나 보지? 그럼 네가 구두당에 속하지 않았다면 잠마연(潛魔煙)은 어떻게 설명할 것이냐? 그리고 네가 구두당의 악견이 아니라면 그 증거를 보여봐라."

진현으로서는 정말로 곡할 노릇이 아닐 수 없었다. 진현이 어찌 잠마연을 알 것이며 그리고 자신이 구두당이 아니라는 뚜렷한 증거가 어디에 있겠는가? 일전에 진현이 금강문이라는 사문을 두었다고 하여도 끝까지 사마(邪魔)의 무리로 몰아가던 이들이 말이다. 말이란 '아' 다르고 '어' 달라서 해석하기 나름이 아니겠는가. 그들이 끝까지 우긴다면 진현으로서도 어찌할 방도가 없었다. 아니, 한 가지 방법이 있긴 했다. 바로 진현의 정체를 밝히는 것이다.

'정말 이것만은 싫었는데⋯⋯.'

정말이었다. 평소에 진현에게 천하제일가라는 가문을 자각시켜 주는 인물도 없었지만 진현으로서는 배경으로 먹고 사는 인물들을 극히 싫어했다. 집안의 뒷 배경으로 자신의 앞에서 거들먹거리며 괴롭히는 아이들과 사람들을 전생에서 너무나도 많이 보았기 때문이다. 그래서 진현은 빈민가의 열등감은 아니지만 이런 것들은 제발이지 사양이었다. 하지만 이제는 어쩔 수가 없다는 것을 느꼈다. 이렇게 이들과 다툴 시간이 없다라는 것을 잘 알기 때문이었다.

"나는 사마의 무리나 그대들이 말하는 구두당의 악견이 아니오."

너무나도 당당하게 말하는 진현의 모습에 서문과 일행들은 순간 움찔했다. 만약 정말 만약이지만 진현의 말대로 그의 뒤에 정(正)에 속하는 대문파가 있다면 그것이야말로 큰 실수를 하는 것이기 때문이었다. 하지만 그럴 리가 없다라는 것을 잘 알기 때문에 그들은 더욱더 진현을 몰아갈 수 있었다.

"나는… 나는… 천하제일가의 소주(小主)라는 신분을 가지고 있소."

"천하제일가?"

머뭇거리며 말하는 진현의 말에 모두들 반문을 했다. 그러기도 잠시 다시 일치단결한 모습으로 박장대소(拍掌大笑)를 했다.

"하하하… 정말 웃기는구나, 정말 웃겨. 넌 항상 만날 때마다 우리를 신선하게 해주는군 그래. 정말 없애기 싫은 놈이야. 그래, 네가 단지운이라고? 호오, 그럼 어디 증거를 보여봐라. 네가 천하제일가의 소주라면 소주의 신분을 나타내는 것이 있을 것 아니냐? 설마 그냥 우리보고 그 말을 믿으라는 것은 아니겠지?"

이심전심(以心傳心)이었는지 서문의 말에 모두들 끄덕이고 있었다. 하지만 당사자인 진현의 입장에서는 고역이 아닐 수 없었다. 그렇게도 밝히기 싫어했는데 막상 밝히고 나니 증거를 대라니… 그리고 진현에게는 그런 신분을 나타내는 물건이 없었다. 소천성탑으로 떠날 때만 하더라도 그저 이 년간 열심히 수련하여 사마화련과 함께 같이 복귀하는 것이 다였기 때문에 가져올 리가 없었다. 굳이 대라고 한다면 진현과 사마화련이 언약식으로 정표를 나눈 용봉쌍환(龍鳳雙環)이 있을까. 하지만 그리 특이하지 않은 것이라 단목가(端木家)의 사람이 아니라면 구별하지 못하는 것이었다.

"…없소. 하지만 나와 같이 천하제일가로 간다면 알 수 있을 것이오. 내가 단지운인지, 당신들이 말하는 구두당의 악견인지."

"오호, 천하제일가로 가자? 어디 한번 가보자. 하지만 가는 것은 우리만 가야 하겠다. 그래, 네놈도 같이 가야지… 네놈 머리만……."

서문은 더욱 살기가 어려 있는 말투로 진현에게 내뱉었다. 그로서는 정말 말도 안 되는 진현의 말을 도저히 믿을 수가 없었다. 소문에 의하면 천하제일가의 독자인 단지운은 주화입마를 입어 두문불출하고 있다고 전해졌기 때문이다.

진현은 좌중의 반응을 보고는 더욱 일이 잘못되어 간다고 느꼈다.

"그럼 이건 어떻소? 난 소천성탑 출신이오. 비록 현공탑 출신이긴 하나 틀림없는 소천성탑 출신이란 말이오. 더욱이 그대들과 함께 동문 수학한 시철영과 함께 손속을 나누어본 적도 있소."

진현으로서는 시간이 다급할 수밖에 없었다. 옥미인 때문이었다. 진현의 성격으로 절대로 이렇게 비굴하게 변명 따위는 하지 않을 것이지만 빨리 이곳의 일을 마무리 짓고 옥미인에게 가보아야 하기 때문에 어쩔 수가 없었다. 하지만 이런 진현의 노력도 물거품이 되었다. 만약 진현이 처음부터 이렇게 나오면서 소천성탑의 이야기를 꺼냈다면 아마 화산오수로서는 훈계를 하고 그쳤을 것이나 이젠 신용을 잃은 진현의 말은 효용이 없었다. 진현이 이곳을 빠져나가기 위해 토끼굴을 파놓는 것처럼 보일 뿐이었다.

"소천성탑이 아니라 천마사천회(天魔邪天會)의 주구 노릇을 했겠지? 더 이상 말은 필요없다. 왜 낮처럼 당당하게 덤비지 않느냐? 혹시 생각해 보니 목숨이 아까운 것 같더냐? 하지만 이제는 소용없지. 암, 이제는 내 검이 믿지 않아. 자, 조용히 목을 내놓거라."

서문은 저번과 마찬가지로 자신의 검에 화(火)의 기운을 집어넣으며 마치 불에 타오르는 듯한 검을 보았다. 그 모습이 전설의 용화검(龍火劍)과 많이 닮아 있었다. 서문은 그 검을 들고 보결(步訣)을 밟으며 진현에게 전진했다. 그 뒤로 나머지 화산오수는 진(陣)을 만들며 진현의 퇴로를 차단했다.

화산비검공(華山秘劍功) 화검(火劍).
화룡강천(火龍降天).
─화룡이 하늘에서 내려오니 천하가 굴복한다.

일전에 서문이 진현에게 가했던 염락천세(炎落天洗)와 격이 다른 것 같았다. 일반적인 초식의 흐름답게 후반부로 갈수록 위력이 더해지는 화검은 여기서 그 특성을 여실히 보여주고 있었다.

진현은 감히 경시하지 못한 채 대화를 나누고 있던 중에도 계속해서 끌어올리고 있었던 금왕기를 온몸에 운용시켰다. 하지만 아주 기초적인 연환운신법(連環運身法)만 알고 있는 진현으로서는 공방(攻防)의 자유로움이 없었다. 그저 막는 것에 급급했다.

"합."

진현은 기합을 지르며 낮에 했던 것처럼 서문이 펼치는 초식의 흐름을 끊으려 하였다. 관심법으로 초식의 결을 찾았다. 하지만 틈이 보이지 않았다. 그것은 서문의 초식에 그 연유가 있었다. 아무래도 진현과 나누었던 손속들이 마음에 걸렸던 서문으로서는 바보가 아닌 이상에야 같은 실수를 반복할 리가 없었던 것이다. 화룡이 강림(降臨)한다는 초식명처럼 화룡강천(火龍降天)은 전혀 기교가 없는 것은 아니지만 기교보다는 내공의 힘에 비중을 두는 검법이었다. 위에서 내리치는 듯한 단순한 검로에 화(火)의 기운이 덧붙여짐으로서 엄청난 위압감을 발휘하는 것이었다. 마치 진짜로 화룡이 강림하는 듯한 장관이었다.

살아서 움직이는 듯한 화룡의 움직임에 진현은 몸을 움직일 수 없었다. 아무리 결의 무리(武理)가 신통하다 하나 진실되게 힘으로만 승부를 한다면 아무 소용이 없었다.

하지만 진현은 포기하지 않았다. 포기할 수 없었다. 만약 여기서 죽는다면 옥미인은 둘째 치고 사랑하는 가족과 사마화련을 두고 또다시 떠나야 하기 때문이었다. 그래서 진현은 더욱 악착같이 서문의 검을 노려보았다. 그러나 그러는 사이에도 시간은 흐르고 서문의 검은 진현의 곁으로 다가왔다.

이때 번개처럼 진현의 머리 속에 스쳐 가는 생각이 있었다.

"윽."

진현은 비명을 지르며 왼쪽 팔을 부여잡았다. 하지만 속으로 생각하길 후회는 없었다. 이 방법이 아니었다면 말이 아니라 목이 달아날 판이었기 때문이다. 그와 반대로 서문은 진현의 행동에 감탄을 금치 못했다. 비록 적이지만 정말 한 사람의 무인으로서는 감탄할 만한 행동이었다.

서문의 검이 화룡을 품고 진현의 목을 향해 마지막 힘을 쏟아내려는 찰나 진현은 급속도로 몸을 틀어 전사를 운용하는 왼쪽 팔로 검의 진로를 살짝 비켜 나가려 했으나 서문의 검에서 뿜어 나오는 검기를 전부 막을 수는 없었다. 워낙 서문의 검도 보검인 데다 검기 자체로도 엄청난 예기를 품고 있었기 때문이다. 그리고 서문의 검기는 진현의 팔뿐만 아니라 진현의 몸속을 진탕시켰다.

"울컥."

아직 제대로 내가진기에 격중된 적이 없었던 진현은 내뿜으면 안 된다는 것을 모르고 그만 속에서 나오는 피를 뱉고 말았다. 피의 색깔이 선홍색인 것을 보니 아주 제대로 맞은 것 같았다. 검은 피였다면 진현의 진탕된 속을 안정시켰을지도 모르나 선홍색의 피라면 장까지 영향을 받았다는 말과 진배없기 때문이었다.

"낮과는 많이 다를 것이다."

진현이 피를 토하는 것을 보며 서문은 나직이 비웃음을 지었다. 원래 진현과 서문은 실력 차가 있었다. 처음이야 사술(邪術)과도 같은 진현의 금왕기에 당황하여 그런 것이지만 진정한 무공의 대결에서 그런 기술은 소용이 없었다. 아마 진현이 본격적인 무공을 배우고 난 뒤라면 금왕기는 더욱 빛을 발했을지도 모르지만… 아직 내공의 운용을 못하는 진현에게는 진정한 고수와의 대결은 어쩌면 피해야만 했는지도 모를 일이었다.

서문은 마지막이라고 외치며 다시 한 번 검을 날렸다. 그의 검에서는 더욱 화기가 뻗치고 있었으며 공격은 더욱 단순해져 갔다.

진현으로서는 이번에야말로 큰일이라 생각했다. 아무리 화극금(火剋金)이라 하지만 분명 낮에만 하여도 이기지는 못해도 평수를 이룰 정도는 되었는데 지금은 평수는커녕 죽지 않으면 잘한 것이었다. 아무래도 헌원당의 말이 옳은 것 같았다.

"진현아, 네가 마지막 구결을 찾았다 하여도 화(火)의 비급(秘笈)을 가지고 간 반도에게 함부로 덤비지 말아라. 수(水)의 후예를 찾은 후에야 해야 한다. 그래야만 금으로 수를 생해주괴金生水], 수로서 화를 제압할[水剋火] 수 있을 것이다. 꼭 명심해야 한다."

이제야 알량한 자존심만 믿고 덤벼들었던 자신이 후회가 되는 진현이었다. 아무리 꼴보기 싫은 사람일지라도 오해를 만들어 나가지 않았다면 이런 일은 없었을 것이라 진현은 여겼다. 하지만 이제는 너무 늦어버린 이야기였다. 진현에게 이 깨달음은 너무 많은 것을 요구하고 있었기 때문이다.

서문의 검이 이번에는 아주 천천히 진현에게 다가오고 있었다. 하지만 진현은 더욱 몸을 운신하기 힘들었다. 아예 진현이 운신할 수 있는 폭이란 폭은 모두 제한하고 있었다. 마치 인형을 세워두고 칼을 조심스레 찔러 들어가는 것 같았다. 진현으로서는 답답한 노릇이 아닐 수 없었다. 정말 이러다가 그냥 목을 내주어야 하는 것은 아닌가 하고 느껴졌기 때문이다.

갈수록 몸을 죄어오는 무형의 기는 진현이나 서문이나 부담을 갖기에는 마찬가지였다. 왜냐하면 서문 역시 아직 대성(大成)하지 못한 이번의 초식을 무리하게 운용하는 바람에 상당한 무리감을 느꼈기 때문이다. 하지만 이번이면 마지막이라는 생각과 구두당의 주구를 죽였다는 공을 생각하면 그리 억울한 마음도 없었다. 그래서 더욱 검에 힘을 실었다.

화산비검공(華山秘劍功) 화검(火劍).

염화만리(炎花萬里).

―불꽃의 매화가 만리를 뒤덮는구나.

화검의 마지막 초식답게 엄청난 위압감으로 진현에게 다가갔고 진현은 갈수록 몸을 죄어오는 무형의 기에 움직이지 못하며 그저 검을 기다리는 수밖에 없었다.

진현에게 다가오는 거대한 모양을 이루는 화염의 덩어리는 꼼짝하지 못하는 진현에게 거대한 일격을 주기에 충분했다. 마치 불로 된 기둥이 진현의 몸을 관통하여 그대로 불태우는 듯한 착각을 느끼게 하였다.

"으악!"

진현은 괴성을 지르며 고통을 호소했으나 여기에 있는 그 누구도 진현을 도와줄 사람이 없었다. 이제는 낮에 있었던 것처럼 진현을 구해줄 사람도 없었다.

하지만 금왕기를 익히며 고생했던 것들이 헛된 것은 아니었나 보다. 진현의 몸 여기저기를 흔들어놓으며 자그마한 세맥까지 누비던 화염의 기운은 곧 진현의 몸 곳곳에서 유화결(柔化訣)과 탄공결(彈空訣)에 익숙할 대로 익숙한 선천지기와 근맥의 힘에 의해 서서히 퇴출당했다. 하지만 여기에도 그만한 사정이 있었다. 비록 화(火)가 금(金)을 누른다 하여 진현이 자연적으로 기가 죽어 있었지만 선천지기의 부분이 나오자 사정이 달라졌기 때문이다. 바로 진현의 팔에 차여진 오화지음쌍환(午火至陰雙環) 중 지음(至陰) 덕분이었다. 진현이 이 쌍환을 얻고 나서 이 두 가지 음양의 기운 때문에 얼마나 고생을 했는가. 한수담 때도 그러했고 흑룡담 때도 그러했으며 마지막으로 진현의 막혔던 혈맥을 뚫을 때도 그러했다. 이렇게 익숙해질 대로 익숙해진 두 기운은 한쪽이 더 세어지면 나머지 한쪽도 그만큼 흥분을 했다. 바로 이것이었다. 진현의 몸으로 거대한 화기가 침입하자 가만히 있던, 아니, 좀 전부터 슬슬 흥분이 되던 지음이 가만히 있지 않았다. 상반되는, 아니, 적이라고 할 수 있는 양의 기운이 진현의 몸에서 설치자 덩달아 설쳐 댔기 때문이다. 그 덕분에 진현을 죽이러 들어왔던 서문의 기는 그 목적을 달성하지 못하고 얌전히 구는 수밖에 없었다. 한마디로 천만다행이었다.

'아니, 이놈이 왜 아직도 쓰러지지 않는 거지?'

서문으로서 이런 의문을 품는 것은 당연한 일이었다. 분명 자신의 몸에서 계속해서 내공은 빠져나가고 있건만 기다리고 기다리는 소식은 들려오지 않았기 때문이다. 차라리 서문이 화산의 정통이라고도 할 수 있는 매화검법을 펼쳤다면 진현으로서는 틈을 찾을 수 있을지 몰라도 이런 사태는 일어나지 않았을 것이다. 하지만 진현의 몸에 이런 기보가 있는지 모르는 서문은 그저 자신의 실력을 사형제에게 자랑코자 한 것이 도리어 진현을 살려주는 꼴이 되는 줄은 몰랐던 것이다.

진현의 몸에서 대립의 갈등 구조를 그리고 있던 여느 때와 마찬가지인 두 개의 기운은 또다시 여느 때와 마찬가지로 화해의 노선을 걷기 시작했다. 당연히 이것에는 진현의 몸속에 숨어 있던 공청석유의 공헌이 지대했다. 마치 틀어진 두 동생을 이끄는 듯 살살 달래어가며 제자리를 찾게 만들었다. 하지만 아직까지도 진현의 가슴에 박혀 있는 서문의 검에서 화(火)의 기운이 계속해서 나오자 공청석유는 계속해서 바쁜 시간을 보냈다. 걸핏하면 뛰쳐나오려는 지음의 기운을 달래어 제자리로 보내라… 계속해서 진현의 몸으로 들어오는 화기를 오화(午火)에게 가져다 주라… 얼마나 바쁜지 만약 사람이었다면 발이 보이지 않을 지경이었다. 그러면서 어느새 진현의 몸에 자유라는 큰 선물을 주었다. 서서히 약해져만 가는 서문의 기로 인해 진현의 몸은 자연스럽게 움직일 수 있었던 것이다. 하지만 이 모든 것들이 진현에게는 자유라는 선물을 주었지만 다른 나머지 이들에겐 오해를 불러일으켰다.

"역시 흡성대법(吸星大法)이었구나. 흡인공(吸引功)을 쓸 때부터 알아봤어야 했는데… 그럼 구두당은 천마(天魔)의 주구들이냐?"

자신의 기가 계속해서 빨려 들어가자 그것을 오해한 서문이 진현에게 외쳤다. 진짜 그럴 만도 하였다. 천마사천회(天魔邪天會)의 두 기둥 중 하나인 천마교(天魔敎)는 예로부터 수많은 명칭을 달고 있었다. 마교는 그나마 통상적인 명칭이었고 한때는 일월신교(日月新敎)나 대신교(大新敎) 등 가지각색이었다. 하지만 변하지 않는 것이 있었으니 바로 호교신공(護敎神功)이라 불리는 삼대절학(三大絶學)이었다. 그중 가장 유명한 것이 바로 흡성대법이다. 전해지기로는 전설의 북명신공(北溟神功)으로부터 갈래를 이어왔다고 하나 어디까지나 그들의 입장에서 하는 소리였고 그 악독함은 천하가 다 아는 사실이었다. 타인의 내공을 빨아들여 자신의 내공으로 전환하는 이른바 내공 쌔비기라고 불리는 치졸하고 악독한 무공이었다. 본인에게도 부작용이 있긴 하지만 당하는 사람만큼은 아니었다. 힘들게 일구어놓은 한해 농사를 모조리 훔쳐 가니 이 어찌 도둑놈 심보가 아니겠는가. 그래서 예로부터 정도(正道)에서는 다른 것은 몰라도 흡성대법을 쓰는 이만큼은 손속에 자비를 두지 않았다.

"흡… 성대법이라니… 그게 무슨……."

진현은 영문도 모른 채 반문을 하였다. 하지만 진현의 모든 것이 가식적으로 보이는 서문이었다. 서문은 진현의 가슴에 박힌 검을 빼고 진신절학(眞身絶學)을 사용하기로 마음먹었다. 서문이 검을 빼자 진현의 가슴에선 분수 같은 피가 솟아나왔다. 진현은 피가 생각보다 많이 나오자 아찔함을 느끼며 가슴을 부여잡았다. 고통이 너무 심했다. 아마도 오른쪽 폐를 건드린 것 같았다. 그래도 그나마 다행인 것이 서문의 검이 진현의 몸에 닿는 순간 탄공의 힘이 있었기에 망정이지 그렇지 않았다면 그대로 꿰뚫릴 뻔하였다.

"으윽."

그때였다.

"그만 하십시다, 사형."

서문은 갑자기 자신을 만류하는 자신의 넷째 사제인 매화검(梅花劍) 한서린(邯瑞麟)을 보며 인상을 구겼다. 평소 냉막한 인상을 온 얼굴에 붙이고 다니며 주위를 얼음장 걷듯이 만들어 버리는 그의 말은 서문으로서도 껄끄러웠다. 더구나 그는 화산파에서 절대라고 할 수 있는 매화의 자리를 이어받을 이였기에 더욱 그러했다.

"왜 그러나? 사제, 설마 이 아이를 살려두자는 소리는 아니겠지? 이 아이는 구두당에 속했을 뿐만 아니라 흡성대법까지 알고 있네. 이대로 살려두었다간 나중에 큰 화가 되어 돌아올 것이야."

한서린은 다시 한 발을 나가며 서문에게 말했다.

"우리 대화산파가 언제부터 이런 어린아이에게까지 잔혹한 손을 썼습니까? 그리고 다수의, 그것도 어른이 한 어린아이를 핍박했다라는 것이 강호에 알려지기라도 한다면 어떻게 얼굴을 들고 다니겠습니까?"

"하지만 이 아이는 사마의 무리가 아닌가? 이 아이는 어린 나이인데도 불구하고 이런 실력을 가지고 있네. 나중에 더 성장을 한다면 어떻게 될지 모를 일이야. 사제는 후에 화가 될지 모를 대마(大魔)를 보내자는 말인가?"

한서린은 그것까지도 생각을 했는지 답변을 하는 데 막힘이 없었다. 하지만 주위의 사람들로서는 너무도 이상한 일이 아닐 수 없었다. 평소에 말도 하지 않는 이가 갑자기 말을 많이 하는 것도 그렇고 거기다 사마의 인물을 살려주자니… 감히 매화의 칭호를 받을 인물이 하는 소리로써는 어울리지 않았다.

"그렇게 하게. 이 정도로도 우리는 너무도 못할 짓을 한 것이야."

한서린이 말하자 다들 동조하는 분위기가 생긴 것이었을까? 지금까지 못 본 척 눈감아오던 당수파가 거들고 나왔다.

"아니, 제이가주(第二家主)님께서는 왜?"

"서린이의 말이 맞네. 아직 다 자라지도 못한 아이를 가지고 이렇게 괴롭힌다면 어떻게 강호 동도의 얼굴을 보겠나. 이쯤에서 놓아주게."

서문은 갑자기 다들 왜 이렇게 나오는지 이해할 수 없었다. 자신과 같이 이곳에서 기다리면서 구두당의 악견들을 모조리 죽이자고 할 때가 방금 전이었는데 이제는 어리다고 놓아주자니… 뭔가 잘못된 일이라고 서문은 생각했다. 하지만 그는 한서린은 몰라도 당수파의 말까지 거역할 신분은 못 되었기 때문에 그럴 만한 곡절이 있겠지 하고 한 발물러서서 사태를 지켜보기로 했다.

"예, 알겠습니다. 말씀을 따르도록 하겠습니다."

서문은 물러가며 진현을 쳐다보았다. 아직은 어려 보이는 나이. 낮에 보여주었던 당당한 모습. 어린 나이에도 불구하고 자신으로 하여금 화검의 마지막 절초를 쓰게 만든 기이한 무공, 그리고 흡성대법… 모두가 하나로 연관되기에는 의문투성이였다. 그럼에도 불구하고 당수파와 한서린은 놓아주자고 말하고 있었고 대사형 허자강까지 미비하게 고개를 끄덕이고 있었다.

서문이 물러나자 그제야 긴장감이 풀린 진현은 무릎을 꿇었다. 억지로 버텨온 그의 신형이 땅에 무릎이 닿자 맥없이 쓰러졌다.

뚝. 뚝.

진현의 가슴에서 흘러내린 피는 땅바닥을 적시며 하나의 선을 만들었다. 그러자 진현에게 다가온 한서린은 진현의 대혈(大穴)을 짚어 지혈을 하였다. 그리고 진현의 어깨에 살짝 손을 얹으며 진현에게 말을 걸었다.

"진현이라고 했던가? 음, 이번 일은 정말로 유감이네. 자네에게는 사적인 감정이 없지만 자네와 우리는 소속된 파가 다르니 어쩌겠는가."

"으… 윽! 나를… 이렇게 보내는 것을 후회하게 될 것이다. 그냥 지금 이 자리에서 나를 죽여라."

진현은 자신에게 약올리듯 말하는 한서린에게 독기 어린 말을 내뱉었다.

"그건 안 되겠네. 자네는 모르겠지만… 저기 계시는 분께서 허락하지 않을 것이야."

한서린의 뜻 모를 말에 잠시 의혹이 갔지만 진현은 그것보다 이들에 대한 원한이 더욱 컸기 때문에 더욱 눈에 힘을 주며 한서린을 쳐다보았다. 진현에게는 지금 자신을 살려주려고 하는 한서린이나 자신을 죽이려 했던 서문이나 매한가지였다.

"크윽… 좋아. 이번에는 이렇게 살아나지만 다음번엔 당신들에게는 이런 기회가 없을 것이다."

"푸하하하. 그래, 사나이 기백이 그 정도는 되어야지. 다음번에 만날 자네를 기대하고 있겠네."

진현은 하늘에 대고 웃고 있는 한서린을 뒤로하고 거의 기다시피 하며 떠나갔다. 몇 번이고 넘어지는 그의 뒤에는 피의 줄들이 끊이지 않고 이어져 있었다.

서문은 그런 진현을 보다 진현의 신형이 자신의 눈에서 사라지자 한서린에게 물었다.

"사제, 아니, 당 가주님. 이게 어찌 된 일입니까? 왜 그 녀석을 놓아준 거죠?"

"그건 내가 말해 주마."

화산오수의 맏형이자 이번 표물 관련 조사단으로 파견된 일행 중 실질적인 대표나 마찬가지인 허자강이 그의 궁금증을 해소해 주었다.

"그럼… 아까부터 이곳에 우리 말고도 다른 이가 있었단 말입니까?"

"그렇다. 그가 전음을 날리지 않았다면 그가 있는 것조차 모를 뻔하였다. 그런 상태에서 암습이라도 받았다면… 더구나 분명 나에게 전음을 날린 수법이 육합전성(六合傳聲)이니 말이다."

육합전성이라니… 내공뿐만 아니라 가진 무공의 경지가 통상적으로 말하는 육체의 벽을 넘어야만 시전할 수 있다는 전설의 경지였다. 그런 경지에 도달한 거물이 이곳에 있었다니…….

"그런 거물이 어째서……."

"그것이 내가 가진 의문이다. 더구나 그놈을 놓아주라니… 아마 이일에는 큰 사건이 연루되어 있는 것이 분명하다. 그렇지 않고서야 그놈을 풀어주라고 우리에게 협박할 리가 없지. 당 가주님도 계신 상황에서 말이다."

"그렇다고 흡성대법까지 익힌 그놈을 풀어주다니요. 암중의 방수(邦手) 실력이 어떨지는 모르나 우리 모두와 당 가주님이 합하면 방수 따위야……."

"그래, 네 말도 일리가 있다. 하지만 그렇게 의미없이 피를 흘리는 것보단 그 녀석의 뒤를 쫓아 본거지를 급습하는 것이 더욱 낫지 않겠느냐. 행여 일이 잘못되어 틀어진다 하여도 그때 얻은 정보는 가히 가치를 따질 수 없는 것들임에 틀림이 없을 것이다."

조리있게 설명하는 허자강의 말에 서문은 고개를 끄덕이지 않을 수 없었다. 지금 타초경사(打草驚蛇)할 필요 없이 가만히 놔두어 뱀 떼와 왕뱀을 잡는 것이 더욱 큰 이득일지 모르는 것이었다. 하지만 서문은 진현을 놓아준 것이 이상하게 마음에 걸렸다. 계속해서 그의 마음속에서는 진현이 했던 말들이 맴돌았다. 어찌 된 영문인지 몰랐다. 하지만 한 가지 확실한 것은 이번 일이 순탄치 않을 것이란 점이었다.

화산오수의 막내 상비경은 급히 전서를 쓰고는 입을 모아 휘파람을 불었다. 잠시 후 하늘에서 내려오던 점이 한 마리의 새로 변하더니 곧 상비경의 어깨에 내려앉았다.

"백아(白兒), 이 전서를 아버님께 전해 드려야 한다. 알겠지?"

상비경이 전서를 하얀 깃털이 매력적인 매의 다리에 매달린 전통에 넣자 백아라고 불리는 매는 신기하게도 고개를 끄덕이며 날갯짓을 하더니 곧 하늘로 올랐다. 그리고 힘차게 북쪽을 향해 날아갔다.

"이러고 있을 게 아니라 어서 그놈을 쫓아가야지요."

서문이 모두에게 말했다. 하지만 그의 말에 대답해 주는 것은 화산오수의 막내 상비경이었다.

"사형, 서두를 필요 없어요. 아까 넷째 사형이 그 녀석에게 천리향(千里香)을 묻혀놓았으니 계속해서 그 향을 따라가면 될 거예요."

그럼 한서린이 진현의 어깨에 손을 얹은 것이 천리향을 묻히기 위해서였단 말인가… 정말로 치졸한 심보였다. 하지만 그것조차 서문에게는 사마의 세력을 제거하기 위한 수단으로 미화되어 보였다.

제15장

아홉 개의 머리와 아홉 개의 비밀

아홉 개의 머리와 아홉 개의 비밀

　여느 아침과 마찬가지로 활기 찬 기운을 통해 일과를 시작하려는 사람들로 중경(重慶)의 시장은 그야말로 시장판이었다. 주루의 발을 걷으며 그 앞을 쓸고 있는 점소이도 보였고, 지난밤 맞았을 밤이슬을 닦으며 이제부터 쏟아질 햇살의 기운을 담으려 하는 이도 보였다. 여기저기서 아침부터 장사를 시작하는 야채 장수의 우렁찬 소리도 들렸고, 이리저리 바쁘게 뛰어다니는 조그만 꼬마도 귀여운 모습 그대로 눈에 들어왔다. 그리고 중경의 시가지가 쫙 펼쳐진 이곳과는 조금 떨어진 곳에 위치한 장원(莊園)에는 다른 장원과 마찬가지로 하인들이 서둘러 여기저기를 쓸고 닦으며 새단장을 하기 바쁜 것처럼 보였다. 하지만 그들의 눈에는 하나같이 예기가 뿜어져 나왔다. 마치 정식적으로 무공을 수련한 이들처럼 말이다. 또 그렇게 생각하니 그들이 서 있는 방위와 자세도 범상치 않았다. 순환의 묘리를 추구하며 알 수 없는 진(陣)을 그러가듯 그들은 행동 하나하나가 여간 조심스러운 것이 아니었다. 그 중 한 명이 고개를 들어 두 눈에 가득히 들어오는 전각을 바라본 것은 타오르는 해가 중천에 떴을 때였다.

고풍스러워 보이는 전각(殿閣) 안에는 주인의 성격을 말해 주듯 단아하면서도 어딘지 고풍스러운 탁자 주위에 세 명의 중년인과 두 명의 장한이 마주 앉아 있었다.

"대형(大兄), 이미 주군(主君)께서 말씀하신 일은 모두 끝나지 않았습니까? 더 이상 여기에 머물러 꼬리를 달 필요는 없다고 여깁니다만……."

"그렇습니다, 대형. 이미 화산(華山)과 당문(唐門)에서는 이번 일로 하여 조사단까지 파견하였다고 합니다. 소문에는 당가의 제이가주까지 왔다고 하니 조심하는 것이 나을 듯합니다. 물론 그의 능력이 무섭다는 것은 아니지만 그 뒤에 있을 산을 보아야 합니다."

상관천(上官天)은 동생이나 마찬가지인 광우(狂牛)와 혈마(血馬)를 보며 그들의 생각에 동조한다는 듯이 고개를 끄덕이고 있었다.

"그런데… 왜 아직까지 이곳에 미련을 두시는 것입니까? 더 이상 머물다가는 꼬리를 잡힐지도 모르는 일입니다."

광우 좌붕(左崩)은 자신의 급한 성격대로 바로 따지고 들어갔다. 이를 예상한 듯 상관천은 희미하게 미소를 지으며 동생을 달래주었다.

"하하하. 붕아, 너의 말이 옳다. 취화선(翠花扇)과 칠보주(七寶珠)가 이미 우리 손에 왔다고 해도 안전한 것이 아니지. 본가에 도착해야 그렇다고 할 수 있을 것이야. 하지만 말이다. 그들이 이번 삼차표행(三次鏢行)에 온 것이 다만 우리 때문이 아니라고 한다면 어떻게 될까? 우리를 잡기 위해서가 아니라 다른 무엇이 있다고 한다면 말이야. 바로 삼차표행의 표물 때문이라면……."

"표물 말입니까? 표물이라면……."

"그래, 천하제일가에 들어갈 표물 말이다."

"헉!"

상관천의 말에 광우뿐만 아니라 혈마까지 놀람을 금치 못했다. 아무리 가에서 밀어준다고 하나 상대는 천하제일가였다. 그러면 사정이 달라지는 것은 당연지사였다.

"아무리 간이 크기로서니 상대는 천하제일가입니다. 화산이나 당문 같이 만만히 볼 존재들이 아닙니다."

"맞습니다. 이번 안건은 잘못 생각하신 듯합니다."

"그래, 이번에도 너희들 말이 옳겠지. 하지만 말이다. 그 표물이 다른 것도 아닌 그것이라면 문제는 달라진다."

"그게 무슨 말씀이십니까? 그것이라니요?"

혈마는 자신의 대형 상관천에게 그의 성격대로 차분히 물었다. 하지만 상관천은 혈마의 물음에 대답 대신 예전에 있었던 사건을 상기시켜 주었다.

"혹시 이 년 전 아미산(峨嵋山)에서 있었던 일이 기억나느냐? 사대신마(四大神魔) 중 벽력마(霹靂魔)까지 동원하였던 회에서 구중화성(九重花聖) 주가(周家) 그 어린 계집아이의 잔꾀에 속아 사대기보(四大奇寶) 중 하나인 취옥소불상(翠玉笑佛像)을 수중에 넣지 못했던 사건 말이다. 평소 힘만을 우선시하던 벽력마 그 늙은이로선 당연한 결과였지."

혈마와 광우는 상관천이 갑자기 이 년 전 있었던 사건을 뜬금없이 꺼내자 이상히 여겼다. 하지만 거기엔 그럴 만한 이유가 있으리라 여기고 끝까지 상관천의 말을 기다렸다.

"그런데 말이다. 이번에 또 한 번 그 기회가 우리에게 왔다. 너희들도 알겠지만 당문과 화산이 취화선과 칠보주를 한곳으로 모으려 하는 것은 바로 호천사정맹(護天四鼎盟)에서 칠성동(七星洞)을 열어 칠대무서 중 하나인 칠성을 얻기 위함이 아니겠느냐. 일곱 개의 특이한 성질을 지닌 칠보주 하며 광한(廣寒)에 있어서 상극(相剋)의 위력을 나타내는 것 이외엔 아무것도 별 볼일 없는 취화선이 바로 명백한 증거이다. 그것 때문에 우리가 그것을 중간에서 빼돌린 것이지. 그렇다면 맹에서는 그것들을 빼앗겼다고 그냥 손 놓고 우리만 쫓을 것이냐. 아니지… 암, 아니고말고. 그들이 어렵게 수중에 넣은 사대기보(四大奇寶)를 그냥 놔둘 리 만무하지. 나 같아도 어떻게라도 하려고 노력할 것이다. 그래서 그들이 천하제일가에 가는 거지. 바로 취화선과 칠보주를 대신할 천하제일가의 가보 중 하나인 화룡천검(花龍天劍)을 얻기 위해서 말이다. 칠보(七寶)야 어떻게든 구한다 하더라도 광한을 막아줄 보물은 취화선을 제외하고는 화룡천검밖에는 없지. 그러니 그렇게 맹에서 껄끄러워하는 천하제일가에 고개를 숙이고 들어가는 것이 아니겠느냐. 나중에 칠성(七星)을 얻어 천하를 잡는다 하여도 지금은 우선 고개를 숙이자는 심보지. 그래서 그 아까운 취옥소불상(翠玉笑佛像)을 단가(段家)에게 빌려주는 것이겠지. 같은 사보(四寶) 중 하나인 취옥소불상을 말이다."

혈마와 광우는 들으면 들을수록 계속 고개가 끄덕여지면서도 한편으로는 의문이 들었다.

"그렇다면 왜 껄끄러운 천하제일가에 고개를 숙이고 갈 정도이면서 칠보주와 취화선은 우리에게 그토록 쉽게 내주었을까요?"

광우를 대신한 혈마의 물음에 상관천은 마치 예상이라도 했다는 듯 대답을 해주었다.

"음, 옳은 말이다. 왜 한낱 표물 따위에 맡겨 그 보물들을 운반했을까? 아무리 우리의 등장을 예상하지 못했다고 하여도 천마사천회(天魔邪天會)의 비영마(秘影魔)의 존재를 모르지 않았을 텐데 말이다. 만약 이것이 제갈(諸葛) 늙은이가 잔꾀를 부리는 것이라면 큰일이 아닐 수 없다. 아니다, 아니야. 그 늙은이라면 설사 화산과 당가와 담을 쌓는다 하더라도 이번의 명분을 얻기 위해서 못할 영감이 아니지. 암, 화산오수는 몰라도 당가의 제이가주라면 좋은 미끼감이야. 그 미끼에 몰려들 회(會)의 불나방들이라면……."

상관천은 순조롭게 대답을 해주다 언뜻 떠오른 생각에 몸서리를 쳤다. 사실 만약에 그렇다라고 한다면 그야말로 호천사정맹의 입장에서는 호기(好機)를 잡는 것이 아닐 수 없기 때문이었다.

"하지만 그렇다면 비복(飛蝠)에게서 무슨 전갈이라도 왔을 겁니다. 아무리 제갈 늙은이라 하더라도 대륙안(大陸眼)을 속이지는 못합니다. 제 생각에는 아무래도 허허실실(虛虛實實)의 계(計)가 아닌가 합니다만……."

혈마의 말대로 대륙안의 비복을 속이고 이런 계책이 나온다는 것은 무리이긴 무리였다. 대륙안이 무엇인가? 천마사천회에 비영마가 있다면 호천사정맹에는 대륙안이 있다라는 말이 나돌 정도로 정보력에 있어서는 타의 추종을 불허하는 단체가 바로 대륙안이었다. 이미 그 일례로는 이십 년 전의 반정지란(反正之亂)에서 효과를 톡톡히 보고도 남았었다. 그런 대륙안 몰래 일어나는 일이란 없다고 무방한 말이었다. 그러니 혈마의 입에서 허허실실이라는 말이 나온 것은 어쩌면 당연한 일일지도 모른다.

"그럼 어떻게 하실 겁니까? 대형에게 좋은 고견이라도……."

혈마는 대형이자 구두당의 맏형인 노호(怒虎) 상관천에게 의견을 물었다. 하지만 상관천은 이번 일이 심각한 사안이라 대답하는 데 오랜 시간을 소비해야 했다. 상관천은 본신(本身)의 무공만으로도 당가의 제이가주의 경지는 넘어선 지 오래였다. 하지만 그 뒤가 문제였다. 전면으로 내세운 당수파의 뒤에 어떤 거물이 숨어 있을지는 모르는 일이었다. 자칫해서 구두당의 일원 중 하나라도 붙잡힌다면 이십 년의 공든 탑이 물거품이 될지도 모르는 일이었기 때문이다. 하지만 이 일을 포기하기엔 취옥소불상(翠玉笑佛像)이라는 유혹이 너무도 컸다.

"우선 풍록(風鹿)을 만나야 하니 약속한 그곳으로 가기로 하자. 그리고 생각하는 것이 좋을 것 같다. 사대기보라……."

노호 상관천과 광우, 혈마는 운귀고원(雲貴高原)을 넘으며 조금씩 어두워지는 주위를 보고는 걸음을 빨리했다.

"허어, 이거 자칫하면 늦겠는걸. 이러다 막내의 잔소리를 몇 시진이나 들어야 하는 것은 아닌지 모르겠구나."

"그러게 말입니다. 막내의 잔소리는 그 어떤 신공이나 마공보다 무섭죠."

"하하하."

"하하하."

광우의 우는 듯한 소리에 혈마와 상관천은 그야말로 박장대소를 하였다. 그들의 웃음소리에 놀란 산새들은 퍼덕이며 하늘 높이 날아갔다.

"아! 저기 관제묘가 보입니다."

혈마가 멀리 보이는 관제묘를 보며 외쳤다. 그러자 모두들 그곳을 바라보며 손톱을 세우고 기다리고 있을 풍록을 생각하고는 어깨를 움츠렸다. 그리고 누가 뭐라고 할 것도 없이 경신(輕身)을 운용하여 나는 듯이 달려갔다.

"억!"

광우는 손톱을 세우고 잔소리 신공을 발휘할 것이라 믿었던 막내는 없고 주위가 어지럽힌 채 휑 하니 비어 있는 관제묘 안을 보고 외마디 경악성을 외쳤다.

"이게 무슨 일이지? 막내가 아직 오지 않은 것인가? 아닌데……."

"그래, 이 진흙으로 감싸 구운 토끼 요리는 그녀의 주특기야. 특히 내장 속에 솔잎을 넣는 것은 그녀밖에 할 사람이 없어."

혈마가 광우의 생각에 보충하며 확신을 주었다. 그러면서 그들은 확신을 가질수록 커지는 의문을 감추지 못했다.

"그렇다면 막내는 어디로 간 거지? 설마 그토록 좋아하는 토끼 구이를 두고 사라졌다는 것은 아닐 텐데……."

상관천은 두 아우들의 대화를 들으면서 관제묘 안을 유심히 살펴보았다. 과연 그냥 넘어가기엔 석연치 않은 구석이 많았다. 흐트러진 불씨들 하며 여기저기 난잡한 발자국들… 막내의 교족으로 보이는 발자국 말고도 장한의 발자국으로 추정되는 흔적들이 여기저기서 상관천을 걱정되게 만들었다.

"이것은 막내의 발자국인데… 다른 것들은 뭐지? 혹시……."

"설마……."

관제묘 안의 광경을 본 혈마는 떠오르는 상상을 애써 무시하며 대형을 쳐다보았다. 혈마와 광우의 눈길을 받으며 상관천은 고개를 숙이고

잠시 생각에 잠겼으나 진정시켜 줄 만한 답안이 떠오르지 않는 것이
사실이었다.

"혹시 모른다. 막내가 여기에 올 때까지 잠시만 기다리도록 하자.
잠시만⋯⋯."

말을 흐리는 상관천을 보며 혈마와 광우는 여전히 막내에 대한 걱정
으로 인해 불안하였다.

"대형, 만약 막내가 잘못되기라도 하면⋯⋯."

"닥쳐라! 풍록은 그리 만만한 아이가 아니다. 어떤 상황에서도 자신
의 몸 하나는 빼낼 수 있는 아이라는 것을 모르느냐? 하지만 만약, 만
약⋯ 그런 일이 있다면 그 일에 관련된 모든 것들을 부숴 버릴 것이
다."

혈마와 광우는 상관천의 조용한 듯하면서도 이를 가는 목소리에 잠
시 몸을 떨어야만 했다. 그들은 자신의 대형 상관천이 막내를 얼마나
사랑하는지 알기 때문이었다. 동료로서도, 남자로서도. 사실 구두당의
당원들은 대형 노호를 제외하고는 거의 실력 차가 없다고 봐도 무방하
기에 자신의 막내인 풍록을 믿고 있었다. 게다가 풍록은 노호의 귀여
움을 받아 본가의 절학(絶學)까지 어느 정도 알고 있는 상황이기 때문
이었다. 하지만 세상일이 무공으로만 해결나는 것은 아니기에 걱정이
이만저만이 아니었다.

"으악!"

그때였다, 그들의 귀에 산중을 울리는 비명 소리가 들린 것은.

"이게 무슨 소리지요? 갑자기 비명이라니⋯⋯."

혈마는 누구에게 묻는다라기보다는 그저 떠오른 의문을 표하고 있
었다. 하지만 내심 이 비명이 자신의 막내와 관련있으면 어찌하나 걱

정이 되었다. 그들은 다시 한 번 일심동체가 되어 비명의 근원지로 신형을 옮겼다.

다행스럽게도 그들의 눈에 비친 것은 그렇게 걱정을 하던 막내 풍록이 아니라 화산오수와 당수파의 손에, 아니, 화산오수 중 한 명의 손에 쓰러지는 한 명의 아이였다.

"아니… 저들은 화산의 아이들과 당수파가 아닙니까?"

혈마는 지금 비록 협공은 아니지만 한 아이를 몰아붙이는 이들이 자신들을 제거하기 위해 화산과 당문에서 파견된 이들임을 알았다. 하지만 그런 그들이기에 더욱 의문이 나는 것은 어쩔 수가 없었다.

"왜… 저들이 저 아이를……."

이제껏 저들 때문에 막내인 풍록을 걱정하였는데 막상 저들은 우리가 아닌 다른 이를 잡고 일(?)을 치르고 있으니 그로서는 당연한 의문이었다. 하지만 곧 그의 의문이자 남은 두 형제들의 의문이 풀리게 되었다. 바로 그 다음에 들려온 한마디의 말 때문에.

"역시 흡성대법이었구나. 흡인공을 쓸 때부터 알아봤어야 했는데… 그럼 구두당은 천마의 주구들이냐?"

화산의 제자로 보이는 청년의 입에서 나온 구두당과 천마라는 말 때문이었다. 어이없게도 상관천과 혈마, 광우는 자신의 동생 대신에 다른 이로부터 구두당이라는 말을 듣게 되자 영문을 몰랐다. 한 번도 보지 못한 아이를 자신들과 연관시키려 하다니… 상관천 일행으로서는 해괴한 체험이었다.

"대형, 이게 무슨 일일까요?"

"음……."

상관천으로서도 혈마의 물음에 뚜렷한 답을 해줄 수 없었기 때문에 그저 침묵을 강요하는 수밖에 없었다. 하지만 그가 말하지 않아도 다들 알고 있었다. 지금 자신들의 눈앞에 일어나고 있는 일들이 그냥 넘어가기엔 뭔가 이상하다는 것을… 마치 잘 짜여진 각본처럼 그들이 막내를 찾으러 왔으나 온데간데없고, 마침 들려오는 비명 소리에 달려갔더니 생전 처음 보는 아이를 보고 구두당이라 매도하는 정파 무리와의 만남이라… 마치 자신들을 끌어들이는 함정 같은 기분이 드는 것을 막을 수 없었다.

"이거 혹시 함정이 아닐까요?"

혈마는 그들이 두렵지는 않지만 혹시라도 풍록과 관계된 일일까 싶어 여간 걱정되는 것이 아니었다. 그것은 상관천도 마찬가지였다.

"모르겠구나. 잠시만 지켜보도록 하자."

"그런데 그건 무슨 말일까요? 흡성대법이라니… 설마 천마교의 삼대신공(三大神功) 중의 하나인 흡성대법을 말하는 것인가요?"

광우의 물음은 모두의 심정을 대변하는 것과 같았다. 그들의 눈에 보이는 화산의 아해가 말한 내용이 사실이라면 이건 그냥 넘어갈 문제가 아니었다.

"설마… 흡성대법이라면 교내(敎內)에서도 금지된 마공이다. 그리고 당대에 그것을 익히고 있는 이는 단 한 명뿐이다. 바로 소공자(小公子)… 하지만 저 아이는 분명 소공자가 아니긴 하나 무슨 곡절이 있는 것 같구나."

상관천의 말에 모두들 끄덕였다. 상관천의 말은 모두 알고 있는 사실이었기 때문이다. 흡성대법은 그 효용과 잔인한 특성, 피시전자의 심각한 후유증으로 인해 무림금지마공으로 낙인되었다는 것은 이미 앞에서 설명한 바 있다. 그래서 상관천 일행이 알고 있는 대로 소공자만

이 극비로 부치고 몰래 익혔던 것이다. 그래서 천마교에서도 말이 삼대신공(三大神功)이지 실질적으로는 이대호교신공(二大護教神功)이라 하여 사천 사도세가(邪天司徒世家)의 신공과 혈천(血天)의 무공을 합해서 사마통합사대신공(邪魔通合四大神功)이라 부르고 있는 것이었다.

"그건 옳으신 말씀이십니다. 만약이라도 저 아이가 금단마공과 관련이 있다면 큰일입니다."

"그럼 이건 어떨까요? 저 아이를 잡아다 물어보는 겁니다."

정말이지 광우다운 발상이었다. 하지만 상관천과 혈마는 광우의 단순한 듯한 계획이 사실 지금 가장 알맞은 계획이라 여겨졌다. 그저 모른 척하고 넘어갈 수도 있는 문제지만 풍록과 관련해서도, 그것을 둘째 치더라도 금단의 마공인 흡성대법과 관련이 있다면 무리를 해서라도 눈에 보이는 아이를 잡아다 이야기를 들어보아야 한다고 생각했기 때문이다.

"음, 그것도 그렇구나. 하지만 저들이 순순히 내어줄까?"

혈마는 그들과 충돌하여서 좋을 것이 없기 때문에 조금 말리고 싶은 마음도 있었다. 하지만 그의 마음을 전달할 사이도 없이 상관천은 결정을 내리고 말았다.

"어차피 정파 놈들은 강한 자에겐 약하고 약한 자에겐 강한 겁쟁이들이야. 이쪽에서 세게 나간다면 별 충돌은 없을 것이다. 그리고 저들은 선발대지 진정한 파견단이 아니야. 이런 녀석들에게까지 밀린다면 이십 년 적공(積功)은 물거품이나 마찬가지지."

상관천은 광우의 말을 듣기 전부터 어찌할까 하고 이미 계획을 세워 두었다. 그는 두 동생이 뭐라고 할 틈도 없이 정파의 일행 중 기도가 세어 보이는 세 사람을 향해 전음을 날렸다. 물론 자신들의 방향을 알

수 없도록 육합전성(六合傳聲)이라는 고도의 기술을 사용했다는 것은
말할 가치도 없는 일이었다.

"이 정파의 냄새나는 것들아, 어린아이를 붙잡고 노는 것보다 우리
와 노는 것이 어떠냐! 물론 너희들은 꽁무니를 빼겠지. 흐흐… 어서 그
아이를 놓아주거라, 냄새나는 겁쟁이들아."

상관천의 이 말 한마디는 그야말로 효과 만점이었다. 물론 상대방에
게도 속셈이 있겠지만 그것을 두려워할 상관천과 두 동생들이 아니었
기에 그리 생각할 만한 것들이 아니었다. 오히려 그들의 예상대로 해
주는 것이 더 재미있을지도 모른다는 생각이 상관천의 머리에 가득했
다.

이 오만한 생각이 끝까지 이어질지는 미지수지만.

"대형, 과연 저들이 저 아이를 보내주는군요. 하하… 과연 겁쟁이는
겁쟁이들입니다그려."

광우는 화산과 당가의 일행을 향해 정말 통쾌하게 비웃었다. 평소
그는 정도입네 하면서 뒤로는 갖은 호박씨를 까는 위선자들을 매우 싫
어했기 때문에 힘에 밀린다고 짐작한 저들의 행동에 매우 통쾌해했다.
그리고 그는 그들을 마음껏 비웃어주었다.

한편 상관천은 가슴에 심각할 만큼 상처를 입고 간신히 버티며 걸음
을 옮기는 아이를 바라보았다. 걷는다는 것이 신기할 정도로 아이의
상처는 심각했다. 몸에서 나오는 피의 줄기는 긴 선을 이루었고 온몸
은 떨리는 듯한 것이 조금만 있으면 쓰러질 것 같아 보였다.

상관천은 이미 운용하고 있는 암영(暗影)의 운신법(運身法)을 이용해
소리없이 진현을 따라갔다. 그리고 그 뒤로 대형과 마찬가지로 혈마와
광우도 역시 발걸음을 옮겼다.

진현은 화산오수와 당수파 일행과 어느 정도 거리가 멀어지자 품속에 두었던 삼지활엽초를 꺼내보았다.

"윽, 다행이다."

진현은 신음을 토하면서도 삼지활엽초가 무사하자 다행으로 여기면서 어서 빨리 심 의원에게 가야겠다는 생각이 들었다. 하지만 그의 몸에서 너무 많은 피가 빠져나갔나 보다. 비록 한서린이 폐혈을 하여 지혈하긴 했지만 상처 부위가 너무 커 샘솟는 피를 막기엔 무리가 있었다. 진현은 아직 정신을 잃진 않았지만 몸에서 힘이 빠지는 것을 막지는 못했다. 이제는 걸음걸음이 너무도 힘이 들었다. 서서히 앞으로 기울어져 가는 신형을 막는다는 것이 불가능해져 갔다.

그때였다, 진현의 앞으로 세 사람의 그림자가 다가온 것은.

"당신들은 누구죠?"

진현은 힘이 빠진 목소리로 그들에게 말했다. 이제는 도저히 버틸 힘이 없기 때문에 그냥 자신을 보내주었으면 하는 바람이 역력했다. 아니, 물에 빠진 사람 구해주었더니 보따리 내놓으라는 식으로 그들에게 도움을 청해 자신을 심 의원이 있는 곳으로 데려다 주었으면 하고 바랐다. 하지만 그들의 입에서 나온 것은 예상하지 못한 엉뚱한 말들이었다.

"너는 누구기에 저들과 상대를 했느냐?"

비쩍 마른 몸에 붉은 얼굴을 한 사람의 질문을 듣자 진현은 이들이 서문과 손속을 나눌 때부터 있었다는 것을 짐작할 수 있었다. 거기까지 생각이 미치자 진현은 산 넘어 산이라는 생각이 들었다. 이제는 팔을 들 힘조차 없는데 또다시 이런 환난이 오다니… 자꾸만 이런 시련을 주는 하늘이 너무나도 원망스런 진현이었다.

"제발… 제발… 저를……."

진현은 이제 눈앞에 보이는 사람들이 뭐라고 말하든 그저 자신을 심의원이 있는 광의당(廣醫堂)으로 데려다 주기를 바라는 마음이었다. 그래서 사정했다. 하지만 몸이 말을 듣지 않으니 자연 그에게선 더듬어지고 알아들을 수 없는 말들이 튀어나왔다.

"저를… 저… 광의당으로… 제발… 옥미인을 구해야……."

진현이 자꾸만 횡설수설하자 기를 불어넣어 주기 위해 다가갔던 혈마는 그의 입에서 옥미인이라는 말이 나오자 깜짝 놀랐다. 자신의 막내인 풍록의 애칭임을 알기 때문이었다. 하지만 너무도 작은 목소리였기에 잘못 들은 것 같았던 혈마는 진현의 몸에 기를 집어넣으며 다그쳤다.

"너… 지금 뭐라고 했느냐? 옥미인이라고 했느냐?"

"뭐라고? 옥미인?! 그럼 막내와 관계가 있는 아이입니까?"

진현이 말하기도 전 혈마의 말에 놀란 광우는 혈마를 향해 부르짖었다. 그리고 광우는 고개를 들어 상관천을 쳐다보았다. 이미 상관천은 본신의 심후한 공력으로 인해 천이통(天耳通)에 근접하고 있어서 매우 미세한 목소리까지 놓치지 않았기에 진현의 말을 들을 수가 있었다.

진현은 따스한 기운이 들어오자 서서히 몸에 힘이 충만해지는 것을 느꼈다. 하지만 그것은 마음만 그럴 뿐 실제로 몸은 그렇지 않은 모양이었다. 급히 일어나 걸음을 옮기려는 그의 마음과는 달리 몸은 이제 겨우 팔 하나 들 정도의 힘이 생겨난 것이었다. 그것을 안 진현은 이제는 떨리지 않는 입술로 그들에게 도움을 청했다. 지금 진현에게는 화산오수와 상대하던 자존심은 남아 있지 않았다. 그의 잘못으로 인해 고통스러워할 옥미인을 생각하면 너무도 미안했기 때문이다.

사천(四川)과 운남(雲南)을 이어주는 운귀고원(雲貴高原) 밤하늘에 웬 인조(人鳥)가 나타났다. 정말 하늘을 나는 새처럼 그들은 바람을 가르며 나뭇가지 사이를 헤쳐 나갔다.

"대형, 정말 이 아이 말대로 우리 막내가 있을까요?"

혈마는 왠지 전부터 불안했던 마음을 감추지 못하고 경공을 운용하면서 상관천에게 물었다. 마치 잘 짜여진 각본처럼 움직여지는 이 상황에 아무리 막내와 관련되었다고 하지만 자꾸만 불안해지는 그였기 때문이다. 그런 데다 아직 진현으로부터 진현의 정체를 듣지 못한 채 무작정 풍록을 찾으러 온 상태이기 때문에 더욱 그러했다.

상관천 또한 이런 혈마의 심정을 이해하고도 남음이었다. 그도 혈마의 심정처럼 석연치 않은 마음이 들긴 했지만 흡성대법이라는 말과 가장 중요한 풍록과 관련된 일이기에 애써 그것을 무시하고 있었던 터였다.

"그건 나도 확신하지 못하겠구나. 하지만 중요한 것은 이 아이의 말대로라면 풍록이 중독되었다는 것이다. 그 다음은 나중에 생각해도 된다. 이 아이의 말처럼 삼지활엽초가 해독약이라면 어서 빨리 가야 할 것이야. 서두르자꾸나."

상관천은 대답하기 무섭게 나아가는 신형에 더욱 속력을 내었다. 이제는 바람을 가르는 파공성이 살갗을 가를 정도였다. 혈마는 이런 상관천의 태도가 마음에 들지 않았다. 예전부터 평소에는 그렇게도 냉정하고 사리분별이 뚜렷했던 대형에게 막내의 일이라면 두 손 두 발 제쳐 두고 무작정 흥분부터 해버리는 태도가 어울리지 않는다고 생각해

오던 혈마였기 때문이다. 혈마는 평소 대형의 모든 점을 존경하고 따르려 했지만 이 점만은 고쳤으면 하고 바랐었다. 후에 이런 상관천의 이중적인 모습 때문에 큰 화를 당할 것만 같은 불길한 예감이 들었기 때문이다. 하지만 이런 생각은 그저 마음속에 묻어두고 자신도 두 다리에 힘을 실어 앞서 가는 대형을 쫓아가는 혈마였다. 당연히 진현을 업은 광우도 그 뒤를 쫓고 있었다.

아무런 말 없이 앞으로만 나아가던 그들은 드디어 운귀고원의 막바지에 들어서게 되었다. 그리고 진현이 말했던 마을을 보게 되었다는 것은 말할 필요가 없었다.

"이곳에 막내가 있다는 말인가?"

특정의 누군가를 찍어서 묻는 것은 아니었지만 상관천은 누군가가 자신에게 확신을 주었으면 하는 바람이 있었다. 함정이라도 좋으니, 중독이 되어도 좋으니 자신의 앞에 보이기만 하였으면 했다. 그는 이처럼 자신의 막내인 풍록을 좋아했다. 아니, 사랑했다. 비록 자신이 속해 있는 가문의 가장 큰 어른 중 한 분이신 상관천의 아버지는 풍록을 그리 탐탁지 않게 생각했지만 그는 풍록을 이미 자신의 여인으로 여기고 있었다. 나이 차이도 심할 뿐더러 배경의 차이도 심했지만 그에겐 아무 상관이 없었다. 오로지 그를 들뜨게 해주는 여인은 풍록밖에 없음을 잘 알고 있기 때문이었다. 아직 풍록의 입장에서는 그를 그저 대형으로만 생각하고 있지만 그는 시간이 해결해 주리라 여겼었다. 그런 그에게 갑자기 이런 일이 닥친다는 것은 전혀 예상하지 못했기 때문에 더욱 다급해져 있는 상관천이었다.

그런 마음을 알고 있었던 것일까? 광우는 자신의 등에 업혀 있는 진현을 내려놓고 다시 한 번 본신의 내공을 불어넣으며 진현을 깨우기 시작했다.

"음."

"애야, 네가 말한 광의당이 어디 있느냐? 어서 빨리 말해 보거라."

몸에 조금씩 기력이 들어오는지 진현이 신음을 뱉어내자 광우는 자신의 급한 성격대로 두 어깨를 흔들며 물었다. 하지만 아직 정신도 차리지 못한 진현이 대답해 주기는 만무한 일, 깨어나기만을 바라고 있어야만 했다.

"음… 어서… 어서…….."

자꾸만 횡설수설하는 진현을 보며 광우는 자신이 외상(外傷)에 탁월한 효과를 발휘하는 금창약(金瘡藥)을 가지고 오지 못한 것을 정말 후회했다. 그것만 있었더라면 환부(患部)가 다 아물지는 않아도 이렇게 아직까지 피가 배어 나오는 일은 없었을 것이고, 그리고 자신이 이렇게 답답해하지는 않았을 것이기 때문이었다.

"이 녀석아, 도대체 광의당은 어디에 있느냐? 어디에 있는지 알아야 막내를 구할 것이 아니냐?! 엉?"

광우는 답답한 마음에 그만 소리를 빽 하고 질렀다. 그런데 그런 갑작스런 괴성이 진현의 정신을 돌려놓은 모양이었다. 멍하게 먼 곳을 보며 중얼거리던 진현의 눈동자에 생기가 돌고 초점이 맞추어지더니 고개를 돌려 광우를 쳐다보았다. 그리고 예의 그 목소리로 애절하게 말을 늘어놓았다.

"제발 구해주세요. 저 때문에 고통받는 여인이 있어요. 제발 구해주세요."

자신의 옷깃을 붙잡으며 말하는 진현을 보며 이제는 그런대로 알아듣게 말하는구나라고 중얼거린 광우는 그답지 않게 차분하게 말을 했다.

"애야, 그러니 네가 그 광의당이 있는 곳을 말해 주어야 하지 않느냐? 자, 이제 말을 해보거라. 도대체 그곳이 어디에 있느냐?"

광우의 차분히 이어지는 말에 그제야 어느 정도 말을 알아들은 진현은 다급히 기억을 더듬어 길을 알려주었다. 손짓까지 해주면서 말하는 진현의 표정에는 진지함과 다급함이 새어 나오고 있었다. 그런 진현의 표정을 보며 상관천은 문득 이상한 표정을 짓게 되었다. 말도 안 되는 상상이 떠오르게 되었기 때문이다. 진현이 자신의 막내인 풍록을 좋아하는 것이 아닌가 하는… 하지만 그것은 상상으로만 끝이 날 뿐 어이없다고 여기며 쓴웃음을 짓는 상관천이었다.

이런 생각도 잠시, 그와 두 동생은 재빠르게 신형을 옮겨 진현이 안내해 주는 광의당으로 발길을 돌렸다.

한창 어둠의 세계에 빠져 있는 마을이라 드문드문 걸려져 있는 등이 을씨년스럽긴 했지만 네 사람의 발길에는 망설임이 없었다. 골목길을 헤집으며 나아가던 그들의 발길 앞에는 어느덧 광의당이라는 글이 쓰여진 편액이 걸린 대문이 있었다. 양 옆에 달린 등이 홀로 대문 앞을 비추고 있었지만 그들의 행로에는 거침이 없었다.

펑.

우선 광우의 두 손에서 나온 강맹한 힘으로 인해 두 대문짝은 부서지듯 날아갔다. 대문이 뜯기어 나가면서 지른 비명은 광의당 안을 삽시간에 환하게 만들기에 충분했고 하인들의 때 아닌 총집합을 만들기에 충분했다. 광우는 자신의 앞에 모여 흉기를 휘두를 것 같은 분위기를 자아내고 있는 하인들을 보며 오만한 표정으로 말을 하였다.

"여기에 있는 심 의원인가 하는 작자를 내 앞으로 끌고 와라."

그의 한마디는 하인들을 광분시키기에 충분한 요소를 고루고루 갖추고 있었다. 잘 자고 있는데 아닌 밤중에 홍두깨라고 갑자기 나타나서 대문을 부숴 버리고는 한다는 말이 자신들의 상전인 심 의원을 내놓으라니… 당연히 열받을 만하고도 남았다. 그중 다혈질의 하인들은 앞장서서 욕을 하며 들고 있는 몽둥이를 휘둘렀다. 하지만 일반인들이 무림인의 힘에 당해낼 수 있다는 자체가 어불성설이었다. 죽지 않으면 다행이라는 말이 사실이었다.

퍽.

"윽."

한 명이 광우의 손짓 한 번에 날아가자 조금은 누그러진 태도였으나 그들은 아직도 적대감을 가지고 광우 일행을 노려보았다.

"이놈들아, 어서 빨리 심 의원을 내놓지 않으면 다 죽을 줄 알아라!"

광우는 아직도 자신의 말을 듣지 않는 사람들을 향해 소리를 질렀다. 광의당 전체를 울리는 소리 때문이었을까? 광의당 중앙에 위치한 전각 뒤에서 중년의 사내가 걸어나왔다.

"무슨 일이기에 밤중에 소란을 일으키시는 겁니까?"

바로 심 의원이었다. 아직 광우 일행의 실력을 보지 못한 그는 조금은 오만한 말투로 그들 앞에 나섰다. 하지만 이걸 참고 있을 광우가 아니었다. 광우는 우선 아직도 자신의 등에 업혀 있는 진현을 내려놓고는 본격적으로 이곳을 휘어잡으려고 앞발을 내디뎠다. 그때였다.

"아니, 단 공자!"

심 의원은 광우의 등에서 내린 진현을 보고 놀람에 소리를 질렀다. 몇 시진 전만 하더라도 아무 이상 없이 자신의 앞에서 같이 온 여인을 걱정하던 사람이었는데 올 때는 심각한 상처를 입고 타인의 등에 업혀

오니 놀랄 만도 하였다.

"아니, 단 공자··· 이게 어찌 된 일입니까?"

심 의원은 달려가 진현의 상태를 살펴보았다. 창백한 얼굴과 붉게 물든 앞섶, 갈라진 옷자락 사이로 보이는 환부를 보고 심각한 중태임을 알게 된 심 의원은 광우를 제치고는 진현을 방으로 데려가려고 하였다. 하지만 앞에서 감히 자신을 무시하는 듯한 행동을 하는 심 의원을 가만히 놔둘 광우가 아니었다. 당연히 성격에 충실하고자 하는 광우는 심 의원의 목덜미를 낚아채고는 눈 높이까지 들어 올렸다.

"이봐, 네가 심 의원이냐?"

이제야 분위기 파악이 어느 정도 된 심 의원은 황급히 사태 파악에 들어갔다. 주위에 벌벌 떠는 모습의 하인들과 자신을 들어 올린 거한 말고도 옆에서 오만하게 주시하고 있는 두 명의 장년인도 보였다. 아무래도 길(吉)보다는 흉(凶)이 많을 밤인 것 같은 기분이 드는 심 의원이었다.

"예, 그렇습니다만······."

분위기를 읽고 난 심 의원은 감히 좀 전처럼 나서지를 못하고 기죽은 목소리를 내었다. 아직 그에겐 죽어도 자존심을 내세우는 것보다는 살고 싶은 욕망이 간절했기 때문이다.

"이 아이와 같이 온 여자가 있겠지? 빨리 그곳으로 우리를 안내하거라."

광우는 진현을 가리키며 풍록이 있는 곳으로 안내하기를 원했다. 당연히 심 의원으로서는 거부할 리가 없었다. 광우의 거대한 손이 자신을 풀어주자마자 그대로 앞장서서 안내하였다. 안내를 한다고 해서 멀리 있는 것이 아니라 바로 본관의 환자실에 있었기 때문에 찾는 데는 그리 긴 시간이 걸리지 않았다.

"막내야!"

창백한 얼굴의 풍록을 보자마자 소리를 지른 광우였다. 하지만 그보다 더 마음이 아픈 이가 있었으니 바로 상관천이었다. 그는 주먹을 꽉 쥐고는 한 점의 흐트러짐도 없이 풍록을 주시하고 있었다. 그녀의 움직임을 하나도 놓치지 않겠다는 듯이.

"어떻게 되었나?"

이번에는 광우 대신에 혈마가 나서서 심 의원의 멱살을 잡았다. 거친 두 손에 그만 숨이 막힌 심 의원이 기침을 하자 그제야 힘을 풀며 멱살 잡은 손을 놓은 혈마는 다시 한 번 그에게 다급히 물었다.

"캑, 캑, 지금은 아무 이상이 없습니다. 단 공자가 삼지활엽초를 가지고 오신다고 한 시간이 너무 지나 버려 제가 우선 다른 해독약으로 해독하였습니다. 그러니 제발 목숨만은……."

무릎을 꿇고 머리를 땅에 처박은 채 두 손을 비비는 그의 모습은 비굴하게 보였지만 한편으로는 이해가 갔다. 그저 살려달라고 빌며 그는 진현이 상관천 일행에게 자초지종을 말한 줄 알고 핵심만 간추려 이야기를 했다. 하지만 그것을 알아듣지 못할 상관천 일행이 아니었다. 해독하였다는 말에 쥐고 있던 주먹에서 살며시 힘을 푼 상관천은 그제야 풍록에게 다가갔다. 그리고 손을 들어 자고 있는 풍록의 뺨을 슬며시 쓰다듬었다. 비록 말은 한마디도 하지 않았지만 그의 두 눈에서는 진정이 흘러나왔다.

"어떻게 된 건지 사정을 말해 보거라."

이제야 한숨을 돌린 광우와 혈마는 정신을 잃고 있는 진현보다는 바닥에 붙어 아직도 손을 비비고 있는 심 의원에게 사정을 물었다.

"예? 아… 예… 그게 어찌 된 일이냐 하면요. 단 공자와……."

심 의원은 낮에 진현에게 들었던 그대로 재방송을 하였다.

"음……."

듣고 보니 황당한 실수였다. 물론 풍록의 실수이고 진현의 어처구니 없는 발상으로 인한 사고였다. 광우는 원래 막내가 저리된 것이 진현의 탓인 줄 알고 죽이려 마음을 먹었었다. 그런데 진현의 잘못이긴 하지만 고의가 없었고, 그것을 만회하기 위해서 죽을 고비까지 무릅쓴 진현이 이제는 남같이 여겨지지 않았다.

하지만 혈마는 그렇지 않은 듯 보였다. 이야기를 듣고 있는 내내 이상한 표정을 하더니 끝내는 심 의원을 향해 물음을 던졌다.

"아까부터… 계속 단 공자… 단 공자 하는데… 이 아이의 정체는 무엇이냐?"

혈마의 물음에 그제야 아직도 진현의 정체를 알지 못한다고 생각한 광우도 역시 같은 물음을 표하였다. 이런 둘의 부담 어린 시선에 그만 기가 더욱 죽어버린 심 의원은 자라목을 하고는 사실대로 말해 주었다.

"뭐라고? 천하제일가?"

진현의 신분이 심상치 않으리라 어느 정도 예상은 하고 있었지만 설마 하니 천하제일가의 소주라는 신분을 가지고 있을 줄은 전혀 예상하지 못했던 혈마와 광우는 뜻밖의 사실에 너무도 놀랐다. 옆에서 묵묵히 이야기를 듣고 있던 상관천도 마찬가지였다. 그저 사파의 제자라 여겼던 진현이 본인에게 심각한 상처를 안겨준 화산이나 당문과 마찬가지로 정도(正道)의 사람일 뿐 아니라 천하제일가의 독자라니… 엄청난 충격이었다.

"그런데… 왜… 그놈들은……."

아무리 생각해도 이해가 가지 않았다. 어떻게 자신들과 같은 길을 걷고 있는 진현을… 더구나 천하제일가의 소주를 그렇게 핍박했었는지… 정말 미치지 않고서야 그럴 수가 없다고 여겨지는 혈마였다. 뒤에 올 후환을 무엇으로 막으려고 그런 짓을 했는지… 화산의 제자들과 당수파가 정신이 어떻게 된 것이 아니냐는 결론이 내려지는 혈마였다.

　"정녕 저 아이가 천하제일가의 아이가 맞느냐?"

　묵묵히 듣고만 있던 상관천은 확신을 기하기 위해서 다시 한 번 심 의원에게 물었다. 심 의원은 좀 전에는 별로 신경도 쓰지 않던 진현에 대해 천하제일가라는 말에 확연히 상반된 태도를 보이는 이들의 행동을 이해할 수 있었다. 아무리 심 의원이 걷고 있는 의원이라는 길이 무림이라는 세계와는 다르다고 하지만 어느 정도 상관이 엮일 뿐만 아니라 그도 무림의 생리가 어떻다는 것쯤은 잘 알고 있기 때문이었다. 분위기상에도 결코 명문정파의 사람은 아닌 것 같은 상관천 일행이라 자신의 대답 여하에 따라 진현의 목숨이 왔다 갔다 하는 것도 알고 있었다. 하지만 우선 중요한 것은 자신의 목숨인지라 거짓이 나올 리 만무했다.

　"예, 틀림없습니다. 제가 사 년 전에 치료를 한 적이 있어 확실하게 알아봅니다요. 아이고, 틀림없습니다. 그러니 제발 저의 목숨만은 살려주십시오."

　흑도의 무리들이 얼마나 잔인한지 알고 있는 심 의원은 계속해서 목숨을 구걸하였다. 그런 그의 모습이 다른 사람은 몰라도 광우의 눈에는 거슬리고도 남았다. 그의 평소 지론이 단순, 무식, 다혈질 말고도 또 다른 것이 있었으니 바로 당당함이었다. 아무리 죽음의 위기가 닥쳐와도 비굴해지지는 말자라는 것이 그의 또 다른 지론이었으니 그의 눈에 심 의원의 행동이 좋게 보일 리 만무했다.

"에잇, 저리 꺼져라."

"악!"

광우가 발에 힘을 주어 걷어차자 방구석으로 나가떨어진 심 의원은 몸을 웅크린 채로 벌벌 떨었다. 그 모습에 더욱 화가 나는 광우였지만 자신의 대형 앞이라 차마 죽이지는 못하고 비웃음만 날렸다.

방 안이 소란하기 때문이었을까. 침상에 죽은 듯이 누워 있던 옥미인의 눈이 조금씩 떠지기 시작했다. 옥미인의 모습을 하나도 놓치지 않고 보고 있던 상관천은 그 모습을 보고는 얼른 다가가 그녀의 몸에 기를 불어넣어 주어 생기(生氣)에 불을 지폈다.

"음."

옥미인이자 상관천이 속해 있는 구두당의 막내인 풍록은 아직은 무의식 상태이긴 했지만 타인의 기가 들어오자 잠시 몸을 움찔했다. 하지만 이내 자신의 기와 동류(同流)의 것임을 알고 받아들이기 시작했다. 그리고 곧 신음과 함께 서서히 눈을 뜨며 몸의 근육을 움직이기 시작했다.

"설(雪)아, 이제 정신이 좀 드느냐?"

상관천은 계속해서 풍록의 뺨을 쓰다듬으며 옥미인에게 말을 걸었다. 하지만 아직까지도 정신이 몽롱한 옥미인이 대답할 리가 없었다. 그래도 상관천은 끈기있게 옥미인의 등에 닿은 손을 떼지 않고 계속해서 기를 넣어주며 말을 걸었다. 사실 이런 식의 추궁과혈(推宮過穴)은 굉장히 진기의 소모를 요하는 것이었지만 상관천은 그런 것에는 전혀 상관하지 않았다. 이런 상관천의 노력이 성공의 빛을 발하는지 드디어 옥미인의 입에서 알아들을 수 있는 말이 새어 나오기 시작했다.

"음, 아~ 천(天) 가가(呵呵)."

"그래, 나다. 이제 정신이 드느냐?"

옥미인이 이제야 자신을 알아보자 상관천은 그동안 자신을 지배하고 있었던 걱정들을 날려 버리며 옥미인을 자신의 품으로 끌어당겼다. 그리고 옥미인의 얼굴에 씌어 있는 인피면구(人皮面具)를 벗기어내었다.

"이런… 얘가 아직도 이런 장난감을 가지고 다니는구나."

어느 정도 안심이 되자 상관천의 입에서 예의 찾을 수 없었던 농담까지 흘러나왔다. 하지만 옥미인은 그렇지 않은가 보다. 상관천이 세게 끌어안아 숨이 막히는지 연신 기침을 하며 고개를 도리질하였다.

"캑, 숨이 막혀요."

"아! 그러냐. 이거 미안하구나."

말로는 미안하다고 하면서 계속해서 옥미인을 끌어안은 상관천의 얼굴에는 환한 미소가 걸려 있었다. 그래도 어느 정도 숨을 골랐는지 상관천의 얼굴을 보려고 옥미인은 고개를 쭉 하고 내었다. 그런데 옥미인의 얼굴이 달라져 있었다. 흉측한 얼굴을 가리려고 인피면구를 쓰고 다녔을 것 같았던 예상을 무시라도 하듯이 그녀의 얼굴은 가히 천하일색(天下一色)이었다.

화용월태(花容月態).

한 천하미녀(天下美女)에게 통한다는 이 네 자의 말도 모자람이 있었다. 비록 병중에서 이제 나은 몸이라 창백한 피부였지만 그것조차 그녀의 아름다움에 일조를 하였다. 한 쌍의 눈에는 영롱한 광채가 서려 있는 모습이 정말 아름다웠다. 그녀의 갸름한 얼굴과 오똑한 코는 인간 세상의 어떤 미인보다도 아름다워서 보고 있노라니 혼백이 다 빠져

나가는 듯했다. 흉측했던 중년여인 인피면구 속에 이런 미녀의 얼굴이 숨어 있을 줄은 가히 상상도 되지 않았다. 아마 옥미인이 무림에 알려졌더라면 떠들기 좋아하는 사람들에 의해서 무림사화(武林四花)는 무림오화(武林五花)가 되었을 것이다. 진짜 말 그대로 옥미인(玉美人)이었다.

상관천 역시 그렇게 생각했다. 처음 본 얼굴이 아니건만 볼 때마다 그의 혼백을 잡아끄는 그녀의 아름다움에 감탄을 금하지 못하는 그였다.

"어! 우리 막내가 깨어났구나!"

심 의원과 토닥거리던 광우가 옥미인이 깨어난 것을 보고는 급히 달려와 소리를 질렀다.

"여섯째 오빠."

구두당 서열상 광우는 여섯 번째를 차지하고 있었다. 당연히 노호(怒虎) 상관천은 첫째였고 혈마는 넷째였다. 둘째 비합(飛蛤), 셋째 적사(赤蛇), 다섯째 독응(毒鷹), 일곱째 흑귀(黑龜), 마지막으로 여덟째 무영룡(無影龍)까지 이 아홉 명의 당원들은 모두가 막연한 관계를 이루고 있었다. 여덟째인 무영룡만 제외하고 말이다. 무영룡은 별호답게 항상 자신의 모습을 보여주지 않기 때문에 첫째인 상관천을 제외하고는 그의 진면목을 알고 있는 사람이 없었다. 하여튼 남은 여덟 명은 비록 구두당이라는 명목 하에 하나의 집단에 속해 있었지만 집단이기보다는 오히려 가족에 가까운 사이였다. 그래서 옥미인이 깨어난 것을 본 광우가 저리도 좋아하는 것은 당연한 일이었다.

"막내야, 이제는 몸이 괜찮으냐? 어디 불편한 곳은 없고?"

"괜찮아요. 힘이 없는 것을 빼면요."

힘없이 말하는 옥미인의 말은 사실이었다. 지금까지 움직이고 말하는 것도 전부 등으로 기를 넣어주는 상관천 때문이지 본신의 기력으로는 어림도 없는 일이었다. 진현을 기다리다 못한 심 의원이 약초(藥草)와 영약(靈藥)으로 치료를 하긴 했지만 처음 희마균의 여독으로 인해 기력을 너무 쇠진한 그녀였기에 현재 그녀의 몸에는 티끌만한 기만 남아 있을 뿐 움직일 만한 것이 아니었다. 더구나 심 의원의 시술에서 선천지기를 이용하는 부분이 있었기 때문에 맥이 더욱 빠져 있었다.

"한데… 한 가지만 물어보자. 너는 저 아이와 무슨 관계이냐?"

역시 광우의 입에서 이런 말이 나올 것을 예상하였다. 그는 과연 옥미인의 입에서 무슨 말이 나올지 기대가 되었다. 옥미인은 힘이 없어 나직한 말투로 자신과 진현이 만났던 당시의 상황부터 설명해 주었다. 심 의원으로부터는 옥미인이 중독된 경과만 들었었기에 진현이 화산오수와 또 한 번의 다툼이 있었는지 몰랐기에 그녀의 말에 광우는 놀람을 표했다.

"아니, 그럼 저 천하제일가의 아이는 화산과의 충돌이 또 있었단 말이냐?"

"그게 무슨 말씀이세요? 천하제일가의 아이라뇨? 그리고 또 한 번의 충돌이라뇨?"

이번에는 옥미인의 질문할 차례였나 보다. 광우가 하는 말의 태반이 자신이 몰랐던 부분이기에 성급히 물어보았다.

"오호라, 너는 모르고 있었던 모양이구나. 네가 말하는 저 아이는 천하제일가의 독자이다. 그리고 너의 해독약을 구하기 위해서 네가 중독된 곳으로 갔다가 다시 한 번 화산의 냄새나는 놈들과 부딪쳐서 저렇게 되어버렸지."

"어떻게……."

옥미인은 그저 놀랄 수밖에 없었다. 기억을 더듬어보면 진현은 운남(雲南)에 집이 있다 하여 자신과 방향이 같아 함께 온 것이었고—물론 거기에는 다른 사정도 있었지만—자신을 구하기 위해 화산의 무리와 싸워 저렇게 심한 부상을 입다니… 그녀로서는 전혀 상상하지 못했던 부분들이다. 두 눈을 동그랗게 뜬 그녀의 눈에는 여러 가지 복잡한 감정들이 실려 있었다. 그 감정들은 본인만 알 수 있겠지만 한 가지 확실한 것은 아쉬움과 애틋함이 실려 있다는 것이었다.

그런 옥미인을 바라보는 상관천의 두 눈에 갑자기 살기가 어렸다. 자신이 좋아하는 사람의 감정 하나 모를 그가 아니었기 때문이다. 비록 어린아이를 상대로 질투라면 질투를 하고 있지만, 그리고 옥미인이 진현에게 관심을 갖는 것에는 이유가 있었지만, 옥미인의 표정을 보자 솟아오르는 살기를 감출 수가 없었다.

하지만 옥미인은 가장 가까운 거리에 있으면서도 그런 그의 표정을 보지 못했다. 느끼지도 못했다. 그녀에게는 광우의 말들이 계속 머리 속을 헤매고 있었기 때문이다.

"지금 상태가 어떤가요?"

멍하게 있던 옥미인은 다급히 광우에게 물었다. 심각한 부상을 입었다는 생각이 머리 속에 미쳤기 때문이다.

"좀 심한 모양이다. 피를 너무 많이 흘렸어."

좀 전 자신의 기를 나누어줄 때 자연히 진현의 상태를 살펴보았던 광우는 정확하게 진현의 상태를 알고 있었다.

"예? 그럼… 죽게 되는 건가요?"

옥미인은 광우의 말에서 왠지 불길함을 느끼고는 더듬거리는 목소리로 물어보았다. 하지만 그녀에게 돌아오는 것은 없었다. 바로 상관천의 살기 때문이었다. 아직도 그의 살기를 느끼지 못한 옥미인과는 달리 평소 둔하다는 말을 듣기 했지만 자신의 대형의 살기를… 그것도 강력하게 느껴지는 살기를 느끼지 못할 정도로 둔한 정도는 아닌 광우로서는 더 이상 옥미인의 장단에 맞추어줄 수가 없었다.

"어떻게 하실 겁니까?"

이제까지 가만히 있던 혈마는 이런 분위기를 바꾸기 위해서라도 이런 질문이 필요하다 여기고는 상관천에게 의견을 구했다. 분위기를 바꾸기 위해서도 이런 물음이 필요했지만 진현이 더 이상 평범한 존재가 아니라 아주 거물급이라는 점을 감안한다면 좀 늦은 감도 있었다.

"…음."

조금 전까지는 죽일 듯이 바라본 그였지만 이 부분만은 경솔하게 행동하지 못하기 때문에 확고한 대답 대신에 짧은 신음을 토해냈다. 옥미인의 행동에 강한 적개심을 느낀 그이지만 공과 사를 구분하지 못하는 바보는 아니었기 때문이다.

"우선 밖에 나가서 이야기하도록 하자."

상관천은 이렇게 말하며 아직까지 옥미인의 등에 대고 있던 손을 떼며 신형을 일으켜 세웠다. 옥미인의 행동을 보니 그녀의 앞에서 진현의 처리에 대한 말을 한다는 것이 미련한 행동임을 알기 때문이었다. 그가 신형을 일으키자 혈마와 광우 역시 몸을 세웠다.

"아!"

옥미인은 자신의 몸을 지탱해 주던 상관천의 몸이 사라지자 외마디 비명을 지르며 다시 침상에 엎어졌다. 그리고 상관천이 공급해 주던 기가 사라져 가기에 서서히 다시 정신이 흐트러져 갔다.

"대형, 어떻게 하실 겁니까? 설마 죽이시지는……."

혈마는 조심스럽게 상관천의 눈치를 살피며 물어보았다. 비록 자신과의 나이 차이가 별로 나지 않는 상관천이었지만 그가 화를 내는 모습만은 감당할 수 없었기에 비위를 맞추는 것은 당연한 일이었다.

"너는 어떻게 했으면 좋겠느냐?"

자신의 의견을 말하기보다는 우선 혈마의 의견을 물었다. 그렇지만 혈마는 감히 자신의 생각을 표출하지 못했다. 상관천의 이런 모습이 가장 위험한 때이기 때문이었다.

"제가 뭘 알겠습니까? 대형께서 결정하셔야죠."

혈마는 이렇게 말하면서도 정말로 이런 상관천이 원망스러웠다. 앞에서도 말했지만 평소에는, 아니, 어떤 순간이든 평정심을 잃지 않는 그였건만 꼭 풍록과 관여가 있는 일이라면 이성보다 감성이 앞서 가는 그였기 때문이다. 그래서 이 부분 때문에 세가에서도 인정받지 못해 자신의 형제들을 만나 구두당을 건립한 것이지만 말이다.

"아무리 생각해도 그 아이를 우리가 건드려서 좋을 것은 없을 것 같구나. 괜히 잘못 나섰다가 잠자고 있는 호랑이의 수염을 건드리면 세가에서도, 회에서도 좋은 소리를 듣지 못할 것이다."

"예, 그렇습니다."

혈마는 상관천의 말에 전적으로 동감의 의지를 표했다. 그의 말대로 천하제일가의 독자를 건드려 봤자 좋을 것이 없기 때문이었다. 자칫 잘못하면 이십 년 전의 그 꼴이 될지도 모르기 때문이었다. 아무리 지금 호천사정맹과의 관계가 불편하다 하여도 상대는 천하제일가였다. 잠시 휴식을 취하고 있지만 언제 어디서 변수로 작용할지 모르는 일이었다. 게다가 소문에는 관부(官府)와도 끈이 닿아 있다는 말이 있어서 더욱 조심해야 하는 천하제일가였다.

"하지만! 이건 어떨까?"

"뭐가 말씀이십니까?"

상관천의 말이 채 끝나기도 전에 광우는 급한 성격 그대로 말을 자르고 물어보았다. 하지만 상관천은 그것에 상관하지 않고 계속해서 말을 이어갔다.

"너희들도 봤지 않느냐, 저 아이를 저렇게 만든 장면을."

"그럼……."

혈마는 상관천의 의도를 어렴풋이 짐작할 수 있었다. 하지만 확실한 것이 아니기에 계속해서 그의 말을 기다렸다.

"그 속에 무슨 사정이 있는지는 모르겠지만 분명 확실한 것은 화산과 당문에서 저 아이를 상하게 했다는 점이다. 이점은 어떻게서든 빠져나갈 수 없는 사실이지. 그걸 이용하자는 거지."

"그럼 차도살인(借刀殺人)의 계(計)를……."

남의 칼을 빌려 적을 죽인다. 음흉하고 위험한 발상이었다. 소위 이계책은 자신의 힘은 하나도 들이지 않고 남의 힘으로 누군가를 죽일 때라든지 그 파급 효과로 이간을 시키고 싶을 때 많이 쓰이곤 했다.

"그렇다. 지금 저 아이의 상태는 이미 죽었어야 할 것이지. 그 녀석의 몸에서 흐르는 괴이한 한줄기의 내력 때문에 겨우 생을 이어 나가는 것이다. 하지만 저렇게 계속해서 방치한다면 결국에는 죽음을 맞겠지. 그렇다면 이왕 죽을 것, 좀 빨리 죽는다고 해서 그리 큰 문제가 되지 않을 것이 아니냐. 화산의 손에 죽든 내 손에 죽든 말이지. 아! 아니지. 우리 손에 죽으면 안 되는 일이지. 화살이 우리에게로 돌아올지 모르니 말이다."

"그러면 화산의 무공에 죽은 것으로 위장하자는 말씀이십니까?"

"어허, 위장이 아니지. 이미 그 녀석의 몸에는 화산의 흔적이 남아 있어. 화산의 무공에 죽어가고 있다는 말이야. 그저 환경을 달리하자는 말이지. 요즘같이 추운 날씨 속에서 과연 얼마나 버틸까? 몸속에 피도 얼마 없는 상태에서 말이야."

"아~"

상관천의 말을 듣고 광우와 혈마는 감탄을 질렀다. 그러면서도 상관천의 계략에 가히 두려움을 느꼈다. 과연 세가의 피가 흐르고 있는 자답다라는 생각이 그들을 지배했다.

"우선 혹시 모르는 일이니 저 아이의 기를 조금 흩뜨려 놓아라. 그리고 다시 운귀고원(雲貴高原)의 산중에 둔다면 아마 이틀을 넘기지 못할 것이다. 그리고 산속의 사냥꾼에 의해서 발견이 되겠지. 피로써 물든 유서와 함께 발견된 천하제일가의 자식을… 그 뒤에 우리를 따라온다고 착각한 정파의 쓰레기들은 경악을 하겠지. 자신이 건드렸던 아이가 천하제일가의 아이라는 것을 알고는 말이야."

"…음."

말을 마치고 하늘을 쳐다보는 상관천이 갑자기 자신이 알지 못했던 타인으로 느껴지는 혈마는 신음을 토했다. 하지만 그의 입장에서는 상관천의 명령이나 다를 바 없는 통보에 좋다 싫다 할 수가 없었다. 아무리 가족 같은 분위기의 구두당이라지만 집단이라는 명분 하에 뭉친 것이기 때문에 자신보다 위의 서열에 위치한 상관천의 말을 거역한다는 것은 있을 수 없는 일이었기 때문이다. 그저 혈마는 자신의 마음이야 어떻든 예라는 대답밖에는 할 수 없었던 것이다.

"알겠습니다, 그렇게 하겠습니다."

"안 됩니다."

어디를 가든 항상 이런 사람들이 있다. 분위기 파악하지 못하고 남들 전부 예라고 대답하는 때에 혼자서 튀는지도 모르고 아니오라고 말하는 사람. 그리고 정반대 경우의 사람. 광우는 솔직히 마음이 그랬었다. 계략보다는 힘. 비굴하거나 위선적인 것보다는 당당함과 진실을 좋아했던 그였기에 어쩌면 당연한 태도였는지도 몰랐다. 그것 때문에 항상 남들로부터 오해를 받거나 괴인(怪人) 취급을 받은 적이 많아 그의 별호에도 광이 붙은 것이었다. 미칠 광(狂). 하긴 지금도 혼자서 정의로운 척을 하면 미친놈 취급을 받으니 말이다.

"왜 안 된다는 것이냐?"

상관천의 어이없는 표정에 대신 나선 혈마의 물음에 광우는 두 어깨를 펴고 당연하다는 듯이 말했다.

"대형, 이 녀석은 막내를 위해서 화산의 무리들과 싸우다 이렇게 심각한 부상까지 입었습니다. 우리 막내를 위해서요. 물론 잘못도 이 녀석이 저질렀지만 막내를 위해서 저 정도까지 성의를 보인 것은 정파의 위선자들과는 다른 것입니다."

혈마도 광우의 말에 전적으로 동감은 하던 터였다. 하지만 광우는 남녀의 애정사에 대하여 문외한이어서 저렇게 말할 수 있었던 것이기 때문에 그와 같이 혈마는 대놓고 말할 수가 없었다. 혈마는 상관천이 저토록 열을 내는 것이 단순히 진현의 신분 때문이 아니라 진현에게 보인 옥미인의 태도 때문이라는 것을 잘 알고 있었다. 그렇기 때문에 혈마는 상관천이 말하기 전에 자신이 먼저 나서서 광우를 말렸다.

"광우야, 그만 하거라. 어차피 저 아이와 우리는 길이 다르지 않느냐. 그리고 우리의 진면목을 본 이상 누구도 살아갈 수 없다. 대업(大業)을 이루는 그날까지는……."

"……."

혈마의 말에 광우는 할 말이 없었다. 아니, 말할 수가 없었다. 대업이라는 말 때문이었다.

"됐다. 광우도 알아들었으면 내 말대로 하거라."

마지막으로 쐐기를 박는 상관천의 말이었다.

상관천 일행의 협박에 질린 심 의원의 노력 덕분이었는지 옥미인은 빠른 시간 안에 자신의 힘으로 움직일 수 있게 되었다. 누워만 있던 옥미인이 서서히 몸을 일으켜 침상에 걸터앉을 때였다, 상관천과 혈마가 방으로 들어온 것은.

"오, 이제 많이 좋아진 것 같구나."

"예."

"다행이다. 그래… 그럼 이제 이곳을 떠나도록 하자."

이곳에 오래 머물러보아야 좋을 것이 없다고 생각한 상관천은 옥미인이 어느 정도 움직이는 것을 보고 서둘러 길을 떠나기 위해 말했다. 진현의 몸을 다시 운귀고원에 둠으로써 천리향을 맡고 따라온 정파의 인물들은 따돌렸다고 하지만 그들은 곧 자신들이 속은 것을 알고 다시 추격한다는 것을 잘 알고 있는 그였다. 게다가 이번의 추격조에는 산에서 보았던 화산과 당수파만 있는 것이 아니라 현 무림에서 가장 극강(極强)이라고 알려져 있는 십오대고수 중 두 사람이나 오는 데다 소림(少林)의 전대고인(前代高人)도 온다는 소문이 있었기 때문에 만만히 볼 것이 아니었다.

"그런데… 천 가가… 진현… 아니… 단 공자는 어떻게 되었나요?"

"……"

이유가 어떻게 되었든 자신을 구하기 위해 부상을 입은 진현이 걱정이 된 옥미인의 말이었지만 그것조차 상관천에게는 다른 뜻으로 받아들여졌다. 진현을 혈마에게 말한 대로 처리한 것이 더욱 잘했다는 생각이 드는 상관천이었다.

"그 아이는 잘 있다. 지금 이곳의 의원이 잘 돌보고 있지. 그건 그렇고 어서 가도록 하자. 너도 알겠지만 이곳은 안전한 곳이 아니란다."

상관천은 옥미인이 아직 힘이 부족하다는 것을 알고 옥미인을 부축하여 한쪽 겨드랑이 사이로 팔을 집어넣었다. 그리고 넣은 팔로 세류요(細柳腰) 같은 그녀의 허리를 감싸고는 그 상태로 방문을 나섰다. 그와 그녀가 방문을 나서자 밖에는 혈마가 기다리고 있었다. 뒷짐을 지고 있는 혈마는 그 상태로 두 사람을 맞이하면서 조용히 뒤를 따랐다.

그의 두 손에서는 한 방울씩 피가 떨어지기 시작했다. 그리고 그 피는 그들이 대문을 나설 때까지 하나의 선을 만들었다.

제16장

운명이 말하는 것은

 운명이 말하는 것은

육정방은 눈앞에 보이는 참사를 보고는 할 말을 잊었다. 자신도 적지 않은 세월을 겪으며 이런 일 저런 일 겪어보았고, 사람도 적지 않게 죽여본 적이 있었지만 이렇게 잔인하게 죽인 적은 없었다고 맹세하는 그였다.

"아… 어떻게 이런 일이… 우웩."

육정방이 느끼고 있는 심정은 상비경도 마찬가지였다. 한곳에 모여 떼 죽음을 당한 것 같은… 모두 가슴 한구석이, 그것도 심장 부위에 구멍이 뚫린 데다 칠공(七孔)에서 피를 흘리며 죽어 있는 모습이 그녀로 하여금 헛구역질을 불러일으켰다.

이들은 진현의 몸에서 나는 천리향(千里香)을 따라 쫓아온 화산오수(華山五秀)와 당수파(唐洙把), 그리고 현 무림의 십오대고수(十五代高手) 중 하나인 소천성탑의 주인인 검군(劍君) 천외운검(天外雲劍) 육정방(陸

頂紡), 마지막으로 육정방과 같은 십오대고수인 오왕(五王)의 창왕(槍王) 양청수(楊清壽)였다. 바로 한서린이 진현의 몸에 묻힌 천리향을 따라 이곳까지 온 것이었다. 아직 한 사람이 덜 오긴 했지만 이 정도의 규모라면 웬만한 중소문파(中小門派)는 그냥 쓸어버리고도 남음이 있었다.

"아마도 그들이 그 아이를 치료하고는 비밀을 유지하기 위해 이들을 모두 죽인 것 같습니다."

허자강의 말에 모두들 동감을 표했다. 그게 아니고서는 또 다른 이유를 찾을 수 없었다. 광의당(廣醫堂)이라 함은 운남(雲南)의 대표적인 의원이나 마찬가지였다. 비록 이런 시골에 묻혀 있다 하지만 이곳의 주인인 심 의원의 실력 하나만큼은 모두가 인정하는 것이었다. 그러니 지난날 천하제일가에서도 진현을 치료하기 위해서 심 의원을 불러들인 것이 아니겠는가.

사정이 이러니 그들은 구두당의 인원들도 진현을 치료하기 위해 이곳을 찾았으리라 추측했다. 비록 반만 맞추었지만…….

하지만 그들에게 은혜라면 은혜를 베풀어준 이들을 모두 죽일 줄은 상상도 하지 못했다. 저번 표행(鏢行)의 일차와 이차 표사들과 무림인들을 죽인 것은 어찌하면 이해를 할 수 있다고 쳐도 이번 일만큼은 도저히 이해가 되지 않았다.

"이렇게 잔인할 수가… 아무것도 모르는 양민(良民)을 학살하다니… 그들의 천인공노(天人共怒)할 잔행(殘行)을 누가 말린다는 말이오. 아무튼 이로써 구두당(九頭堂)이 마도(魔道)의 무리라는 것은 밝혀졌소. 이제 그들을 처단해야 하오."

당수파는 그답지 않게 많은 말을 하며 탄식했다. 아직까지 구두당의 신원에 대해 여러 가지로 의심을 가졌던 그는 이로써 확신을 가지게 되었다.

"아! 그때 그 녀석을 죽였다면 이렇게 양민들이 죽진 않았을 텐데……."

서문(徐紋)은 자신이 진현을 죽이지 못하고 보내준 것에 대해 안타까워했다. 하지만 그가 말한 것이 그의 진정한 속마음인지 아닌지는 아무도 몰랐다. 진정으로 학살된 광의당의 사람을 안타까워하는 것인지… 진현에 대한 증오 때문인지…….

"이제 와서 그런 말이 무슨 소용이 있겠느냐, 죽은 사람이 돌아오는 것도 아닌데. 다만 우리가 해줄 수 있는 일은 그들을 잡아 죗값을 묻는 일일 것이다. 자! 다들 그들을 다시 쫓도록 하자. 어디서 또 다른 사람들이 죽을지 모르니……."

이번 조사단의 실질적인 영수인 검군 육정방은 단호하게 외치며 광의당을 나섰다. 그 뒤로 남은 일행들도 그의 그림자를 따라나섰다.

검군을 위시하여 이번 파견단에 모인 일행들은 하나같이 얼굴에 비장한 각오가 서리며 앞장선 한서린을 쫓아 운귀고원(雲貴高原)을 향해 나아갔다. 그들의 빠른 발놀림으로써도 어느 정도의 시간이 흐르고서야 천리향의 근원지를 찾을 수 있었다.

화산의 천리향은 매우 독특하고 그만의 특성이 있기 때문에 화산의 백묘가 아니면 도저히 찾을 수가 없었다. 하지만 다행히 한서린에게는 그 백묘, 정확히 말하자면 설산백묘(雪山白苗)가 있었다. 설산의 추운 기후 속에서 후각만큼은 어디에 내놓아도 손색이 없을 정도로 극도로 발달된 설산백묘가 말이다. 그렇기에 한서린은 낮은 서열임에도 불구하고 앞장을 서는 것이었다.

운귀고원의 정상에서 반쯤 되는 중턱쯤에 왔을 때였다. 한서린을 앞장서게 만들었던 백묘가 갑자기 수풀 속으로 들어가는 것이었다.

"아니… 저 녀석이 왜 그러는 거지?"

한서린은 백묘를 따라 수풀 속으로 뛰어들어 갔다.

과연 이유가 있었다. 한서린은 백묘로 하여금 뛰어들게 만든 원인을 보고는 일행들을 향하여 소리를 쳤다.

"여기 보십시오. 그 녀석이 있습니다."

한서린이 수풀 속으로 들어갈 때부터 심상치 않게 보고 있었던 일행들은 그의 목소리가 들려오자 누가 뭐라고 할 틈도 없이 너도나도 수풀 속으로 들어갔다.

"아니… 이 녀석은……."

"그놈이다!"

서문은 수풀 사이에 버려져 있는 듯 보이는 진현을 보고 외마디 말을 외쳤다. 그의 눈에서는 한줄기 증오의 광채가 흘러나왔다.

"그럼… 이 소년이 너희들이 말하던 그 아이야?"

진현을 보고 놀라 부르짖는 화산오수를 보며 뭔가를 짐작한 육정방은 말을 걸었다. 그리고 그는 고개를 끄덕이는 화산오수를 볼 수 있었다. 그러자 다시 한 번 진현을 유심히 살펴보았다. 아무런 움직임이 없는 것 같은 진현을 보고 혹시 죽은 것이 아닐까라고 생각한 그는 하나의 의문이 들었다.

"그런데 이 녀석은 왜 여기에 있는 거지? 조금 전 보았던 그 광의당에서 치료를 다 못한 것일까?"

과연 그로서는 당연한 의문이었다. 구두당의 무리들 역시 광의당에 간 것도, 또 그곳의 사람들을 모조리 죽인 것도 전부 자신의 눈앞에 보이는 이 소년을 치료하기 위해서라고 추측하고 있었기에 눈앞의 상황이 이해되지 않았다.

"도대체 이게 무슨 상황일까요?"

이제까지 가만히 지켜보고 있었던 화산오수의 막내이자 일행 중 가장 나이가 어린 상비경이 일행들에게 의견을 구했다. 하지만 대답이 나올 리 만무했다. 그들 모두 그녀와 같은 생각으로 이제까지 쫓아왔었는데 이 상황을 설명할 수 있다면 그 사람은 그 자리에서 자리를 펴고 점쟁이로 나서도 될 것이었다.

"…음."

"혹시… 함정이 아닐까요?"

생각다 못한 그들의 입에서는 결국 함정이라는 말까지 나와 버렸다. 아무리 생각을 해봐도 자신들을 끌어들이려는 함정이 아니라면 달리 나올 답이 없었다. 그리고 함정이라 생각하니 여러 가지로 맞아떨어지는 것들이 많았다.

"그렇다면… 우리를 함정으로 끌어들이기 위해서… 셋째의 검공(劍功)에 의해 중상을 입은 이 녀석을… 그래, 이왕 죽을 거라면 우리를 끌어들이기 위해서 써먹고도 남음이지. 아! 정말 대단하구나. 같은 편의 사람까지 이용하다니……."

오수(五秀)의 둘째인 파옥검(破玉劍) 가우량(嘉于梁)은 자신이 생각한 것들을 무의식 중에 밖으로 표출하였다. 그런데 그의 생각이 모두의 생각이었나 보다. 모두 하나같이 침통한 표정을 지으며 서 있었고, 어떤 이는 고개를 끄덕이고 있었다.

아무튼 가우량의 말을 종합하면 이랬다. 구두당의 무리들은 처음 자신들로부터 진현을 구하고 난 뒤 운귀고원의 산자락에 위치한 마을 안의 광의당으로 갔다. 하지만 거기서 진현을 치료하지 못했고, 자신들의 비밀을 지키기 위해서 광의당의 심 의원과 식솔들을 모조리 죽여버렸다. 그리고 다시 운귀고원을 넘어갔다. 하지만 결국 진현은 죽게되고 만다. 그래서 생각한 것이 자신들을 추격하는 우리들을 따돌리기 위해서, 아님 함정으로 끌어들이기 위해 같은 편이지만 할 수 없이 이렇게 방치해 두었다.

가우량은 자신의 머리 속에서 창조된 이야기를 일행들에게 알려주었다. 비록 지략이나 머리를 이용하는 부분에서 조금 달리는 가우량이었지만 이번만큼은 다들 인정해 주었다. 사실 그들이 생각지 못한 내용이 아니라서가 아니라 그들도 대충 그렇게 예상하고 있었던 내용이기에 가우량의 말에서 확신을 찾은 것뿐이었지만.

"그렇다면 이제는 어찌해야 되는 걸까요? 이것이 함정이라면 피해야 되는 것이 아닙니까? 그들은 숨어 있고 우리는 밝은 곳에 있다면 부딪쳐 봐야 저희만 손해입니다."

화산오수의 첫째이자 그래도 젊은 층에서는 가장 대표 격인 허자강이 일행의 영수인 육정방에게 의견을 물었다.

"그렇지. 아무리 난다 긴다 하더라도 암전(暗箭)을 피하기는 어려운 법이지."

육정방도 그런 허자강의 말에 동의를 표했다. 과연 그의 말에 틀린 것이 없었기 때문이다. 그렇기에 그도 어서 생각을 정리하고 결정을 내렸다. 여기서 이렇게 시간을 끌 이유가 없었기 때문이다.

"좋다. 자강이의 말대로 서로 부딪쳐 봐야 손해는 우리가 볼 것이 자명한 일이다. 게다가 그쪽에는 고인(高人)이 있다고 하지 않았느냐? 그렇다면 우선 그들을 쫓는 것은 미루도록 하고 다시 표물이 있는 곳으로 가자. 우리가 이렇게 모인 것은 그들을 추격하기 위함도 있지만 우선 표물 안의 기보(奇寶)를 보호하기 위해서이다. 천하제일가에 기보를 넘겨준 다음 다시 계획을 세워서 그들을 척살하도록 하자."

"그럼 상인(上人)께는 어떻게 연락을 드리지요? 지금쯤 우리를 쫓아오실 것인데……."

"…음."

아직 일행이 모두 모인 것이 아니라는 것을 안 허자강이 다시 한 번 육정방에게 물었다.

"그럼 여기다 표식을 두도록 하자. 어차피 지금까지 표식을 두어 상인으로 하여금 따라오시게 만들었으니… 아마 잘 오실 것이다. 그리고 그 누가 맹(盟)의 비밀 약호를 알겠느냐? 자, 그럼 모든 것이 끝났으니 어서 가도록 하자. 혹시 구두당이 뒤에서 뒤통수를 친다면 좋을 것이 없다."

그랬다. 육정방의 말대로 구두당이 이렇게 자신들을 유인해 놓고는 성동격서(聲東擊西)의 술(術)로 표물 안의 기보를 노린다면 이거야말로 큰일이 아닐 수 없었다. 만약 그것까지 빼앗겨 버린다면 칠성동(七星洞)을 열 수 있는 기회는 영영 오지 않기 때문이다. 취옥소불상(翠玉笑佛像)이 비록 사대기보(四大奇寶) 중 하나이고 비밀이 숨겨져 있다고는 하나 아직까지 신비가 밝혀지지 않아 하나만으로는 아무런 가치도 없는 것이나 마찬가지이기에 그다지 아깝지는 않았다. 하지만 그로 인해 천하제일가의 가보 중 하나인 화룡천검(花龍天劍)을 얻지 못한다면 그거야말로 큰일임을 모두가 알고 있었다.

휘이잉~

한바탕 폭풍이 몰아치고 간 것처럼 주위의 수풀이 여기저기 휘어져 있었다. 그리고 그 중앙에는 한 사람의 소년이 누워 있었다. 바로 진현이었다. 하지만 그는 단순히 누워 있던 것이 아니라 내팽개쳐 있었다. 주위의 수풀이 넘어져 있는 것은 바람 때문이 아니라 육정방 일행의 영향 때문이었지만 모든 것을 알았다고 해도 을씨년스러운 분위기는 변하지 않았다.

"어허, 웬 아이인고?"

바람 소리만이 간간이 들리던 이곳에 갑자기 노인의 목소리가 들려왔다. 그리고 곧 그의 모습도 달빛에 의하여 조금씩 나타났다. 회색의 긴 가사(袈裟)를 봐서는 아마도 중인 것 같았다. 그리고 조금 더 위로 올려다보니 가슴까지 내려오는 길고 백설(白雪)같이 흰 수염이 보였다. 아마 나이를 많이 잡수신 스님 같았다. 그리고 더 위로 올려다보았다. 역시 달빛에 비춰 반짝이는 머리털 하나 보이지 않는 대머리가 보였다. 전체적으로 종합해 보면 회색의 긴 가사를 입은 가슴까지 내려오는 긴 흰 수염을 가진 노스님이었다. 그런데 이 노스님이 여기엔 왜 나타났을까? 진현이 있는 곳은 관도에서도 수풀 속으로 들어와야 보이는 곳인데…….

바로 이 노스님이 육정방 일행이 기다렸던 그 상인이라는 분이시기 때문이었다. 그는 육정방 일행이 남긴 표식을 따라오다 이곳까지 온 것이었다. 화산과 당문, 그리고 소천성탑과는 달리 하남에 위치한 소림사는 그리 가까운 편이 아니었기에 그들보다 늦은 건 어쩔 수 없는 일이었다. 그래서 접견지에서 만나지 못했기 때문에 이렇게 표식만 보고 따라온 그였다.

"음, 표식이 저기 있긴 한데… 도대체 이 아이는 무엇이란 말인가?"

이제까지의 경과를 알지 못하는 노스님이었기에 자신의 눈에 들어오는 진현이 이해가 되지 않았다. 다른 곳이라면 몰라도 표식이 가리키는 곳에 떡하니 존재하고 있었기 때문에 더욱 그러하였다. 노스님은 사정이 있으리라 생각하고 우선 표식부터 살펴보았다. 혹시라도 표식이 뜻하는 약호에 진현에 관한 부분이 있을 것이라 생각했기 때문이었다.

표식은 진현이 쓰러져 있는 곳에서 바로 옆에 위치한 나뭇등걸에 있었다.

"서쪽으로 간 지 얼마 되지 않았군. 그런데 왜 이 아이에 대해서는 아무런 언급이 없는 거지? 음, 알 수가 없구나."

과연 일행들이 남긴 표식에는 간단한 방향과 시간만이 내용에 들어 있었다. 아마 진현에 대해 설명하자니 조금 길었나 보다. 어차피 조금 있으면 만날 것인데 만나서 말해 주자라는 의미도 있었던 듯하고.

"음, 그럼 그들을 만나서 자세한 내용을 들어야겠구나. 그러나저러나 이 소년은 죽은 것인지도 모르겠구나."

노스님, 상인은 진현의 가슴에 손을 대고 혹시라도 살아 있는지 살펴보았다. 외관상으로는 죽은 것처럼 보이지만 혹시라도 살아 있다면 그냥 넘어간다는 건 매우 안타까운 일이기 때문이었다. 살아 있는지 죽었는지 확인한다는 것도 그리 어려운 일이 아니었다. 만약 암습을 한다 하더라고 그의 신공(神功)은 하늘에 닿았기 때문에 그리 걱정하지 않는 터였다.

하지만 그의 손으로 느껴지는 것은 아무것도 없었다. 가슴, 그러니까 심장 부위에서는 심장의 박동이 느껴지지 않았다.

"아… 죽은 것이로구나."

그때였다. 그가 이제 손을 떼고 일행을 찾아가려는 순간 그의 손에 미약한, 아주 미약한 것이 느껴졌다.

"아니, 아직 살아 있었던 것이냐?"

상인은 더 이상 가슴에 손을 얹지 않고 진현의 맥(脈)을 짚어보았다. 그게 더 확실한 것을 알 수 있게 하기 때문이었다.

"…음."

손으로 미약하지만 아직까지 미미하게 뛰고 있는 진현의 맥박을 느낄 수 있었다. 그것을 느낀 상인은 얼른 진현을 품에 안고 바람이 잘 들지 않는 곳으로 자리를 옮겼다. 결국 바위 뒤로 자리를 옮긴 상인은 품 안에 있던 진현을 바닥에 내려놓았다.

다시 한 번 진현의 맥을 짚어보았다. 그리고 자신의 기를 주입시켜서 진현의 몸 어디가 좋지 않은지 살펴보았다.

"아… 이런, 거의 모든 곳이 엉망이구나."

진현의 몸 곳곳이 엉망이었다. 그것은 광우(狂牛)가 상관천의 명령대로 진현의 몸 여기저기의 기를 흩뜨려 놓았기 때문이었다. 그래서 진현의 몸 안은 매우 불안정한 상태였다. 그리고 이번에는 진현 자신만의 기를 가지고 한 것이라 저번처럼 번번이 솟아 나오던 오화지음쌍환(午火至陰雙環)의 기(氣)도 날뛰지 않았다. 다만 진현의 몸 안에 있던 자그마한 단(丹)이 서서히 움직이고 있을 뿐이었다. 그런데 그것이 상인의 기운에 포착되었나 보다.

"아니, 이럴 수가… 선의 기가……."

상인은 원래 잘 놀라는 편이 아니었는데도 불구하고 이곳에서 벌써 몇 번이나 놀라는 것은 금치 못했다.

"아니, 어떻게… 선도(仙道)의 후예인가? 혹시 이건 대약(大藥:내단)

이 아닌가?"

　상인은 진현의 몸에서 느낀 것이 선도의 흔적임을 알았다. 그것이 상인으로 하여금 상당히 놀라게 했다.

　현재 선도의 맥을 이어오는 문은 거의 없다고 봐도 무방했다. 도라는 주제에서 파생되어 나온 선은 그 정확한 유래는 잘 모르겠지만 아주 오래전부터 사람들로 하여금 경원의 대상이 되곤 하였다. 하지만 말 그대로 경원의 대상일 뿐, 그 수련의 방법이 너무나도 어렵고 고되기 때문에 사람들이 쉽게 다가서지 못하는 것들이었다. 그래서 그것에 뜻이 있는 소수의 사람들만이 참가하여 수련을 하곤 했었다.

　그러다 송대(宋代)에 이르러 아주 번성하기 시작했다. 물론 전에도 선이라든지 도에 관심이 아주 많았기 때문에 오두미교(五斗米敎)나 전진교(全眞敎) 같은 도가 계열의 문들이 적지 않게 있었던 것은 사실이었다. 하지만 문인(門人)이 많으면 그에 따른 하늘의 시기인지 꼭 무슨 이유를 들어서라도 가만두지 않았었다. 그래서 많은 종류의 도가(道家) 계열의 문들이 마도(魔道)로 오인받아 사라지곤 하였다. 하지만 그 맥들은 끊임없이 이어 나갔고, 그 결과 무당(武當)이라든지, 공동, 화산 같은 대문파가 생겨났다. 하지만 뭐랄까… 예전의 선 특유의 무언가가 사라진 것 같았다. 종내에는 우화등선(羽化登仙)이라는 큰 주제 속에 포함되고 있었지만 선보다는 무(武)라는 것에 치중을 두는 것이 사실이었기 때문이다. 물론 그중에는 진정으로 선을 추구하는 도인들도 많이 있었다. 그러나 대부분 속세에 물들어 명리(名利)를 추구하기 때문에 당금 진정한 선을 잇고 있는 문은 찾을래야 찾을 수가 없다라는 것이 현실이었다.

　그것을 잘 알고 있는 상인이었기에 선의 후예로 보이는 진현이 예사롭게 보이지 않았다. 상인은 비록 불가(佛家)의 사람이었지만 하나의 목표를 두고 수도(修道)한다는 점에서 항상 선의 쇠퇴를 안타깝게 여기고 있었다. 그러니 진현에게 관심을 보이는 것은 당연했다.

"안 되겠구나. 이러다 어렵게 찾은 선의 후예가 죽는 것은 아닌지 모르겠구나."

상인은 진현의 맥이 점차 약해지는 것이 가슴에 걸렸다.

상인은 진현이 어서 깨어나 도에 관해 토론을 하면서 자신의 해탈(解脫)에 도움이 되어주었으면 하는 바람이 있었다. 그렇기 때문에 진현이 죽어가고 있는 것을 가만히 지켜보고 있을 수가 없었다.

"이 녀석, 맞을지 모르겠구나."

상인은 진현의 몸에 자신의 내공을 불어넣기로 하였다. 그렇게라도 해서 진현이 가지고 있는 생(生)의 불씨를 키워주기 위함이었다. 설사 불(佛)과 선의 기질이 다르다 하더라도 그로서는 지금 할 수 있는 최선의 방법이었다. 원래 내공이란 일반적으로 중인들이 알고 있는 것처럼 쉽게 전해주지 못하는 것이다. 만약 전해줄 수 있다고 한다면 다수의 내공을 전이받은 사람은 곧 천하제일의 내공을 가질 것이 아닌가? 그리고 천마교(天魔敎)의 잔혹한 흡성대법(吸星大法)조차도 그 후유중으로 인해 골머리를 썩을 정도이니 어찌하겠는가? 하늘에 맡길 수밖에…….

"아니… 내공이 없다니?"

상인은 정말로 놀라지 않을 수가 없었다. 선도의 후예라 일반적 무도(武道)와는 다를 것이라 예상했었지만 내공이 없을 줄은 상상도 못했던 그였다. 상단전(上丹田), 중단전(中丹田), 하단전(下丹田), 이렇게 세 개로 이루어진 단전은 거의 대부분 하단전에 소위 내공이라고 부르는 기를 축적한다. 그래서 무림인들은 항상 단전을 신주 모시듯 조심히 다루어 만전을 기하고 있었다. 그런 단전이건만 진현의 단전에는 아무리 둘러보아도 내공이라는 것이 없었다. 상, 중, 하, 모두 뒤져 보아도 찾을 수가 없었다. 상인은 뭔가 잘못되어 간다라고 여기면서도 계속해서 찾아보았다. 하지만 그에게 돌아오는 것은 가끔가다 마주친 진현의 대약이었다. 아직은 크기가 조그맣지만 아주 순수하고 정제된 내단만이 상인을 반길 뿐이었다.

"이럴 리가. 어떻게… 음, 그럴 수도 있었나?"

잘 생각해 보니 선을 추구하는 사람들은 일반인들과는 달라서 항상 괴인이나 괴짜 취급을 받는 형편이라 어찌 생각해 보면 이럴 수도 있겠다라고 생각되어지는 상인이었다. 아마 그들의 행동이나 생각들은 범인들이 따라가기 힘든 그런 것일지도 모른다고 생각했기 때문이었다.

하지만 이런 경우는 처음이라 조금 당황이 되는 상인이었다. 언제나 그래 왔듯 자신들의 제자나 동문(同門)의 사람들에게 기를 불어 넣어줄 일이 있었을 때에는 항상 시전자든 피시전자든 양쪽 모두 내공을 지니고 있었고 같은 류의 성질을 지닌 내공이었다. 그랬었기에 진현과의 일은 조금 어려운 감이 있었다.

아마 이 모습을 본다면 뭐가 그리 어려운가라고 할 것이다. 보통 내공의 내 자도 모르는 사람에게도 기를 불어넣어 주는 일은 다반사였기에. 하지만 지금 진현의 경우는 특별한 것이었다. 진현의 몸에는 내공이 없는 것이 아니라 선천지기가 가득하기 때문이었다. 내단이라는 이름으로 말이다. 그리고 광우가 진현에게 내공을 불어넣어 줄 때와는 방법 자체가 달랐다. 그때는 잠시 자신의 기를 넣어 진현의 기를 격발시킴으로써 진현의 정신을 차리게 한 것이었고, 게다가 그 후 광우는 자신의 기를 회수해 갔다. 하지만 지금의 경우는 상인이 자신의 기를 넣어주는 단계를 넘어서 전해주는 것이었다. 즉, 회수가 없는 일방통행이었다. 아무리 선의 후예라 그렇다고 하지만 처음 보는 사람에게, 그것도 신원을 정확히 알 수 없는 사람에게 그런다는 것은 도박이라 생각한 상인이었지만 아무래도 이렇게 해야 할 것 같은 기분이 들었다.

"할 수 없구나. 하늘에 맡기는 수밖에……."

진인사 대천명(盡人事待天命).

이 말밖에는 표현할 길이 없었다. 과연 자신의 기를 진현의 몸에서 받아줄지 의문이었다.

상인의 내공이 점점 진현의 몸으로 흘러 들어갔다. 처음에는 그저 메마른 땅에 단비를 내려주듯 하다 나중에는 마치 가뭄에 찌든 강가에 둑이 터져 강물이 범람하며 휘몰아치듯이 상인의 기가 진현의 몸으로 쏟아져 들어갔다.

우리가 기라고 부른 것의 정의를 내리자면 세 가지로 나뉠 수 있다.

기(氣), 기(炁). 기(气).

이렇게 세 가지이다. 거의 비슷한 뜻을 가지고 있지만 무리(武理)에 들어가면 조금 다른 뜻으로 구분된다.

먼저 기(氣)란 보통 우리가 말하는 대자연의 기라고 할 수 있다. 대지(大地)의 기라든지, 공기(空氣)라든지 말이다. 기(炁)와 기(气)는 비교적 같은 뜻이라 할 수 있다. 바로 무공을 익히면서 가장 많이 듣는 기라는 의미에서 말이다. 보통 우리는 기공(氣功)이라 하면 기(氣)를 말하는 경우가 다반사이지만 정확히 말하자면 기(炁)라고 하는 것이 올바른 것이다. 하지만 같은 의미를 지니기에 통칭 기(氣)라고 하는 것이다.

진현이 가지고 있는 내단, 즉 선천지기는 정확한 의미에서 기(氣)에 속하는 것이다. 대자연의 기, 바로 그것이 선천지기가 아닌가. 그렇다면 상인이 지금 진현의 몸속에 넣어주는 내공(內功)은 무엇일까? 그것은 바로 기(炁)에 속하는 것이라 할 수 있었다.

사람은 모두 기(氣)를 가지고 있다. 그리 큰 양은 아닐지라도 어느 정도의 선천지기는 가지고 있다는 것이 통설이었다. 그렇다면 무림인은 선천지기와 내공을 모두 가지고 있으니 기(氣)와 기(炁)를 모두 가지고 있는 것이다.

그렇기 때문에 진현의 몸에 상인의 기가 들어가는 것은 상인의 걱정과 달리 아무런 이상이 없었다. 하지만 문제는 지금부터였다. 지니고 있는 신공(神功)에 비하면 그리 문제가 되지 않는 양의 기였지만, 진현이 아직 한번도 내공을 가지지 못했다는 것을 감안한다면 작은 양이 아니었다. 그러니 이제 진현의 몸에서 어떻게 융화를 시키느냐가 관건이었다. 아무 반발 없이 몸 안으로 들어갔다고 해서 끝난 것은 아닌 것이다. 몸속에 들어간 기가 피시전자의 몸과 적응하며 융화시키기 위해서는 각고의 노력과 적지 않은 세월이 필요했다.

그렇기에 지금부터 상인의 힘이 더욱 발휘할 때였다. 지금 진현이 혼절해 있기 때문에 자신의 힘으로 어쩌지 못하는 것은 자명한 일. 그렇다면 옆에 있는 상인, 즉 시전자가 그 과정을 인도해 주어야 하기 때문이었다.

상인은 즉시 자신이 알고 있는 요상법 중 가장 효과가 탁월한 반야요상선법(般若療傷禪法)을 펼쳤다. 사람을 구하는 데 있어서 둘째라면 서럽다는 요상법이니만큼 상인으로서는 가장 최선의 방법이라고 할 수 있었다.

"우선 기(氣)를 안정시키는 것이 급선무인 것 같구나."

진현의 몸은 현재 광우(狂牛)에 의해서 거의 망가졌다고 표현될 정도로 엉망이었다. 극도로 불안정한 기의 균형들… 흐트러져 있는 혈맥(穴脈)들… 비록 맥이 막힌다거나 꼬이는 일은 없었지만 이것만으로도 염라대왕과 접견을 가지기에는 충분하고도 남음이었다.

상인은 자신이 알고 있는 반야요상선법의 구결대로 진현의 몸속에 주입한 자신의 기를 차분하게 이끌었다. 그리고 흥분한 상태로 있는 기들을 안정시키는 것에 주력을 다했다. 자신이 주입한 기의 양이 얼마 되지 않았기 때문이었을까? 비교적 쉽게 할 수 있었다.

하지만 문제는 지금부터였다. 안정된 기(氣)로써 진현이 가지고 있는 선의 흔적, 즉 내단을 기(氣)의 형태로 바꾸어야만 했다. 내단, 즉 선천지기를 내가의 고수들이 수련하여 쌓은 내공처럼 만들어야 한다는 이야기다. 그러나 쉽게 될 리가 만무한 일이었다. 진현이 금단태극선공(金丹太極仙功)을 익힌 것도 수련 후의 상쾌함과 속세에 물들지 않은 선가(仙家) 특유의 청량함을 느끼기 위해서였다. 그리고 금단태극선공의 특성상 소주천(小周天)이니 대주천(大周天)이니 하는 것들이 없었다. 그것은 금단태극선공이 일반 선공(仙功)이 아니라 영물(靈物)처럼 특별한 내공심법 없이도 내단을 만들어내는 것과 같은 이치였기 때문이다.

"아~ 마치 신공(神功)을 만들어내는 것과도 같구나."

잠시 쉬는 동안 상인은 자신의 기를 가다듬으며 말했다. 하지만 그의 표현은 아주 적절하다 할 수 있었다. 한 번도 진현의 몸에서 내공의 역할을 하지 않았던 내단을 한 번뿐이라지만 내공으로 만든다는 것은 마치 새로운 신공을 만들어내는 것과도 같이 어려운 일이었다. 하지만 노력하면 성과도 있는 법. 상인 역시 이런 발상과 시술 속에서 여러 가지로 깨달으며 얻은 것들이 적지 않았다.

　상인의 힘든 노력으로 진현의 몸속에 있는 내단은 서서히 진현의 몸속을 유영하기 시작했다. 임맥(任脈)과 독맥(督脈)을 번갈아 돌던 내단은 어느새 자신이 뭔지도 잊은 채 마치 내가의 기(氣)처럼 행동을 하였다. 그리고 그것도 모자라 기경팔맥(奇經八脈)까지 돌면서 진현의 몸 곳곳을 누비고 다녔다.

　내단은 영물(靈物)들의 경우를 보면 알겠지만 시각적으로는 유형화되어 보이지만 사실 무형(無形)이라 할 수 있었다. 뭐랄까? 거대한 기(氣)의 집합체라고 할까. 물론 여기서 말하는 기는 일반적으로 말하는 내가고수(內家高手)의 내공(內功)이 아니라 대자연의 선천지기를 말하는 것이었다. 그렇기 때문에 앞에서 설명한 것처럼 진현의 몸을 누비고 다닌다 하여서 내단의 크기 때문에 혈맥이 터지거나 기혈(氣穴)이 터져 버리는 일은 없었다. 하지만 비록 무형화이긴 했지만, 그리고 크기가 전설 속에 나오는 영물처럼 내단의 크기가 크지는 않았지만 기의 덩어리나 마찬가지였기 때문에 기혈이나 경맥을 지나다니는 것에 버거움이 있었다. 그런데 그런 버거움이 진현에게는 또 다른 복연(福緣)을 가져다 주었다. 다름 아닌 내단이 지나다니면서 기혈과 경맥의 노폐물을 모두 쓸어다 버린 것이었다.

　이 말은 곧 진현의 몸이 처음 태어났을 때의 아기처럼 순수하게 정제된 몸이 되었다는 것을 의미하기도 했다. 그러나 아무 대가 없이 그런 복연이 진현에게 온 것은 아니었다. 내단이 경맥을 지나가면서 진현에게 무한한 고통과 견디지 못할 정도의 괴로움을 선사해 주었기 때문이다. 무의식의 세계에 빠져 있는 진현임에도 불구하고 얼마나 고통이 심했는지 몸을 꿈틀거리며 신음을 토해냈다. 하지만 한순간의 고통으로 앞으로 다가올 복연을 생각한다면 그리 나쁘지만은 않은 장사였다.

상인은 자신이 하고 있는 시술이 이런 결과까지 낳을 줄은 상상도 하지 못했다. 그는 시전자로서 진현의 몸에서 일어나고 있는 현상들을 모두 간파할 수 있었던 터라 자신이 하고 있는 방법이 진현에게 어떤 결과를 불러일으키고 있는지 확연히 알고부터는 더욱 시술에 온 힘을 쏟았다. 자신이 하고 있는 반야요상선법(般若療傷禪法)이 본래의 목적뿐만 아니라 진현에게 가져다 준 복이 더 있음을 잘 알고 있기 때문이었다. 그리고 선(仙)을 수련함에 있어서 몸 안의 노폐물이나 불순함이 얼마나 진전에 방해가 되는지도 잘 알고 있었다.

"아! 이제 모든 것이 끝나는구나."

상인은 이로써 자신이 진현에게 도움을 줄 수 있는 일이 거의 끝났음을 알았다. 이제는 진현의 차례였다. 여기서 진현이 살아난다면 보다 한 발 나간 상태의 모습으로 되돌아올 수 있지만 죽는다면 진현의 의지는 물론이고 상인의 노력까지 물거품이 되는 것이다.

상인이 이렇게 두 손 놓고 그저 바라보고만 있어야 할 때 진현의 몸에서는 여전히 내단이 진현의 몸속 경맥(經脈)을 순환하고 있었다. 이제는 상인이 이끌어주지 않아도 자신의 의지로써 돌고 도는 내단이었다. 원래 모든 것이 처음 시작하기가 어려운 것이지 하고 나면 그 다음은 쉬운 것 아니겠는가. 마치 남자와 여자의 애정사(愛情事)처럼 말이다.

아무튼 이제는 혼자의 힘으로도 진현의 곳곳을 치료하는 내단이었다. 불안정하거나 흐트러진 기가 보이면 얼른 달려가 진정을 시키면서 달래기도 하고, 어디 모자란 곳이 있으면 자신이 선천지기를 나누어주어 메우기도 하였다. 완전 인공 지능이라 할 수 있었다. 그렇다. 이것이 진현이 얻을 수 있었던 마지막 복연이었다. 만약 진현이 이것을 잘 이용할 수만 있다면 선가(仙家)의 모든 것이라고도 할 수 있는 내단을 내공처럼 사용할 수 있을지도 모르는 일이었다. 물론 이것은 진현이 깨어나 봐야 알 수 있는 일이기도 했고, 또 진현의 꾸준한 노력이 없다면 성사도 장담하지 못할 일이기도 했지만 말이다. 그러나 진현이 이 모든 것을 이룰 수만 있다면 무림에 무공의 새로운 장을 열게 될지도 몰랐다.

사실 많은 도가(道家)에서 도문(道門)의 무예를 바탕으로 심신(心身)을 수련하는 데 이용하기도 했다. 그리고 몇몇 대문파에서는 도문(道門)의 신공(神功)을 바탕으로 제세(濟世)의 길을 걷기도 하고 말이다. 하지만 이것은 진현의 방식하고는 다른 점이 있었다. 그들은 같은 도(道)라는 주제 아래 선(仙)의 길을 걷고 있긴 했지만 일반 내가(內家)의 길은 거의 답습했다 할 정도로 거의 모든 면에서 비슷한 점들이 많았다. 하지만 진현의 경우는 그와 다른 경로였고, 금단태극선공(金丹太極仙功)을 만든 천선자(天仙子)의 생각도 일반적인 방법으로는 우화등선(羽化登仙)에 이르기가 매우 힘이 든다라고 생각했기 때문에 대자연에서 행해지는 방법을 그대로 시행하려 했던 것이다. 우선은 내공심법이라는 것 자체가 사람이 인공의 감을 보태어 만든 것이었고 대자연에서 행해지는, 굳이 영물(靈物)을 예로 들지 않더라도 생명을 가진 모두가 할 수 있는 방법을 채택했기 때문이었다.

이런 이유로 본다면 지금 진현의 몸에서 일어나는 일련의 상황들은 진정 무림의 새로운 장을 열 것임에 틀림이 없었다. 그것은 지금 상인 역시 잘 알고 있었다. 비록 그가 의도하여 일어난 것은 아닐지라도 그가 아끼는 선의 후예가 새로운 길을 걷는다는 것을 그 역시 반기기 때문에 부디 결과가 좋길 바라는 상인이었다. 하지만 그에게도 한 가지 걱정은 있었다. 바로 진현의 정체를 모른다는 점이었다. 아무리 진현의 몸에서 선의 흔적을 찾았기 때문에 기도 불어넣어 주었고, 치료는 물론 복연까지 안겨다 주었지만 이 점이 마음에 걸리는 부분이라는 것은 부정하지 못했다. 그러나 상인은 자신의 선택을 믿고 있었으며, 자고로 마인(魔人)이라도 선의 공부를 한다면 심중(心中)을 깨끗하게 이룰 수 있다라는 것을 알고 있었기 때문에 지금이라도 멈출 수 있는 진현의 상황을 그저 지켜보기만 할 뿐이었다. 그리고 그에게는 처음부터 이렇게 해야 할 것 같은 느낌이란 것이 있었다. 상인의 생애 동안 한 번도 느낌이나 감정에 의해 일을 처리한 경우는 없었지만 이번만은 그렇게 해야 한다는 생각이 그를 지배했다.

상인이 보기에도 진현의 몸은 이제 거의 정상으로 돌아가고 있었다. 굳이 문제라면 피를 너무 많이 흘린 덕택에 진현의 몸이 차갑다는 점이었다. 하지만 그것 역시 상인이 가지고 있는, 비록 영약(靈藥)은 아닐지라도 보신(補身)에 아주 효과가 좋은 비상용 환단(丸丹)으로 해결하면 된다고 믿고 있는 상인이었다. 그리고 이제라도 빨리 뒤를 쫓아 만나기로 한 일행들과 동행을 한다면 그들에게서 좋은 대처 방법을 얻을 수 있다고 생각했다.

사천에서 바라봤을 때 운귀고원(雲貴高原)을 지나 운남에 들어서면 가장 먼저 반기는 것이 바로 곤명성(昆明城)이라 할 수 있었다. 지난날 대리국(大理國) 시절부터 활발한 성행이 이루어진 곳이기에 사실상 운남의 성도나 마찬가지인 곳이었다. 그렇기 때문에 운남의 사람뿐 아니라 가까운 사천(四川)이나 귀주(貴州), 남만(南蠻)의 사람들까지 왕행을 이루고 있었다. 그래서일까? 항상 성내는 시장통처럼 활기가 넘치는 듯했다.

이런 곤명(昆明)에서 멀리 떨어지지 않은 곳에 사찰이 하나 있었다.

원통사(圓通寺).

당대(唐代)에 건립되어 아직까지도 방문객의 발이 끊이지 않는 절이었다. 사내(寺內)의 연못 위에는 팔각정(八角亭)이 있는데 그 모습과 경관이 매우 아름다워서 굳이 불교(佛敎)에 관심이 없더라도 찾아올 사람들이 많을 것 같았다.

사실 원통사는 무림에서 그리 큰 영향을 끼치는 큰 방파가 아니었다. 그래서 일반인들이 무림 방파임을 모르는 경우가 허다했고 사내의 사미승까지 '아! 내가 모시고 있는 대스님은 학식과 덕망이 깊으시구나' 라고밖에 표현하지 못했다. 그러나 원통사를 이끌어가는 몇몇 나이가 지긋하신 노스님들은 사미승이 말한 대로 덕망과 학식만 풍부한 것이 아니라 무학(武學)까지 높은 경지에 이른 분들이었다. 그렇기 때문에 맹(盟)에서도 운남(雲南)의 지부(支部)로 삼았지 않았겠는가.

호천사정맹(護天四鼎盟)의 운남지부(雲南支部)이자 곤명(昆明)의 이름난 사찰인 원통사의 대웅전(大雄殿) 안, 그곳에는 두 명의 노스님이 자리에 있었다.

"어허, 내가 자꾸 한발 늦는구면."

"그러게나 말입니다. 하지만 그들이 떠난 지 얼마 되지 않았으니 지금 서두르신다면 곧 조우(遭遇)하실 수 있을 겁니다."

소림(少林)의 몇몇 되지 않는 기둥이자 살아 있는 활불(活佛)로 너무나도 유명한 전대(前代)의 고승(古僧). 무허 상인(無虛上人)은 원통사의 지주이자 소림의 관계로 본다면 자신의 먼 사제(師弟)뻘인 각원(各員) 대사의 말을 들으며 고개를 저었다.

"아니야… 얼마 있지 않으면 그들이 곧 천하제일가에 도착할 수 있을 텐데… 이제는 내 도움이 필요하지 않을 게야. 게다가 검군(劍君)과 창왕(槍王)이 있지 않는가. 그러니 나중에 그들이 돌아와서 구두당을 쫓을 때 합류해도 늦지 않을 것이야."

"…음."

각원 대사는 무허 상인의 말을 들으며 왠지 그가 천하제일가에 가길 꺼려한다는 느낌을 받았다. 그도 그럴 것이 지금까지 잘 왔다가 천하제일가의 코앞에 와서 가지 않겠다니… 분명 이유가 있을 것이라 생각했다. 그리고 각원 대사는 그 이유를 잘 알고 있었다. 비록 추측일 것이지만 확신이나 다름없다고 생각했다. 왜냐하면 이십 년 전 그 일이 있을 당시 각원 대사 역시 자리하고 있었기 때문이다. 하지만 그것을 입 밖으로 표출하지는 못했다. 그것을 말한다는 것이 무허 상인에게 있어서 얼마나 불경한 짓인지 알고 있기 때문이었다.

하지만 무허 상인은 각원 대사의 표정을 보자마자 그의 내심을 읽고 있었다. 각원 대사가 무엇을 생각하고 있는지 훤히 들여다보였다. 이것은 그가 무슨 천심통(天心通)이니 하는 경지에 이른 것이 아니라 입장을 바꿔 생각한다면 자신 역시 그럴 것이라 생각됐기 때문이었다. 그렇기 때문에 무허 상인은 그답지 않게 쓴웃음을 지어야 했다.

"아닐세… 자네 생각이 틀렸어."

"예?"

"내가 천하제일가에 가지 않는 이유는 자네가 생각하고 있는 것이 아니라 내가 데리고 온 아이 때문일세. 그리고 난 저번 일은 그저 하늘에 부는 바람에 실어 날려 보냈네그려."

말을 마친 무허 상인은 이제야 그다운 미소를 지어 보이며 대웅전의 불상(佛像)을 쳐다보았다. 마치 그 부처님으로부터 무슨 계시를 받는 것처럼 말이다.

"…음."

원통사의 지객당(知客堂) 한곳에 신음을 토하며 몸을 움직이는 소년이 있었다. 대략 열여섯으로 보이는 소년은 얼굴 가득히 고통을 싣고 있었다. 얼굴에서 흐르는 땀은 어느새 실천을 이루는 것처럼 그의 목을 지나 침상 위로 흘러내렸다.

진현은 이미 무허 상인과 같이 했던 운귀고원(雲貴高原)에서 반야요상선법뿐만 아니라 그 결과로 얻게 되었던 내단의 내공화(?) 과정을 이미 치르고 나왔다. 이제는 이곳 원통사의 지객방에서 남은 여독이랄까? 시술이 끝나고 난 뒤의 후유증을 치르고 있는 터였다. 비록 여독이고 후유증이라지만 그것 역시 장난으로 여기기엔 고통의 강도가 견디기 어려울 정도였다. 그래서 진현은 모든 것이 끝났다고 인정한 상태에서도 지금처럼 온몸으로 식은땀을 흘리고 몸을 떠는 것이었다.

지금 진현의 상태를 정확하게 말한다면 체내에 있는 기, 즉 선천지기들이 안정화되는 상태였다. 이미 내단으로써 길을 닦아놓았고 그 길을 열어놓은 상태라 그곳으로 선천지기들이 흘러 다니며 체내 곳곳을 안정화시키기 바빴다. 그래서 선천지기가 생소한 진현의 구성원들이 적응을 하느라 고통이라는 미명으로 비명을 지르고 있던 터였다. 게다가 선천지기라는 문제가 나오는데, 진현의 두 쌍환이 가만히 있을 리 만무한 일이었다. 즉시 자신의 세력 확장에 돌아선 그들은 각기 자신의 음양(陰陽) 두 진기를 진현의 몸으로 흘려 보내며 자신의 구역을 넓히느라 바쁜 지경이었다.

그러나 워낙에 두 음양의 기운들이 많은 전투(?)를 치러낸 명장들이라 일진일퇴는 기본이었다. 자신의 구역을 넓혔다 뺏겼다 하며 진현의 몸 곳곳을 돌아다녔다. 하지만 그것 역시 결국에는 진현에게 도움을 주는 것이었다. 찬 기운과 뜨거운 기운이 반복하자 진현의 혈액 순환이 활발해지는 것은 물론이었고 기의 순환을 돕고 있었다. 그리고 종국에는 돌아다니는 선천지기에 포섭되어 하나의 흐름을 이루었다.

그러나 쌍환에서 나온 기운들이 모두 선천지기에 포함되는 것이 아니었다. 비록 같은 선천지기라는 부분에서는 반가워하는 입장이었지만 음도 아니고 양도 아닌 태극(太極)이라는 기운으로 들어서야 하기 때문이었다. 마치 일원(一元:태극)에서 이원(二元:음양)이 나왔지만 이원을 다시 일원으로 되돌리기가 어려운 것처럼 말이다. 그렇지만 작은 양이라 하나 진현에게 도움이 된 것은 변함없는 사실이었다. 이제 지니고 있는 선천지기가 진현에게는 내공이나 다름없는지라 조그만 진기도 그에게는 아주 소중한 것들이기 때문이었다. 사실 선천지기란 것이 일반 내공과는 특이한 노선을 걷는 것이라 내공처럼 갑자(甲子)니 몇 년이니 따진다는 것이 무리긴 했지만 모자란 것보다 있는 것이 더 좋은 법이다. 게다가 선천지기는 대자연의 기를 순수한 형태로 자신의 몸에 가두는 것이라 아무리 수련을 한다 하더라도 모으기가 참으로 어려운 것이었다.

이러한 경과를 진현은 세 시진이나 보내야만 했다. 그리고 나서야 어느만큼 성과도 있었고 진정도 되었다. 그리고 진현의 몸을 순환하던 선천지기도 거의 내단의 품으로 돌아갔다.

"…음."

아까와는 달리 이제는 신음을 흘린 후에 눈 주위에 경련이 일며 서서히 눈동자가 보이기 시작했다. 그러나 몸을 움직인다는 것이 아직은 무리였는지 힘을 주며 움직이려 했지만 마음대로 되진 않았다. 그러자 이미 이런 경험을 겪어본 진현은 몸을 움직이려던 것을 포기하고는 눈동자를 굴려 방 안을 살폈다.

"여긴 어디지? 아무래도 광의당은 아닌 것 같은데……."

상관천 일행과 함께 광의당에 도착한 후 바로 정신을 잃고 그 뒤로 계속해서 혼절해 있었던 진현인지라 아직까지 그간의 사정을 알지 못했다. 그래서 지금 자신이 누워 있는 이곳을 광의당과 비교하는 것이었다.

"그러나저러나 옥미인은 무사할까? 그들이 내 품에서 해약초(解藥草)를 꺼내어가야 하는데……."

진현은 눈이 뜨자마자 옥미인의 상태가 궁금했다. 그는 계속 그녀의 병이 자신에게 기인한 것을 마음에 걸려했다. 자신만 아니라면 그녀는 그런 고통을 겪지 않았을 테고 자신 역시 부상을 당하지 않았을 거라 생각하니 정말 그때의 일이 후회가 되는 진현이었기 때문이다. 몸이 움직이지 않아 품속에 삼지활엽초(三支活葉草)가 아직도 있는지 모르지만 부디 상관천 일행이 가져가 옥미인을 구해줬으면 하고 바라는 진현이었다.

"그런데 여기가 정말 광의당이 맞긴 한 거야? 왜 향(香)이 이토록 나지?"

진현의 후각으로 느끼기에 방 안에 흐르고 있는 알 듯 모를 듯한 향이 가득한 것 같았다. 아무리 생각을 해봐도 병자를 치료하는 의원에서 이런 향이 난다는 것은 이상했다.

"혹시? 하지만……."

진현은 아무래도 방 안에 자욱한 향내가 마치 절에서 맡아보았던 것 같다고 생각했다. 그러나 자신이 절에 있다는 게 이해가 되지 않았었기에 곧바로 그 생각을 지워 버렸다.

진현이 그런 생각을 머리 속에서 지워 버릴 때였다, 방 안으로 누군가 들어온 것은.

"아니……."

진현은 놀라지 않을 수 없었다. 설마 했더니 그 설마가 현실로 되어 버렸기 때문이었다. 진현이 맨 처음 본 것은 다름 아닌 반짝이는 대머리와 방문을 잡은 가사 자락이었다. 이것만 보아도 진현은 그 사람이 스님이라는 것과 이곳이 절 안이라는 것을 알 수 있었고 전부터 이상하게 여기고 있었던 향이 사찰에서 자주 맡을 수 있었던 그 향이라는 것을 알게 되었다. 그것에 반증이라도 하듯 살짝 반짝이는 대머리만 비추고 있었던 그는 서서히 진면목을 보여주었다.

"아이고, 이제 정신을 차리셨군요? 계속 누워만 계셔서 이번에도 그냥 갈까 했는데."

진현과 비슷한 나이, 아니, 얼굴은 동안이지만 체격으로 본다면 진현보다 나이가 많을 것으로 보이는 사미승이었다. 그리고 대충 말하는 폼을 보니 말이 많을 듯했다.

"…음."

"이런, 아직도 많이 아프신 건가요? 아님, 말을 제대로 하지 못하시는 건가요? 그것도 아님, 혹시 저랑 말을 하기 싫으신……."

아직 몸을 통제하지 못하기 때문에 자연히 입 주위의 근육도 움직이지 못해 말을 하지 못하는 진현을 두고 혼자서 별의별 생각을 다 하더니 결국 혼자서 북 치고 장구 치는 사미승이었다.

"아하! 말을 못하시는 거였군요. 진작에 말씀하시지."

사미승의 말에 급격히 눈동자를 좌우로 움직이는 진현을 보고 말을 하지 못한다라고 판단한 사미승의 말이었다. 그런데 진작에 말을 하라니. 말을 못하니 이런 사태까지 온 것이 아니던가? 아무튼 굉장히 수다스러운 사미승이었다.

"얘, 명진(明眞)아! 그 소년은 깨어났느냐?"

"예, 예! 사숙(師叔)님."

아마 이 사미승의 불호(佛號)가 명진이었나 보다. 밖에서 갑자기 들려오는 사숙이라는 사람의 말에 당황을 하며 대답을 하는 것을 보니 말이다. 아무튼 명진이라는 사미승은 급히 방문을 열어젖히며 밖에서 소리친 사숙을 안으로 모셔왔다.

"예, 사숙님. 안으로 드시지요. 사숙님께서 데리고 오신 분은 이미 깨어나셨습니다. 그렇지 않아도 모시러 가려던 참인데……."

참으로 말 많은 명진이었다. 어떻게 된 인간이 조심스러워해야 할 사숙 앞에서 이렇게도 말이 많은 것인지… 참으로 절이라는 곳과 어울리지 않는 사미승이었다. 하지만 사숙이라는 분은 이미 적응이 되었는지 그저 그런 반응을 보이며 방 안으로 들어왔다.

"그래, 이제는 괜찮은가 보구나."

말을 하며 진현을 바라보는 얼굴은 바로 진현을 생사(生死)의 기로에서 구해주고 진현에게 복연을 안겨다 준 무허 상인(無虛上人)이었다.

진현은 자신을 바라보고 있는 무허 상인이 누군지 곰곰이 생각해 보았지만 아무리 생각을 해도 처음 보는 사람이었다. 그렇다고 말을 해 물어보자니 입이 움직여 주지 않고, 그저 무허 상인이 해주는 말만 들어야 할 것 같았다.

무허 상인 역시 진현의 행동을 보며 곧 진현의 상태를 짐작할 수 있었다. 그래서 무허 상인은 자신이 입을 열어 진현이 궁금할 것 같은 이야기를 해주었다. 물론 자신이 알고 있는 상황을 말이다.

처음 자신이 간 곳에서 진현을 발견한 이야기. 혹시나 하는 마음에 살펴보았더니 죽은 줄 알았던 진현이 살아 있었던 것. 그리고 곧 진현의 몸에서 선의 흔적을 찾은 것 하며 그런 진현을 치료하기 위해서 반야요상선법을 펼친 이야기. 그 시술을 펼치다 진현의 몸에서 일어난 일. 그리고 마지막으로 치료를 어느 정도 마치고 이곳 원통사로 데리고 온 일.

이 모든 것을 들으며 진현은 먼저 무허 상인이 자신의 은인이라는 것을 깨닫고 인사를 드리려 했으나 말을 할 수 없기에 감사의 눈빛을 전했다. 이심전심(以心傳心)이랄까. 무허 상인 역시 인자한 눈빛으로 진현의 눈을 마주 쳐다보았다.

진현은 무허 상인의 말을 들으면 들을수록 그의 말이 이해가 가지 않았다. 대약이니 선천지기니 하는 말은 금단태극선공을 통해 이미 알고 있는 내용이긴 했지만 그 뒤로 나오는 내단의 내공화(?)라든지 내단과 이기(二氣)를 통한 자신의 정제화는 그로서는 알지 못하는 말들이었다. 하지만 그것 역시 무허 상인은 오래된 눈칫밥(?)과 경륜을 통해 알 수 있었다. 그렇지만 진현의 말도 못하는 상황에서 자세히 설명하는 것보단 나중에 대화를 통해 자신과 진현의 지식의 교류를 나누어보자는 생각에 진현이 말을 할 수 있게 되면 하기로 마음먹었다. 그것이야말로 속세를 떠난 불가인(佛家人)의 자세는 아니지만 진정 그가 바라던 목적이었기 때문이다.

"그럼 쉬거라. 몸이 성하거든 그때 다시 대화를 나누자꾸나. 그럼, 어서 쾌차하기를 빌도록 하마. 애야, 명진아. 자, 방해하지 말고 나가자꾸나."

"예, 사숙님."

방문을 나서는 무허 상인을 따라 나가던 명진은 갑자기 고개를 틀어 진현을 보더니 씩 하고 웃어주었다. 정말 그다운 짓이었다.

진현은 한바탕 태풍이라도 지나간 것처럼 정신이 없다가 이제야 조용해지자 가만히 생각을 정리하기 시작했다. 처음 광의당인 줄 알았던 이곳은 자신의 집이 있는 곳과 같은 운남에 위치한 곤명의 원통사라는 곳이었고, 광의당에서 치료를 받고 있을 줄 알았던 자신이 운귀고원 산자락에 버려져 있었으며 그것을 무허 상인께서 구해주었다. 그리고 그 과정에서 이제까지 불가능하다고 여겼던 내가의 길을 걷게 되었을 뿐만 아니라 아직은 이해가 되지 않았지만 새로운 길을 걷게 된다고 진현은 분명 들었었다. 하지만 자신이 곤경에 빠뜨렸던 옥미인의 생사 여부와 행방은 알지 못할 뿐 아니라 자신을 옥미인이 있는 광의당까지 데려다 주었던 상관천 일행의 행방 역시 알지 못하기 때문에 머리 속이 뒤죽박죽되었다.

그런데 여기서 짚고 넘어가야 할 부분이 있었다. 바로 진현의 내공에 대해 불가능이라 생각했던 부분이었다. 진현은 처음 환생이라는 경로를 통해 이곳에 왔을 때 분명 자신은 주화입마라는 것을 당해서 내공을 전혀 익히지 못한다고 들었었다. 그래서 그 뒤로 금강문(金剛門)에서 모든 혈(穴)을 바로잡고 비틀어지고 막혔던 경맥(經脈)을 바로잡

왔건만 계속해서 내공에 대한 가능성은 생각지도 않았다. 환생한 후 지금까지 한 번도 내공을 가지게 할 심법(心法)이라든지 신공(神功)을 접하지 못했기 때문이었다. 금강문의 금왕기(金旺氣)나 관심법(觀心法) 같은 경우는 내공을 다루는 것이 아니라 체내의 구성 요소를 극대화하여 하는 것이었기 때문에 군이 따진다면 내공(內功)이라 보기보다 외공(外功)이라 함이 정확했다. 아무래도 몸을 가지고 수련을 하는 것이었으니 말이다.

아무튼 지금 진현의 머리 속은 혼잡하기 그지없었다. 몸이 움직이지 않아 그렇게도 힘들이고 있었던 것까지 까맣게 잊혀질 정도였으니 말이다. 아무래도 무허 상인의 말대로 몸이 성하는 대로 무허 상인과 대화를 나누어봐야 자세한 것을 알 수 있으리라 생각하는 진현이었다.

"그래, 이제 몸이 다 나은 것이냐?"

"예, 그렇습니다."

진현의 몸이 다 나았다는 전갈을 받고 몸소 찾아온 무허 상인을 보고 진현은 은인(恩人)이라는 생각을 하며 공손하게 인사하였다. 그러는 그를 보며 무허 상인은 처음 진현을 보았을 때처럼 자애로운 눈길로 지켜보았다.

"음, 그럼 이제 몸은 너의 뜻대로 행하여지느냐?"

말 그대로 몸이 자신의 마음대로 움직이냐는 말이었지만 그 속의 뜻을 간파 못할 진현이 아니었다. 무허 상인의 말은 바로 진현이 얻은 선천지기를 자신의 뜻대로, 자세히 말하자면 내공을 쌓는 것처럼 자신의 뜻대로 움직일 수 있느냐라는 질문이었다.

"예, 그렇습니다. 저는 예전에 이와 비슷한 수련을 한 적이 있는지라 그렇게 어렵지 않았습니다. 게다가 이미 노스님께서 해주신 덕분에 저의 의지대로 잘 이끌려 왔습니다."

진현의 말은 표웅력(漂熊力)을 뜻하는 것 같았다. 하지만 틀린 말은 아니었다. 표웅력 역시 긴 시간은 아니었지만 잠시라도 자신의 잠재력이나 마찬가지인 선천지기를 이용하는 것이었으니 말이다.

"음, 그랬었구나."

진현의 말을 들으니 더욱 선에 대한 호기심이 발동한 무허 상인은 진현을 자리에 앉히며 자신 역시 자리에 앉았다.

"먼저 내 소개를 해야겠구나. 나는 소림(少林)의 무허라고 한다. 죽지 못해 겨우 살아가는 늙은 중이지."

"아, 그러셨군요. 저는 진현이라 합니다. 그리고 인사가 늦었습니다. 저를 구해주셔서 참으로 감사를 드립니다. 정말 감사합니다. 이 은혜를 정말로 잊지 않겠습니다."

"허허… 무슨 그런 말을 하나. 사람이라면 당연히 해야 할 도리이지."

고개 숙여 정중히 인사하는 자신의 모습에 인자하게 웃으며 손을 젓는 무허 상인을 보며 자신의 본명(本名)을 밝히지 않은 것이 마음에 걸리는 진현이었다. 하지만 소림 역시 정파(正派)라는 것을 잘 알고 있기 때문에 끝내는 자신의 본명을 밝히지 않았다. 아무래도 진현은 화산오수(華山五秀)에 의해 정파의 위선적인 모습을 머리 깊이 각인시켰나 보다. 가만히 생각해 보면 이해가 되지 않을 것이 아니었다. 무려 여섯이나 되는 어른들이 자기보다 어린 아이를 핍박하는데 자신의 가문까지 들먹인다면 그것을 가지고 무엇을 저지를지 모르는 일이라고 진현은 생각했기 때문이었다. 아무래도 조심에 조심을 기하는 것이 상책이라 생각한 듯싶었다. 아무튼 진현은 무허 상인이 자신의 은인이라는 점에서는 무척이나 고맙게 생각하고 은혜를 갚겠다는 생각은 가지고 있었지만 한번 굳어진 정파에 대한 위선적인 모습은 지워지기 힘든 모양이었다.

"그럼 이제부터 진현이라고 부르지. 그래 진현아, 내가 한 가지 물어볼 것이 있는데 말이다."

"예, 말씀하십시오."

무허 상인은 진현에게 무의식 중으로 몸을 숙이며 말을 걸었다. 진정 선에 대해 궁금했나 보다. 하지만 진현에게는 이것이 무척이나 부담스러운 형태로 다가왔다. 그로서는 무허 상인의 의도를 모르기 때문에 혹시라도 자신의 신분에 대해 물어보지 않을까 하는 생각이 들었기 때문이다. 하지만 다음에 들려오는 무허 상인의 말을 듣고는 쓴웃음을 지었다.

"다름이 아니라 말이다, 전에 내가 말했지만 너의 몸을 치료하다 보니 선공(仙功)의 흔적이 있더구나. 그것에 대해 설명을 해주겠느냐?"

진현이 쓴웃음을 지은 이유는 이것 역시 대답하기 곤란한 질문이었기 때문이다. 이것에 대해 말을 하려면 한수담(寒水潭)에서 있었던 일까지 모두 말해야 하는데 다른 것은 둘째 치더라도 진현의 입장에서는 괴물같이 보였던 한소지양화리(寒沼至陽火鯉)에 대한 설명이 곤란했기 때문이었다. 물고기가 잠수함과 같이 어뢰(?)를 쏜다면 어떻게 설명하겠는가? 당장에 미친놈 취급을 받지. 진현으로서는 당연한 생각이었지만 그는 무허 상인을 우습게 보고 있었다. 무허 상인이야말로 소림(少林)의 살아 있는 역사라고 불리우는 만큼 오랜 삶을 살았고 자연히 세상 경험이라든지 모든 방면에 있어서 박학한 지식을 가지고 있었다. 그렇기에 진현이 뭐라 설명을 하든 다 해석이 될 무허 상인이었는데 그것을 몰랐던 진현으로서는 지레짐작한 나머지 말을 꺼려했다.

그런 진현을 보며 무허 상인 역시 오해를 하였다.

'아! 사문의 일을 말하기 곤란한가 보구나. 아무렴, 사문의 일을 말한다는 것이 쉬운 일인가. 그래 내가 이해를 해야지. 아이고, 주책없이 쓸데없는 것을 물었구나.'

이런 생각을 한 무허 상인은 곧 진현에게 화제를 돌려 말을 걸었다.

"그래, 말하기 곤란한가 보구나. 그럼 다른 것을 물어보도록 하마."

"예, 알겠습니다."

진현으로서는 당연히 두 손 들고 환영할 만한 무허 상인의 말이었다. 그렇지 않아도 어떻게 말하면 미친놈 소리 듣지 않고 잘 설명할 수 있을까? 어떻게 하면 잘 말했다고 소문이 날까? 하며 생각에 생각을 진행 중이었던 그였기에 화제를 돌린다는 것은 진현으로서는 당연히 반가워할 말이었다.

"어떻게 해서 그 자리에 있었던 것이냐?"

아무래도 무허 상인은 굵고 짧은 것을 좋아하는가 보았다. 머리 꼬리 다 떼고 본론만 말하는 투의 연속된 질문이었다. 하지만 이것 역시 알아듣지 못할 진현이 아니었다.

"예, 제가 어떻게 해서 그 자리에 누워 있었는지는 잘 모르지만……."

진현은 옥미인을 만났던 경위에 대해서 설명해 주었다. 물론 화산오수와 당수파에 대한 이야기를 포함했다. 그 이야기가 없으면 진현의 몸에 난 상처라든지 진현이 정신을 잃어야만 했던 이야기가 앞뒤가 맞지 않기 때문이었다. 하지만 듣는 입장의 무허 상인으로서는 무심코 던진 낚시바늘에 대어(大漁)가 올라오는 기분이었다.

"그게 사실이더냐?"

무허 상인은 진현의 이야기를 들으며 충격을 받지 않을래야 받지 않을 수가 없었다. 어떻게 정도(正道)의 길을 걸으면서 자신보다 어린 아이를 상대할 수 있단 말인가. 그것도 다수(多數)의 인원들이… 무허 상인은 갈수록 기가 차는 모양이었다. 아무리 서로 간에 오해가 있었다 하더라도 도저히 이해가 가지 않은 무허 상인이었다.

"어떻게 그런 일이 있을 수 있단 말인가? 정도인이라는 사람들이… 그렇게 한다면 사파(邪派)의 인물들과 다를 바가 무엇이 있겠는가?"

무허 상인은 평소 정도와 사파의 구분은 바로 인명에 대한 존중과 사리 판단이라고 생각했다. 그래서 아무리 악인을 보았다 하더라도 고심에 고심을 하여 살생(殺生)은 하지 않는 그였다.

"…음."

자꾸만 신음을 토하는 무허 상인을 보며 진현은 갑자기 자신의 잘못한 부분들이 떠올라 변명을 하기 시작했다. 그들에 대한 증오감이 없는 것은 아니었지만 그렇다고 자신이 무조건 잘한 것은 아니라는 것을 알기 때문이었다. 생각해 보면 처음부터 자신의 신분을 밝혔다면 이런 일도 없었을 거였다.

"대사님, 제가 잘못한 부분도 많이 있습니다. 제가 태도를 불분명하게 하여 그리된 것이지요. 게다가 지금 운귀고원은 한참 구두당인가 하는 악인으로 인해 시끄럽지 않았습니까?"

아직도 옥미인과 상관천 일행을 구두당과 연관을 시키지 못하는 진현의 입에서는 자연스레 구두당이라는 말이 나왔다.

"그래, 너의 말을 들어보면 그런 점도 있을 것이다. 그렇지만 그런 점을 따지더라도 이해를 하지 못하겠구나. 이것은 그들만의 문제가 아니라 우리 정도인들 모두의 문제야. 지금 어딘가에서도 너와 같은 경우를 당하는 양민들이 있을 것 아니더냐. …음."

무허 상인은 진현의 말을 들어도 흥분이 가라앉지 않았다. 그동안 피같이 쌓았던 수양들은 멀리 소풍 가고 없었다. 그만큼 그들의 행동에 분노를 느꼈다는 말이기도 했다.

"이건 아주 심각한 일이야. 그렇고말고. 그렇지 않아도 예전부터 자존심과 허영만이 가득한 정도의 썩은 고질병을 알고 있었다. 이 참에 도려내야 할 것은 도려내야지, 암."

결의에 찬 무허 상인의 눈빛은 멀리 천하제일가로 떠난 검군 일행을 쫓고 있었다.

"합."

진현은 기함을 지르며 주먹을 내뻗었다. 왼손은 수결(手訣)을 지으며 앞을 향해 뻗어갔다. 두 발은 땅에 마치 못을 박은 듯이 흔들림이 없었고 시선은 오로지 자신의 뻗어져 있는 손만을 바라보고 있었다.

"그래, 그것이 바로 투천환일세이다. 하늘을 훔치기 위해서는 하늘을 관장하는 해를 바꿔야 하는 법이지. 그 뜻을 알겠느냐?"

"예."

진현은 자신의 자세를 보고 고개를 끄덕이는 무허 상인의 말을 듣고는 금세 자세를 바로하여 고개를 숙였다.

"그럼 이번에는 맹호박식세를 해보자꾸나."

맹호박식세(猛虎搏食勢).

사나운 호랑이가 자신의 먹이를 취하는 모양으로 진현 또한 호랑이의 심정이 되어 비록 아무것도 없는 빈 공간이었지만 허공을 움켜잡았다. 이미 기본기가 충실했던 진현이었기에 동작 하나하나가 빠르면서도 힘이 찼다.

한계독보세(寒鷄獨步勢).

세찬 겨울을 오연하게 외다리로 버티고 있는 닭처럼 진현 역시 자신의 몸을 지탱하고 있는 오른발에 축을 두어 균형을 이루며 어떠한 공방(攻防)이 이루어지더라도 견뎌낼 것 같은 자신감을 가졌다. 이미 선상(船上)에서 하후단(夏候單)과의 가르침이 있었는지라 그렇게 어렵지 않은 것이 사실이었다.

선장추운세(仙掌推雲勢).

선인(仙人)의 두 손바닥이 마치 하늘 위에 있는 구름을 떠받들듯 진현 또한 두 손을 자신의 앞 방향의 하늘로 질렀다. 마치 자신이 만들어낸 가공의 인물이 공중을 통해 공격하자 교차된 양손으로 상대방의 가슴과 복부를 치는 듯하였다.

진현은 계속해서 무허 상인이 부르는 초식명(招式名)대로 자세를 펼쳐 나갔다.

양수경천세(兩手擎天勢), 담전고후세(膽前顧後勢), 도해배산세(倒海排山勢), 삼반락지세(三盤落地勢), 염화탁엽세(拈花托葉勢), 선원적화세(仙猿摘花勢), 쌍봉삽운세(雙峰揷雲勢), 회풍발수세(回風潑水勢), 독관삼합

세(獨貫三合勢) 등등 모든 자세에 진현은 자신의 모든 힘을 쏟아 펼쳤다.

그렇게 반복하기를 무려 열이라는 수가 지났을 때였다.

"진현아, 내가 왜 너에게 이런 자세와 초식을 가르쳐 주는지 아느냐?"

"그거야……."

자신을 향해 인자하게 미소 지으며 물어보는 무허 상인의 물음에 진현은 그 이유를 알고 있음에도 불구하고 말을 흐릴 수밖에 없었다. 당연했다. 어찌 자신의 입으로 말을 할 수 있겠는가. 비록 자신의 본 신분을 밝히지는 않았지만 무도에 뜻을 두고 있는 사람으로서 변변한 초식 하나를 모르는 것은 모든 것을 떠나 한심한 일이었다. 사실 지금까지 진현이 했던 동작들은 모두 무공에 입문하여 실전 공부를 닦기 위한 기초라 할 수 있었다. 절묘한 절학(絕學)은 아닐지라도 단계를 넘어가기 위해서는 반드시 필요한 목록들이었다. 그 초식들을 익혀 나가다 보면 무공 수련 전반에 걸친 요소들을 자연스레 익힐 수 있었기 때문이다. 사실 그런 요건들을 갖추기 위한 수련은 이미 했다고 봐도 무방했다. 바로 금강문 입문 삼대연신지공(金剛門入門三大練身之功) 중 하나인 연신일공(練身一功) 금강연신로(金剛練身路)를 통해서 말이다. 하지만 그것은 말 그대로 몸을 단련하기 위한 자세일 뿐이었다. 지금 진현에게는 다른 무엇보다도 남과 공방을 이룰 수 있는 초식들이 필요하였다. 물론 그것에 대한 이론적인 것들은 진현의 복이라고 할까, 여러 가지의 인연으로 인해 대략적으로 얻을 수 있었지만 아주 기본적인 것부터 그는 전무했기 때문에 어쩔 수 없는 상황이었다.

"그래, 너도 알고 있을 것이다. 무릇 무공이란 어느 한쪽으로만 치우

치는 것이 아니라 골고루 모든 면에서 성장을 이루어야 하는 게야. 그
것의 예로 네가 그런 부상을 당한 것이 있지 않느냐?"

"예."

진현의 무허 상인의 말에 고개를 푹 숙였다. 너무나도 정확한 말들
이었기 때문이다.

"우리가 말하는 무학(武學)이란 말이다, 내가 보기에는 두 가지로
나눌 수 있다고 생각한다. 소위 선이나 내가 속한 소림의 근본적인
목표인 심신(心身)의 단련을 위한 무예와 남과의 싸움에서 필승(必勝)
을 거두기 위한 무예. 전자의 경우는 앞에서 말한 것처럼 그리 모든
면의 성장을 원하지 않는다라고 할 수 있다. 오히려 한 방면을 위해
서 맹진을 하는 경향이 짙지. 네가 익히고 있는 선공(仙功)처럼 말이
다. 너도 우화등선(羽化登仙)이라는 궁극적인 목표를 향해 달려가고
있는 것이 아니냐. 내가 불가에서 말하는 해탈을 이루려 하는 것처럼
말이다."

무허 상인은 진현을 계속해서 이름이 알려지지 않은 선가(仙家)의
제자라고 오해하고 있었다. 진현 역시 이렇게 느꼈기 때문에 우화등선
이라는 부분에서는 가슴이 뜨끔했었다. 하지만 자신의 본신분에 대해
밝히고 싶지는 않은 것이 사실이었다. 오히려 이렇게 지내며 무허 상
인의 가르침과 자애로운 미소를 보는 것이 더욱 좋았다.

"그러나 남은 두 번째의 무예는 상황이 전혀 그렇지 않단다. 옛날
아주 고대에 말이다, 사냥과 생존을 지키기 위해 몸을 수련할 때도 어
느 정도의 기술은 가지고 있었단다. 단지 그때는 미비한 정도였을 뿐
이었지. 하지만 그러던 무술(武術)이 무학(武學)이 되고 다시 무예(武
藝)가 되며 이제는 무도(武道)로 되는 당금에는 모든 방면에서 수위를

이루어야 한다는 것은 아니지만 어느 정도의 수준은 되어야 다음 단계로의 벽을 뚫을 수 있다고 할 수 있다. 그래, 지금은 이해가 되지 않겠지. 하지만 네가 지금부터 아주 열심히 무도를 정진하면 아마 다음의 벽이 너의 앞에 보일 것이다. 아니, 찾아올 것이다. 그때면 알겠지. 네가 어느 부분에서 모자라 이런 벽이 왔는지. 그게 바로 네 무공의 허점이야. 그 허점을 찾아야만 너는 다음 단계로 걸어갈 수 있는 것이다. 하지만 쉽게 그 허점을 찾을 수는 없을 것이다. 책에서 나오는 잘못된 글자를 찾는 것처럼 쉽게 찾게 된다면 그것은 너의 허점이 아니라 너의 실수겠지."

진현의 다음 단계라는 대목에서 갑자기 귀양(貴陽)에서 만났던 곤군(棍君) 진천곤(震天棍) 조진환(趙鎭環)이 생각났다. 그때도 분명 조진환은 자신에게 다음 단계를 위한 무리(武理)라고 하며 유능제강(柔能制剛)에 대해 설명해 주었던 기억이 생생하게 떠올려지는 진현이었다. 진현은 곰곰이 무학의 단계라는 것에 대해 생각해 보아야겠다고, 아니, 무허 상인에게 물어보아야겠다고 생각했다. 하지만 지금은 우선 무허 상인이 말을 하고 있는 도중이기 때문에 그의 말을 경청했다.

"그래서 고급 과정으로 들어가기 전에 기본기를 확실히 닦아놓은 것이란다. 기본기가 확실하다면 그보다 어려운 과정을 익힐 때 보다 확실하게 익힐 수 있는 장점도 있지만 아까 말한 허점을 없앨 수 있는 가능성이 많아지는 것이다. 그래서 어느 한쪽만으로 치중되는 것을 하지 않는 것이며 역사가 오래된 대문파에서 어느 하나의 절기보다는 여러 가지의 절기를 두어 제자들에게 익히게 하는 것이란다."

"예, 알겠습니다. 확실히 저도 지금까지는 내공이나 초식보다는 외공과 무리(武理)에만 빠져 있었던 점이 있었습니다. 그것은 어떻게 하든 변명하지 못할 것이지요."

진현은 무허 상인의 말을 들으면 들을수록 자신의 행로에 많은 문제
점이 있다고 생각되었다. 소천성탑(小天成塔)에서는 철공(鐵功)을, 금
강동(金剛洞)에서는 그 뒤를 이은 금강공(金剛功)을. 물론 중간중간에
복이 있어서 많은 무학의 대종사들로부터 많은 도움을 받았지만 실전
에서 쓰일 수 있는 실전적인 무공들은 그에겐 전혀 없었다고 봐도 무
방할 정도였다.

"내 너와의 인연을 중시 여겨 너에게 그런 기본기를 가르쳐 주도록
하겠다. 물론 내가 아무리 속세의 허례허식을 떠나 사는 몸이라 하지
만 소림의 사람이니 외인이나 마찬가지인 너에게 소림의 절예를 가르
쳐 줄 수는 없다. 그래서 강호에서 가장 많은 사람들이 사용하고 널리
퍼져 있는 몇 개의 무예를 가르쳐 줄 생각이다."

"하지만 전 이제 집으로 가야 하는걸요. 아! 이러면 되겠다. 우리 집
에 가셔서 가르쳐 주세요, 예?"

진현은 이 말을 하고 난 뒤 바로 후회를 했다. 바로 무허 상인이 자
신의 집으로 간다면 자신의 신분을 알게 된다는 것을 깨닫게 된 진현
이었기 때문이다. 무허 상인은 자신을 이토록 진정으로 생각하는데
자신은 무허 상인을 거짓으로 대하고 있다라는 것을 알면 무척이나
실망할 것이라 생각했기 때문이었다. 하지만 이제 와서 바른대로 말
하자니 너무 늦어버린 것 같아 진현은 끝내 말하지 못했다. 하지만 이
런 진현의 걱정과는 달리 무허 상인의 입에서는 승낙의 대답이 나오
지 않았다.

"아니다. 나도 여기서 해야 할 일이 있기 때문에 그렇게 하지는 못
한단다. 그럼 이거는 어떠냐? 네가 집에 가야 한다면 며칠만 여기서 머

물다 가거라. 저기 천하제일가로 떠난 일행들이 올 때까지. 물론 너와 껄끄러운 것이 많이 있을 테니 그들이 오기 전에 네가 먼저 집으로 가면 되지 않느냐. 그때까지만이라도 여기서 지내렴. 알겠지?"

진현은 무허 상인의 말에서 내용보다는 따스한 정을 먼저 느끼고는 눈에서 눈물이 맺혔다. 너무나도 따스한 무허 상인의 정 때문이었다. 진현이 여기에 와서 새로운 부모님을 만나고 사마화련같이 자신을 좋아해 주는 여인을 만났다고 하지만 이토록 자신을 생각해 주는 사람이 그에게 부족한 것은 사실이었다. 그래서 더욱 진현은 정이라는 것에 굶주려 있었던 것이다. 게다가 그는 시련의 밭을 지나 여기까지 온 것이 아닌가.

진현은 마치 백일 휴가를 받고 집으로 돌아온 이등병이 부모의 품으로 뛰어들듯 무허 상인의 품으로 안겨들었다. 너무나도 따뜻했다. 진현은 무허 상인의 품에서 살며시 눈을 감으며 눈물을 흘렸다.

"아니, 애야, 왜 우는 것이냐? 아이고, 불쌍한 것……."

'어린것이 얼마나 힘들었으면… 정에 굶주려 있었던 것이구나. 그건 그렇고 이런 아이를 핍박하다니… 정말 정도는 썩어가고 있는 것인가.'

무허 상인은 자신의 품에서 울고 있는 진현이 애처롭고 불쌍하며 한편으로는 그 심정이 이해가 갔다. 그래서 더욱 화가 났다. 아무리 긴장을 늦출 수 없는 상황이며 모든 것이 달리 보이겠지만 그렇다고 이런 아이에게 부상을 입혔다는 것에 대해 이해가 가지 않았기 때문이었다. 무허 상인은 이번 일을 그냥 넘어가지 않겠다고 더욱 결의를 불태웠다. 이제는 이런 문제에 대해서 뭐라 할 입장은 지났지만 어차피 나중에라도 이 문제에 대해서는 말들이 나올 것이라 생각했기에 더 큰 사태로 번지기 전에 해결해야겠다고 생각했다.

이런 무허 상인의 마음을 아는지 모르는지 진현은 그저 그의 품에서 따스하고 자애로운 정을 느낄 뿐이었다.

제17장

어려운 귀가(歸家)길

어려운 귀가(歸家)길

무허 상인이 원통사(圓通寺)에 발을 들여놓은 지 정확히 8일이 되던 날 원통사를 떠나가는 소년이 있었다. 원통사의 정문에서 뻗어 나간 대로(大路) 주위에 심어진 소나무들의 솔 향을 맡으며 천천히 보보(步步)를 옮겼다.

"너무나도 긴 여정이었어."

진현은 소나무 길을 따라 걸으며 지난 4년이라는 시간을 더듬어보았다. 짧다면 짧고 길다면 긴 4년이라는 시간 동안 진현은 전생에서 이십구 년이라는 오랜 시간 동안 경험하지 못했던 것들을 몸속 깊이 체험하였다. 그에게 부상이란 다반사였고 죽을 고비만도 몇 번이나 찾아왔었던 것을 생각하면 정말로 험난한 여행이라 할 수 있었다.

그렇지만 진현에게 실보다는 득이 많은 여행이었다. 비록 짧은 시간이었지만 친구를 사귈 수 있었던 소천성탑이나 본격적으로 무공이라는 세계에 입문하게 하였던 금강동, 그리고 마지막으로 무허 상인의 도움, 정말로 값진 여행이었다.

"자! 어서 빨리 가야지. 나를 기다리고 있는 사람들을 향하여."

그리고 그 뒤로 젊은 승려가 뒤를 따르고 있었다.

"너희 집이 어디야?"

"명진 사형, 그럴 때는 '시주님의 집은 어디십니까?' 라고 하는 거네요."

"하하, 그런 걸 왜 따지냐? 그냥 뜻만 통하면 됐지. 그리고 난 그런 예의 차리는 허식보다는 사나이 가슴을 울리는 진정을 원해."

진짜 명진의 손에 술이 잔뜩 든 술잔만 쥐어진다면 그야말로 호탕한 대협의 풍모였다. 물론 그의 머리가 자랐을 때 이야기지만.

"으이그, 큰스님은 왜 저 사형과 같이 가라고 했는지……."

진현은 아직도 자신의 귀가(歸家)길에 명진을 붙여준 이유를 몰랐다. 대충 생각하면 각원 대사의 수제자이니만큼 자신보다 무공도 높고 세상살이 돌아가는 것은 박식하니 가는 길에 도움이 될 것이라 여겨졌지만, 무공은 몰라도 후자의 경우는 영 아닌 것 같았다. 아마도 가는 길마다 시비가 생길 것 같은 불길한 느낌이 진현의 머리 속에 팍 꽂혀버렸다.

"진현아, 그나저나 밥은 언제 먹냐?"

"으이구……."

배가 고프면 도저히 움직이지 못하겠다고 엄포를 놓는 명진으로 인해 진현은 가던 길을 멈추고 근처의 음식점을 향해 들어갔다.

"우와, 정말 먹을 것이 많구나. 우선 만두부터."

명진은 대로에 나와 있는 음식점에서 이어진 가건물에 잔뜩 놓여져 있는 만두를 하나 집었다. 그리고 진현이 옆에서 뭐라 할 틈도 없이 우적우적 씹어 먹었다.

"아이고, 스님, 그 포자에는 고기가 들어 있습니다."

명진이 만두를 먹자 그것에 놀란 음식점의 주인은 재빠르게 다가와 명진을 말렸다. 각진 얼굴에 보기 힘든 큰 체구를 가진 주인에게는 중이 고기를 먹는다는 것은 그 평생 처음 보는 일이기 때문이었다. 아마도 명진이 처음 밖으로 나온 중이라 생각하고는 빨리 사실을 말해 명진이 계율을 어기지 않도록 하기 위함이었다.

하지만.

"예? 그럼 고기가 없는 포자도 있어요? 어디 한번 봐요."

"……."

그럼 고기가 들어 있는 줄 알고 먹었다는 소리인데… 정말로 대책이 안 서는 명진이었다. 그것은 진현이나 주인이나 마찬가지였다.

"에끼, 여보슈, 아무리 땡중이라지만 대놓고 고기를 먹다니… 썩 나가슈."

주인은 급히 주방에서 가져온 소금을 굳은살이 잔뜩 박힌 손으로 뿌리며 재수없다는 듯이 명진을 밖으로 내쫓았다.

"이런 곳을 봤나? 이봐, 주인장! 내가 돈을 안 내겠다는 거야, 그냥 먹고 도망간다는 거야?! 내가 뭘 했다고 이렇게 사람을 내쫓아? 엉?!"

가히 이 정도면 뒷골목을 전전하는 삼류 파락호가 아닐까. 진현은 명진의 전생이나 아님 출가하기 전의 신분이 아마도 삼류 파락호일 것이라 생각했다.

"허어, 이런 땡중을 봤나? 그럼 중이 고기를 먹는 것이 잘했다는 거

야? 엉?!'

주인은 명진이 밀어붙이자 같이 맞불작전에 돌입하여 자신도 밀어 붙였다.

"뭐? 땡중? 이 사람이 보자 보자 하니까 정말 못하는 소리가 없군."

"허어, 적반하장도 유분수지. 그래, 땡중 하니까 기분 나쁘냐? 그럼 땡중 소리 안 듣게 처신을 잘하시지 그래? 어?"

정말로 못 말릴 것 같은 분위기에 사로잡힌 두 사람이었다. 진현 역시 그랬다. 처음에는 말려보기도 하고 중간에 껴서 중재도 해보았지만 이제는 포기를 하고 말았다.

"다시 한번 말해 봐? 땡중이라 그랬다. 어쩔래?"

"이 자식이, 너 자꾸 땡중이라고 할래? 죽고 싶어?!'

허걱.

아마 명진의 머리가 일반인처럼 길고 옷 또한 가사(袈裟)가 아니라 평복이었다면 사람들은 흔히 시장통 속에서 볼 수 있는 광경이라 생각하고 잠시 구경하다 곧 흥미를 잃고 떠나갈 것이다. 하지만 지금은 그런 상황이 아니라 중과 음식점 주인과의 대결이었다. 흥미는 무궁무진했고 결과에 따른 이야깃거리도 엄청났다. 그렇지 않아도 음식점 안의 사람들이 사태를 주시하고 있었는데 어느새 소문이 났는지 근처에 있는 사람들이 모두 몰려와 명진과 진현, 그리고 주인의 주위를 빙 둘러쌌다.

"정말 땡중이로세. 그래, 어디 한번 쳐봐? 쳐보라니까."

주위에 모인 구경꾼들은 과연 명진이 주인의 면상을 칠 것인지 그렇지 않고 참을 것인지 궁금하기 이를 데 없었다. 그리고 어느새 주위의 상황을 파악한 어떤 이들은 누가 이길 것인가에 도박을 하며 서로 자신이 찍은 사람을 응원하기 시작했다.

"땡중! 이겨라! 땡중! 이겨라! 땡중! 이겨라!"

"오대! 이겨라! 오대! 이겨라!"

금방 음식점 주위는 난장판이 되었다. 명진과 주인, 즉 오대를 응원하는 열기는 식을 줄 모르고 이 일대를 뜨겁게 달구고 있으며 흥분의 도가니로 만들어놓았다.

"야! 내가 어디를 봐서 땡중이야! 그냥 스님 이겨라라고 해. 알겠어?"

명진이 주위에서 들려오는 땡중이라는 소리에 심히 마음이 상했는지 인상을 구기며 협박조로 주위의 사람들에게 경고했다. 하지만 그것마저 주위의 구경꾼들을 흥분시켰다. 더욱더 큰 응원과 환호가 나오는 것을 보면 말이다.

"우와! 역시 땡중이다. 그래 좋다. 스님! 이겨라!"

"우와아!"

처음은 말로 시작했으나 이제는 두 사람의 주먹으로서 해결해야 하는 상황이 오자 진현은 그렇지 않아도 머리가 아팠는데 더욱 골이 흔들려 왔다.

"사형, 그만 하세요. 그냥 가요, 예?"

진현은 아무래도 주먹 싸움이 되면 주인이 다칠 것 같아 다급히 명진을 말렸다. 자신보다도 센 무공을 가지고 있는 명진의 한주먹이면 저 오대라는 사람은 금방 뻗어버릴 것이란 것을 잘 알기 때문이었다.

"됐어. 사나이가 주먹을 쥐었으면 계란이라도 부셔야지, 암."

'칼을 뽑았으면 무라도 베어야겠죠. 그러나저러나 명진 사형이 오늘 왜 이러지? 이제까지 이런 적은 한 번도 없었는데.'

진현이 생각하는 것이 옳았다. 곤명(昆明)에서 대리(大理)까지 오는 동안 사사건건 말썽을 부리던 명진이었지만 어느 정도의 선이라는 것은 넘지 않은 그였다. 그런 그였는데 오늘만은 달랐다. 처음에 말하는 것을 듣고는 어째 오늘은 그냥 넘어간다 싶었더라고 생각한 진현이었다. 하지만 갈수록 상황은 예의 그가 벌이던 그런 장난이 아니었다. 물론 결과야 뻔하고 나온 답이었지만 일반 양민을 구타하고 시비를 붙이는 명진이 아니란 것을 알기에 더욱 그러했다.

"자! 그럼 시작해 볼까?"

명진은 양민의 상대하는 자세가 아니라 무슨 대적(大敵)을 상대하는 것처럼 빈틈없이 자세를 잡았다. 그런 명진을 본 오대의 눈에서 한줄기의 광채가 흘러나왔다. 그리고 엉성하게 폼을 잡았던 자세를 풀고는 어리숙하게 보이게 만들었던 축 처진 어깨를 활짝 펴고 굽혀 있는 허리와 다리에 힘을 주어 곧게 하였다. 그러자 예전의 오대는 간데없고 힘찬 기도가 넘치는 중년인이 서 있는 것이었다.

"어떻게 알았느냐?"

"헉!"

이제까지 주위에서 두 사람을 응원하던 구경꾼들은 모두 변한 오대의 모습에 놀라 소리를 질렀다. 이 근방에서 오대를 모르는 사람이 없을 정도로 사람을 좋아하던 그였는데 지금의 모습은 타인으로 하여금 접근하기를 꺼리게 만드는 기도가 그의 몸에서 나오는 것을 느꼈기 때문이다.

"하하하, 그럼 언제까지 모르고 뇌둘 줄 알았더냐?"

"사형, 이게 무슨 소리예요? 원래 아는 사이였어요?"

갑자기 상황이 반전되자 영문을 모르던 진현은 다급히 명진에게 답을 구했다. 하지만 돌아오는 것은 무시였을 뿐 그가 기다리던 해답은 들려오지 않았다. 그러나 진현은 그것에 실망하거나 기분 나빠하지 않고 계속해서 사태를 지켜보기로 했다. 그러면 아마 그 속에 숨겨진 사연을 알 수 있을 것이라 생각했기 때문이었다.

"맹(盟)에서는 이미 너희들의 존재에 대해 파악하고 있었다. 그저 천하제일가의 문전(門前)이라 가만히 놔둔 것이지. 너희 회(會)에서 천하제일가를 계속해서 주시하고 있었다는 것은 이미 파악된 사항이다."

"호오, 그럼 나의 정체에 대해서도 알고 있겠군. 그렇다면 내 입으로 소개할 수고는 덜겠는걸."

오대는 천천히 식당 안으로 들어가더니 주위에 있는 의자를 잡아 자신의 곁으로 두고선 의자에 오만한 태도로 앉았다. 그리고는 식당 안에서 구경하던 몇몇의 장사꾼으로 보이는 사람들에게 눈짓을 주었다. 그러자 그 눈짓을 받은 사람들은 등에 메고 있던 봇짐을 풀고 그 속에서 이상하게 생긴 작은 칼과 커다란 원 모양의 철환(鐵環)을 꺼내 들었다.

"음, 과연 괴도(怪刀)와 금강권(金剛圈)이군. 그렇지, 너희들의 성명절기나 다름없는 살망대진(殺網大陣)을 펼치기 위해서는 꼭 필요한 것이었지."

명진은 턱을 쓰다듬으며 오대의 동료, 아니, 부하로 보이는 여러 명의 장한들의 손에 달린 괴이(怪異)한 무기를 보았다.

괴도, 정확한 명칭으로는 부수강도(不銹鋼刀)라 하는데 아무리 피를 먹여도 녹이 쓸지 않는다 하여 붙여진 이름이다. 그런데 왜 부수강도라는 이름 대신 괴도라고 부르냐 하면 그것의 생김새에 이유가 있었다.

매끈하게 내려오는 도신(刀身) 중앙에 커다란 홈이 파여 있어 상대방의
검(劍)이나 봉(棒), 혹은 칼 같은 병기를 낚아채는 특성이 있어 부수강
도를 상대하는 사람마다 꺼려한다고 한다. 그래서 붙여진 것이 괴도라
한 것이다.

금강권. 지름이 무려 반 자나 되는 커다란 원 모양의 철환(鐵環)은
괴도와 마찬가지로 상대방의 병기나 주먹을 꺾어 상대방의 공격을 무
력화시키는 것에 있었다. 그것뿐만 아니라 많은 수의 철환으로 커다란
망(網)을 만들어 상대방의 행동 범위까지 좁혀주는 역할도 톡톡히 하는
것이었다.

이렇게 합쳐져 하나의 진(陣)을 만든 것이 바로 살망대진이었다. 금
강권으로 커다란 망을 만들며 상대방의 공격을 무력화시키고 괴도로써
잔혹한 공격을 하여 상대방을 격살하는 아주 잔인하기로 소문이 정평
이 난 진이었다.

"이봐, 오대, 아니, 오산평(吳山評)이라 해야겠지. 오산평, 네가 너의
수하인 흑건대(黑巾隊)와 있다 하여 내가 무서워할 줄 알았더냐? 그렇
다면 오산이지. 정말 오산이야."

흑건대라 하지만 이름대로 검은 두건이 없는 흑건대와 오산평 앞에
서 명진은 지나칠 정도로 자신만만해하였다. 실력에 자신이 있는 것인
지, 아님 다른 방수가 있는 것인지 아무도 알 수 없는 일이었다.

"호오, 그래? 그럼 말처럼 실력이 있는지 모르겠구나."

오산평은 의자에 앉은 채로 두 손에 자신의 절학(絶學)인 참마인(斬
魔刃)을 운용했다. 그러자 어느새 두 팔 전체가 검게 물들어지며 기이
한 기류가 형성되었다.

"진현 사제, 저리 비켜 있거라. 저자는 천마사천회(天魔邪天會)의 호

법 중 하나로 흑건대를 맡고 있는 흑건대주(黑巾隊主) 냉혈참혼(冷血斬魂) 오산평이라 한다. 별호만큼이나 실력 또한 무서운 자다. 그러니 나와의 대전에 다칠지도 모르니 저리 가서 피해 있거라."

명진은 평소의 그답지 않게 목소리에 힘을 주며 나직이 말했다. 아무래도 진현을 걱정하는 마음이 앞섰나 보다. 하지만 그것은 진현을 무시하는 처사였다. 아직은 소년으로 보이고 풍기는 외모 또한 어리숙하게 보이긴 했지만 4년이라는 시간 동안 산전수전공중전까지 집대성한 진현이었다. 아직 오산평과 흑건대의 실력은 모르지만 그것 때문에 무서워 피할 정도라면 이제까지 겪었던 시련과 고통들은 모두 거짓말일 것이다.

"싫어요, 저도 같이 싸울래요. 저를 무시하지 말라구요."

"진현 사제, 이건 장난이 아니네. 자칫하면 평생 불구자가 될 수도, 심하면 죽을 수도 있어. 그러니 어서 저리로 가게."

"…음."

진현은 자꾸만 자신을 향해 피해 있으라고 말하는 명진의 말을 무시한 채 온몸에 힘을 주며 자세를 잡았다.

'이번 기회에 큰스님께서 가르쳐 주신 절기(絶技)를 써먹어보아야겠구나.'

진현은 그렇지 않아도 큰스님에게 체계적인 기초 절기를 배운 후에 몸이 근질근질하였다. 왠지 몸을 풀지 않으면 온몸이 굳어버릴 것 같은 기분, 그런 느낌 때문에라도 진현은 이번 기회를 놓칠 수 없었다. 이미 그에겐 적과의 싸움에서 오는 상처나 부상에 대한 두려움보다 처음으로 실전에서 쓰일 자신의 무학에 대한 흥분감으로 인해 몸이 마비될 지경이었다.

진현의 표정을 보자 말릴 단계는 이미 지나갔다고 생각한 명진은 진현을 말리는 것을 포기하고 진현의 어깨를 잡았다.

"그럼, 조심하도록 해라. 수련과 실전은 다르단다. 알겠지?"

자꾸만 진현에게 신경이 가는 명진은 몇 가지를 당부하고 서서히 몸에 공력(功力)을 끌어올렸다. 그리고 한 발짝씩 앞으로 나아가며 두 손을 옆으로 치켜들었다. 그러자 두 손에서는 찬란한 금광(金光)이 새어 나오며 주위를 환하게 만들었다.

"아니, 금선수(金禪手)! 그렇다면 너는……."

오산평은 명진이 자신의 신분을 알듯이 이제야 명진의 진정한 정체를 알게 되었다. 바로 명진이 시전하는 금선수 때문이었다. 별것 아닌 단순한 수공(手功) 같아 보이는 금선수는 선위(禪位)하다라는 뜻과는 달리 엄청난 파괴력을 가지고 있었다. 위력 면에서는 가히 소림(少林)의 소금강산수(小金剛散手), 아미(峨眉)의 관음청강수(觀音靑剛手)와 겨룰 만한 것이었다. 그렇기에 금선수와 맞붙은 마도(魔道)의 인물들은 하나같이 두려워했고 정도에서는 선룡이라 칭하며 오룡(五龍)에 속하게 하였다.

선룡(禪龍) 명진.

소림의 직전이 아니면서도 불가(佛家)를 대표하는 신진고수. 제이의 활불(活佛)이라 칭해지는 이가 바로 명진이었다.

이를 알기에 오산평은 전과 같이 태연하게 있을 수가 없었다. 활불이라 칭해지는 명진의 웃음 뒤에 가려진 악을 원수 보듯 하는 불 같은 그의 성격을 익히 들어 알기 때문이었다. 그렇기에 오산평은 의자에서 일어나 처음부터 자신의 최고 절기를 펼치려고 마음을 먹었다.

그와 반대로 흑건당의 무리들은 오산평이 명진과 대치를 하고 있는 사이 진현을 포위하고 있었다. 그들 역시 명진의 정체를 알았기 때문에 한시라도 진현을 해치우고 오산평과 합류하여 명진을 상대하려 함이었다.

"합."

명진이 기합을 지르고 두 손을 뻗음과 동시에 흑건당 역시 진현을 향해 진을 펼칠 것도 없이 달려들었다. 두 손에 잡힌 괴도와 금강권은 진현을 향해 날아들었다.

풍사망망(風沙莽莽).

―세찬 바람에 주위가 모래로 가득 차다.

흑건대의 무리들은 일제히 흑건대의 대표적 무공인 풍사도법(風沙刀法)을 펼쳤다. 정말 초식 이름대로 주위가 괴도로 가득 찼다. 게다가 괴도가 이루지 못한 틈에는 어느새 금강권이 있어 그 빈자리를 채우고 있었다. 어디를 보아도 진현이 빠져나갈 틈은 보이지 않았다. 하지만 진현의 표정에는 아직까지 여유가 있었다.

바로 금왕기(金旺氣)가 있었기 때문이다. 특수한 내가중수법(內家重手法)이 아니라면 일반적 병기로는 그의 털끝 하나 건드리지 못한다라는 것이 진현을 이토록 자신있게 했다. 게다가 이제는 선천지기로 이루어진 내공까지 있었기 때문에 더욱 그의 금강(金剛)은 단단해져 가고 있다는 것이 사실이었다.

하지만 진현은 자만하지 않고 기합을 지르며 흑건대의 무리를 향해 달려갔다.

"이얍."

삼환투월(三環套月).

ㅡ세 개의 고리가 달 주위를 정한 이치로 도는구나.

진현은 두 주먹을 이용해 세 개의 원을 그리며 계속해서 이어 나갔다. 그 원은 어느새 하나의 고리가 되었고 진현의 주먹이 가는 곳으로 계속해서 이어져 나갔다.

펑!

이어져 나가던 진현의 고리와 흑건대의 검은 그물이 부딪치자 어이없게도 폭음이 나오며 주변의 기류가 소용돌이쳤다. 흑건대의 괴도는 진현의 팔에 닿자마자 튕겨 나갔으며 진현의 두 팔 역시 흑건대의 진력(眞力)으로 인해 떨림을 멈출 수가 없었다. 혼자의 힘으로 다수를 상대한다는 것은 아직까지 진현에게 무리였기 때문이다. 그러나 이 정도까지 상대한 것도 진현에게 있어서는 대단한 발전이었다. 그만큼 금왕기와 선천지기의 위력이 뛰어나다는 것을 반증하고 있었다.

흑건대의 일행들은 다른 무엇보다도 자신들을 막은 진현의 권법에 더욱 놀라고 있었다. 삼환투월(三環套月). 바로 누구나 알고 있는 육합권법(六合拳法)의 한 초식이었다. 두 팔을 빠르게 움직여 세 개의 원을 그리며 종래에는 커다란 고리를 만드는 이 초식은 그들 또한 알고 있었다. 하지만 이렇게 무서운 초식이 될 줄은 상상도 하지 못했다. 그것은 진현이 펼친 삼환투월에 숨겨진 금왕기와 선천지기를 몰랐기 때문이라 할 수 있었다.

아무튼 흑건대는 이번의 충돌로 더 이상 진현을 만만히 보지 않았다. 서서히 자세를 잡으며 그들이 자랑하는 살망대진을 펼치기 시작했다. 살망대진을 맛보는 자에게는 오로지 죽음만을 선사하는 무서움을 잘 알고 있기에 이번만은 진현이 쉽게 막지 못하리라 생각하며 흑건대는 괴도와 금강권을 잡은 두 손에 힘을 바짝 주었다.

흑건대는 자신들이 펼치고 있는 살망대진에 대한 자부심이 엄청났지만 진현을 얕볼 수 없기 때문에 진현을 중심으로 하여 천천히 돌면서 틈을 찾았다.

"합."

먼저 흑건대의 한 사람이 수중의 괴도를 진현의 등을 향해 내질렀다. 그러자 진현은 선원적화세(仙猿摘花勢)의 자세를 펼치며 등 뒤로 오는 괴도를 마치 원숭이가 꽃을 따듯이 집으려 하였다. 그러자 진현의 앞에 있던 흑건대원 두 사람이 동시에 진현의 두 다리를 향해 괴도를 찔러갔다. 그것을 느낀 진현은 금계독립(金鷄獨立)의 자세로 왼쪽의 다리만으로 지탱하며 오른발로 두 사람을 향해 쓸어갔다. 하지만 그것 역시 옆에서 날아온 금강권으로 닿기도 전에 저지되고 말았다.

"흐흐흐, 언제까지 버틸지 보자."

흑건대원들은 기분 나쁜 웃음을 지어 보이며 더욱 진현을 압박해 갔다. 그러자 진현은 다시 한 번 시도하여 그 진을 흐트리려 하였다.

오룡탐해(烏龍探海).

─검은 용이 바다를 찾다.

초식 이름 그대로 검은 용이 바다를 찾듯이 진현 또한 진의 허점을 찾아 나아갔다. 구부려진 두 손은 마치 용조수(龍爪手)를 연상케 했다. 그러나 예상대로 양쪽에서 교차되며 나온 금강권은 그의 진로를 막았고 다른 흑건대원의 괴도가 이번에는 진현의 옆구리를 향해 날아갔다.

"윽."

진현은 피한다고 했지만 괴도의 추격으로부터 완전히 빠져나가지 못하고 그만 옆구리에 자상(刺傷)을 입고 말았다. 하지만 그가 의식하지 않아도 자연스레 펼쳐지는 금왕기 덕분에 그리 심하게 파이지는 않았다. 어찌 보면 긁힌 자국이라 해야 할까. 아주 경미한 부상이었다. 하지만 괴도를 통해 침투된 흑건대원의 경력은 경미한 정도가 아니었다. 양쪽 옆구리를 마비시킬 정도의 힘이었다.

그러나 진현은 신음은 흘리고 말았으되 그 아픔을 표하지는 않았다. 오히려 더욱 날뛰며 그들의 틈을 만들어내려고 하였다. 하지만 번번이 흑건대의 절묘한 괴도와 금강권의 배합으로 인해 좌절되고 말았다. 아마도 이렇게 나가면 진현이 체력 부족으로 인해 먼저 쓰러질 것 같아 보였다.

그리고 몇 번씩 실패를 하는 동안 진현의 옷은 넝마가 되었고 진현의 몸 역시 작은 부상으로 가득해져 갔다. 아무리 금왕기를 믿고 있는 진현이라지만 이런 식으로 나가면 얼마 안 가 쓰러질 것이라 생각했다. 자고로 티끌 모아 태산이라고, 작은 생채기가 모여 저번의 큰 상처를 만들지도 모르는 일이기 때문이다.

'아무래도 이런 방법은 안 되겠어. 무슨 좋은 방법이 없을까?'

진현은 다가오는 괴도를 막으며 살망대진을 뚫을 길을 모색하였다. 하지만 그의 머리 속을 환하게 해줄 그런 묘안은 떠오르지 않았다. 그 때였다, 예전의 기억이 자신의 머리 속을 지나간 것은.

"너도 알겠지만 나의 무공의 원천은 이 보잘것없어 보이는 곤(棍)이란다.

무기의 크기나 힘만으로 따진다면 십팔반무기 어느 것도 이보다 중병(重兵)이 아닌 것이 없지. 하지만 난 이제까지 청룡도(靑龍刀)라든지 거검(巨劍), 그뿐 아니라 기문병기(奇聞兵器)에 이르기까지 내 손에 곤이라는 내 친구가 있는 이상 한 번도 실망한 적이 없단다. 그 이유가 무엇이겠니? 바로 유능제강(柔能制剛) 이 네 자 때문이지. 물론 너에게 곤을 가르칠 생각은 없다. 단지 너에게 이 네 자를 가르쳐 줄 생각이다."

"의외로 이것은 상당히 단순하다 여길 수 있단다. 상대방이 어떻게 오든 그의 힘을 쫓아서[踵], 나의 힘을 붙여서[接], 나의 작은 힘을 보태고[合], 그것을 풀어버린다[解]. 어떠냐 쉽지?'

두 가지의 말은 동일의 인물이 진현에게 해준 말들이었다. 그렇다. 바로 곤군(棍君) 조진환(趙鎭環)이 해준 말이었다. 왜 갑자기 이 기억이 진현의 머리 속에 떠올랐는지는 모르지만 어떤 기문병기라도 능히 제압할 수 있다던 그의 말이 진현에게는 거대한 힘이 되어주었다.

'그래, 바로 그거였어!'

진현은 그것을 익히고 난 뒤부터 오랜 시간 동안 유능제강이라는 이 말에 많은 노력과 시간을 부여했었다. 탑(塔) 시절에도 몇 시진씩은 꼭 수련했었고 금강동에서도 마찬가지였다. 그런 그이니만큼 더욱 자신감이 붙었다.

그런 생각을 마치자 진현은 이제 흑건대의 틈을 찾으려 먼저 선공을 하기보다는 그들의 공격을 기다리는 입장이 되었다. 이렇게 진현이 공격을 하지 않고 수비로 전환하자 흑건대는 물 만난 고기처럼 맹공격을 퍼부었다.

앞에서 괴도가 날아오는가 하면 어느새 옆에서 또 다른 괴도가 진현을 노리고 들어왔다. 그리고 더 이상 진현이 뛰어올라 자신들의 공격을 피하지 못하도록 위에서도 금강권으로 세밀한 망을 만들며 좁혀들었다.

진현은 다가오는 괴도들과 금강권으로 인해 순식간에 손과 발이 흐트러졌지만 이내 차분함을 찾아갔다. 앞에서 오는 칼과의 사이에 표응력으로 인해 생긴 순간의 빠름으로 몸을 비틀어 공간을 만들고, 거기다 옆으로 다가오는 또 다른 칼날을 자신의 왼손으로 이끌어 가져다 붙였다. 그리고 두 칼이 합쳐져 생겨난 거대한 폭발력을 최대한 몸을 굽혔다 세운 허리의 반동을 이용해 위쪽으로 방향을 틀어주었다.

펑!

다시 한 번 거대한 기의 소용돌이와 함께 폭음이 들렸고 진현은 최대한 몸을 아래로 숙여 그 기의 소용돌이에 휘말리지 않으려 애를 썼다.

결과는 진현이 예상한 그대로였다. 진현으로 인해 방향이 틀어진 괴도끼리의 힘은 위에서 진현의 진로를 가로막은 금강권을 향해 날아갔고 두 개의 커다란 경력은 충돌을 일으키며 상대방에게 심대한 타격을 주었다.

'좋았어, 계속 이대로 나가자.'

진현은 자신의 생각이 옳았던 것에 기쁨을 가지고 다시 한 번 그들의 공격을 기다렸다. 하지만 흑건대는 진현이 생각하는 대로 그렇게 어수룩한 집단이 아니었다. 한 번의 실패로 진현의 방법을 알아버린 그들은 산전수전을 겪은 노장들답게 어느새 그들 또한 수비적 입장을 취했다. 그러다 가끔씩 진현의 빈틈을 노리며 괴도를 찌를 뿐 조금 전처럼 자신의 힘에 자신들이 당하는 일은 없게 하였다.

그러자 이제 답답한 것은 진현이었다. 자신이 선택한 유능제강이 있기 위해서는 우선적으로 상대방으로부터 오는 힘이 필요한 것이다. 아무런 힘도 없이 자신만의 힘으로 상대한다는 것은 단순한 공격이지 유능제강이라는 무리(武理)가 아니었다. 게다가 처음에 당했던 많은 자상(刺傷)으로 심한 피곤함을 느끼고 있는 터였다.

진현은 계속해서 시간만 가자 힘이 빠져 갔다. 이렇게 있다가는 자신이 먼저 쓰러질 것 같았다. 처음부터 이 방법을 썼으면 어느 정도 해볼 만 했을지도 모르겠지만 지금의 상태에서는 무리였다.

결국 진현은 유능제강이라는 상승의 무리를 접어두고 다시 그들의 틈을 노리려 하였다.

"합."

진현은 두 팔에 온몸에 가득한 선천지기를 끌어 모으고는 자신이 알고 있는 유일한 공격법인 육합권법(六合拳法)을 펼쳤다.

솔수천장(率手穿掌).

―손을 좇아 손바닥에 구멍을 뚫다.

진현이 생각하기에 이 초식이 이 순간에는 가장 탁월할 것 같았다. 진현은 옆에서 찔러오는 괴도를 피하자마자 순식간에 달려들어 그자의 가슴에 주먹을 내질렀다. 그러자 옆 흑건대원의 금강권이 달려들어 진현의 권로(拳路)를 방해하려 하였다. 그러나 진현은 이것마저 무시하며 끝까지 밀어붙였다. 결국 진현의 주먹은 금강권의 원 사이로 통과하여 그자의 가슴에 닿을 수 있었다.

하지만 진현 역시 무사할 수는 없었다. 옆에서 날아온 괴도 두 개가 각기 진현의 좌우 옆구리에 박혔기 때문이었다. 처음부터 작정을 하고 있던 진현이었는지 옆구리에도 금왕기가 운용되고 있어서 그리 깊게 박히지는 않았다. 그저 도신(刀身)의 앞부분이 박혔을 뿐이었다.

"윽."

이번의 비명 소리는 진현의 것이 아니라 진현의 주먹에 강타당한 흑건대원의 비명 소리였다. 그 흑건대원은 진현의 별것 아니라 생각했던 주먹에 가슴이 뭉개지는 것을 느끼며 뒤로 밀려났다. 그것은 진현의 이번 초식 하나하나에 각오와 모든 힘이 담겨져 있었기 때문이다.

진현은 자신이 타격한 흑건대원이 물러나며 빈틈이 보이자 다시 한 번 몸을 솟구쳤다.

"합."

진현은 예의 같은 기합을 지르며 앞으로 쏜살같이 뛰어나갔다. 두 다리에 표응력까지 불어넣으니 그 빠르기가 섬전(閃電)과도 같았다. 하지만 이런 진현을 가만히 지켜보고만 있을 흑건대들이 아니었다. 한 명이 쓰러지고 난 자리를 순식간에 메우며 진현의 돌진을 막으려 하였다.

이거였다, 진현이 원한 것은.

처음 솔수천장을 뻗어 흑건대원을 쓰러뜨린 것은 바로 이렇게 흑건대의 공격을 위해서였다. 진현은 이제야 다시 한 번 유능제강이라는 네 글자를 떠올릴 수 있게 되었다.

"상대방이 어떻게 오던 그 힘을 쫓아서."

진현은 자신을 향해 다가오는 괴도를 피하기는커녕 앞으로 더욱 나아갔다.

"나의 힘을 붙여서."

진현은 자신의 몸으로 거의 근접한 괴도들을 향해 손을 뻗어 순식간에 아래에서 위로 올려붙였다.

　"나의 힘을 보태고."

　올려붙인 두 손에 자신의 선천지기뿐만 아니라 표웅력까지 동원하였다.

　"그것을 풀어버린다."

　거대한 힘이 실린 진현의 두 손은 맞닿은 괴도의 방향에 자신만의 길을 만들어주며 흑건대를 향해 쏘아 나갔다.

　방향이 바뀐 괴도가 거대한 힘을 싣고 자신들에게 오자 흑건대원들은 서둘러 금강권을 이용해 탄탄한 그물을 만들었다.

　평.

　하지만 막을 수가 없었다. 그렇지 않아도 진현의 돌진을 막으려던 흑건대원의 강력한 힘이 실려져 있었는데 거기다 진현의 표웅력으로 더욱 세진 선천지기가 들어가 버렸으니 막을 수가 있었다면 그는 흑건대원이 아니라 흑건대주였을 것이다.

　진현이 자세를 바로하고 제자리에 자신이 두 다리를 세웠을 때 흑건대의 살망대진은 깨져 있었다. 십오대고수(十五代高手)나 무학(武學)의 벽을 넘은 고인과의 대전은 없었지만 일인(一人)을 상대할 때는 거의 필승을 자랑한다는 흑건대의 살망대진이 깨진다는 것은 의미하는 바가 무척이나 컸다. 그것은 천마사천회의 무적 신화에 금이 갔다는 것을 뜻하는 것이었다.

　이렇게 커다란 성과를 올린 진현 역시 무사하지는 못했다. 그렇지 않아도 끊임없는 자상(刺傷)과 두 옆구리에 달려 있는 괴도로 인해 행동에 불편을 겪고 있었던 진현으로서는 마지막에 쏟아 부은 선천지기의 과도한 사용이 그에게 화(禍)를 불러온 것이었다.

툭.

결국 진현은 한쪽 무릎을 땅에 대며 겨우 신형을 유지할 수 있었다. 그러자 남은 흑건대원들이 진현을 향해 다가왔다. 많은 대전으로 인해 경험이 많은 그들은 이미 진현의 상태가 어떤지 알고 있었다. 진현의 손에 쓰러진 자신의 동료를 생각하며 칼을 잡은 손에 힘을 주었다.

이 순간 진현은 저들이 자신을 내려친다면 죽는다는 것을 알고 있었지만 막을 힘도, 피할 힘도 없었다. 가슴 부위에서는 조금 전부터 답답한 증상이 있었고 과도한 진기(眞氣)의 사용으로 인해 몸이 굳어져 갔기 때문이었다. 그나마 단전(丹田)에 있던 내단(內丹)이 진현의 몸을 돌아다니며 몸 안의 기(氣)를 안정시키는 것이 다행이라면 다행이었다.

"이 자식, 이제 너는 끝장이다. 죽어라!"

한 흑건대원이 진현의 목을 향해 칼을 내려쳤다. 그는 정말로 이 일격에 자신의 온 힘을 쏟았다.

진현은 칼이 부르는 파공성을 들으며 두 눈을 질끈 감았다.

"으악!"

비명 소리가 났다.

하지만 진현의 것은 아니었다. 자신의 목은 그대로인데, 자신이 지르지도 않았는데 비명 소리가 들리자 이상함을 느낀 진현은 두 눈을 뜨고는 주위를 살폈다.

진현은 보았다.

명진의 금광으로 번쩍이는 오른팔에 꺾인 흑건대원의 팔을. 그리고 그 팔에 대롱대롱 달린 괴도를. 무엇보다도 자신을 향해 따스한 눈길을 주고 있는 명진의 두 눈을 볼 수 있었다.

"괜찮니?"

명진은 진현을 향해 다정하게 안부를 물었다. 그 물음에 진현은 의식을 못한 채 고개를 끄덕였다. 너무도 갑작스런 상황이었고 반전이었기 때문이다. 그리고 향이 하나 탈 시간이 지나자 진현은 정신을 차릴 수 있었고 자신의 주위에 하나같이 팔을 붙잡고 구르고 있는 흑건대와 아직도 자신을 바라보고 있는 명진을 볼 수 있었다.

"어떻게 된 거예요?"

진현은 그것이 제일 궁금했다. 오산평과 대전(對戰)을 하고 있는 줄 알았던 명진이 자신을 도와줄 여력이 있었는지 그로서는 의문이었다. 그만큼 오산평의 기도는 진현에게 두려움을 주었고, 평소의 명진 모습이 진현의 뇌리 속에 각인되어 있었기 때문이다.

진현은 명진의 실력에 감탄을 할 수밖에 없었다. 진현이 이렇게 놀라는 것만큼 그의 실력을 낮게 평가하고 있었기 때문이다. 진현은 솔직히 명진의 무공이 자신보다 높은 것은 알고 있었지만 몇 수 정도 앞서겠지라고 생각했었지 이토록 높을 줄은 정말 생각하지 못했다. 이런 줄 알았다면 진현은 처음부터 명진의 말대로 옆에서 그저 지켜만 보고 있었을 거였다.

"그러게 내가 뭐라고 하더냐? 옆에서 보고 있으라고 그랬지?"

"……."

이미 이 부분에 대해서는 할 말이 없었기 때문에 진현은 대꾸를 할 수 없었다.

"이들을 어떻게 하실 거예요?"

"음, 모르겠구나. 우선 전서구(傳書鳩)를 날렸으니 무슨 소식이 오겠지."

명진은 자신이 날린 전서구가 간 방향으로 고개를 돌리며 진현의 물음에 답했다. 그런 후 주위를 살피니 온통 부서진 탁자와 의자들, 그리고 깨어진 그릇과 엎어진 술상들이 있었다. 또한 처음에 그토록 응원을 하던 사람들은 이미 사라지고 없었다. 아마도 처음 그가 진현을 걱정한 것처럼 다들 자신이 다치기는 싫었나 보다.

그때였다, 일련의 사람들이 식당 안으로 들어온 것은.

"그대들이 이곳에서 난동을 피운 자들인가? 그리고 그대와 싸웠다는 오대는 어디 갔지?"

대리성에서 현명하기로 소문이 난 천(阡) 포두(捕頭)는 주민의 신고를 받고 곧장 이곳으로 온 터였다. 하지만 이미 상황은 종결났는지 풍비박산이 난 식당 안과 곳곳에 쓰러져 있는 장한들, 마지막으로 한쪽 구석에 처박혀 있는 중년인을 볼 수 있었다.

"그대가 이렇게 만들어놓았는가?"

천 포두는 포두 특유의 신문조로 진현에게 물었다. 그로서는 중 신분의 명진이 그러리라곤 전혀 생각조차 하지 않았다. 더구나 진현의 옆구리에 아직도 매달려 있는 괴도를 보며 더욱 확신을 가지는 천 포두였다.

"예? 예."

진현은 자신도 이번의 사건에 일조를 단단히 했기 때문에 변명을 하지 못하고 천 포두의 묻는 말에 순순히 답할 수밖에 없었다.

"포두님, 대충 상황 정리를 하였습니다. 사상자는 없고 부상자 일곱 명과 중상자 한 명이 다입니다."

장내의 상황을 정리하던 포졸 중 한 명이 달려와 천 포두에게 상황 보고를 하였다. 그 말을 들은 천 포두는 고개를 끄덕이더니 진현에게

다가가며 말을 했다.

"자네 정말 대단하구먼. 이 많은 사람들을 혼자서 다 해치우고 말이야. 그것도 어린 나이에 말이야."

"과찬이십니다."

진현은 천 포두가 자신의 단독 범행(?)으로 오인하자 그냥 그의 장단에 맞추어주었다. 진현 역시 무림과 관은 서로 침범하지 않는다라는 불문율을 알고 있었지만 군이 중의 신분인 명진을 끌어들여 봐야 좋을 것이 없다라는 것을 알기 때문이었다. 그렇긴 하지만 무림의 일에 괜히 끼어든다는 것이 왠지 이상했던 진현은 명진을 슬쩍 쳐다보았다. 진현이 본 명진은 그저 앞만 바라보고 있을 뿐 이렇다 할 표정이나 말을 하지 않아 보였다.

"진현 사제, 그냥 저들이 하자는 대로 하게. 이유는 나중에 묻고 내 말을 따라주게나."

갑자기 진현의 귀로 명진의 전음이 들려왔다. 그러자 진현은 급히 고개를 돌려 명진의 얼굴을 쳐다보았다. 진현의 시선을 느낀 명진은 아주 미비하게 고개를 끄덕였다.

"자! 자세한 이야기를 들어야겠지. 그럼 나를 따라가겠나? 설마 우리까지 해치우려는 생각은 아니겠지?"

천 포두는 오랏줄을 묶어봐야 소용이 없으리라고 생각했는지 진현에게 아무런 제재를 가하지 않고 식당을 나섰다. 그 뒤로 천 포두를 따라온 포졸들이 진현과 명진을 둘러싸며 조금씩 발걸음을 옮겼다.

대리성(大理城) 집형부(執刑府).

"그렇다면 이 모든 것이 처음부터 계획하신 것이었어요?"

"그렇고말고. 그렇지 않았다면 내가 무슨 힘이 있다고 순순히 관부에 잡혀가겠어."

진현은 아직도 명진이 자신에게 해준 말들이 어리둥절하였다. 식당에서 오산평과 만난 것부터 시작해서 지금 대리성 집형부에 끌려온 것까지 모두 계획된 일이라곤 진현으로서는 전혀 생각지도 않은 것이었다.

"어떻게 그들이 천마사천회의 무리라는 것을 알았어요?"

"음."

명진은 진현의 말에 대답을 하려다 맹의 기밀 사항까지 말해야 된다는 것을 알고 그만두려 하였다. 하지만 진현 역시 나중에는 호천사정맹(護天四鼎盟)을 위해 일할 것이라 여기고는 말해 주기로 마음을 먹었다.

"지금 현 무림에서 가장 중요한 곳이 어디일 것 같아?"

"잘 모르겠지만 양극의 대립을 하고 있는 호천사정맹과 천마사천회가 아닌가요?"

진현은 명진의 물음에 자신이 생각한 대로 말해 주었다. 하지만 진현의 대답이 명진이 원하던 답변이 아니었나 보다.

"그렇긴 하지. 하지만 그 두 곳보다 더 중요한 곳이 있어. 바로 이 대리에 있는 천하제일가지."

진현은 명진의 입에서 자신의 가문이 나오자 순간 뜨끔했다. 하지만 진현의 표정을 보지 못했는지, 아니면 몰랐던 부분을 알아 놀란 것으로 여겼는지 그저 자신의 말을 이어갔다.

"현재 천하제일가는 정(正)과 마(魔) 둘 중에서 굳이 따지라면 정도(正道)의 문이라 할 수 있지."

"당연하죠. 천하제일가는 원래 처음부터 정도의 길을 걷는 대표적인 세가가 아닌가요?"

진현은 명진의 말에서 이상함을 느끼곤 곧바로 그의 말에 대꾸를 했다.

"그렇지. 당연히 정도의 길을 걷는 세가지. 하지만 말이다, 하늘에 두 개의 해가 없듯이 정도의 머리 격을 두고 자타가 공인하는 천하제일가와 호천사정맹 간의 알력이 있단다. 어찌 보면 이것 또한 당연한 일이지. 속가사대세가(俗家四大世家)가 처음 호천사정맹을 창설하고 그 뒤로 사파(四派)가 가입한 것은 단독적인 천하제일가를 견제하기 위한 원인도 있었으니까."

"그런데 갑자기 이런 말씀을 왜 하시는 것인가요?"

진현은 그게 제일 궁금했었다. 오산평 일행이 천마사천회의 무리라는 것을 어떻게 알아냈느냐라는 질문의 답이 이런 식으로 전개될 줄 몰랐기 때문이었다.

"음, 내 말을 끝까지 들어보거라. 그럼 자연히 알게 될 것이다. 지금 말하는 것은 너도 알아야 하는 것들이니."

"예, 알겠습니다."

"조금 전에 말한 것처럼 호천사정맹과 천하제일가는 매우 껄끄러운 사이가 아닐 수 없다. 오래전부터 정도무림의 맹주 격으로 등극한 천하제일가, 새로운 신예로 떠올라 이제는 정도무림을 운영해 가는 호천사정맹. 둘 다 정말 터놓고 지낼 수 있는 사이가 아니지. 이런 일이 있다. 예전에는 말이야, 무림의 어떤 분란도 천하제일가의 눈치를 보면서 일어났다고 해도 과언이 아니었다. 그만큼 천하제일이라는 이 네 글자가 뜻하는 것은 의미가 매우 컸지. 하지만 지금은 아니란다. 흑도에서 천마사천회가 창설이 되고 난 뒤 실질적으로 자신들의 문파에 도움을 주는 호천사정맹의 눈치를 더 보게 된 것이야. 생각해 보아라. 그렇지 않겠느냐?"

"……."

진현 역시 명진의 말에 이해가 갔다. 멀리 있는 명분뿐인 맹주보다는 현재 자신을 도와주는 호천사정맹을 더 받들 것이라 여겨졌다.

"그래서 너도 나도 할 것 없이 모두 호천사정맹의 밑으로 들어가 어느새 지금의 맹이 되었지. 모두가 경원하는 호천사정맹이. 하지만 맹이 아무리 비약적인 발전과 성장을 했다고 해도 여전히 천하제일가의 눈치를 보지 않을 수는 없다고 할 수 있다. 오랜 세월과 칠대무서(七大武書) 중 하나를 보유한 천하제일가의 저력은 실로 상당했기 때문이지. 만약 혹시라도 일이 틀어져서 천하제일가의 손이 천마사천회의 손과 닿는다면 호천사정맹으로서는 엄청난 충격이 아닐 수 없다."

"그렇지 않아요! 천하제일가가 천마사천회와 손을 잡을 리가 없어요!"

진현은 명진의 말에 바로 소리를 지르며 반박했다. 아무리 만약이라는 조건이 붙는다고 하지만 그로서는 생각도 하기 싫은 일이기 때문이었다. 악인의 무리와 손을 잡는다니. 비록 정도 위선자들의 행동이 진현에게는 역겨움으로 다가오긴 했지만 그렇다고 악의 무리와 손을 잡는다는 생각은 꿈에도 하지 않은 진현이었다. 하지만 명진은 이런 진현의 심정을 이해할 수 없었다. 그저 만약이라는 가정 하에 말한 것에 불과한데 이토록 열을 내는 진현이 이해가 되지 않았다. 그것을 느낀 진현은 금방 가슴을 진정시키고 자리에 앉아 명진에게 사과를 하였다.

"죄송해요. 너무 황당한 말이라서요."

"음, 그랬었구나. 하지만 세상일이란 것은 모르는 것이니 있을 수도 있는 일일 것이다. 아무튼 그렇기 때문에 호천사정맹으로서는 천하제일가를 감시라고 하기엔 무엇하지만 지켜보지 않을 수 없었단다. 그래서 호천사정맹이 창설된 이래부터 계속해서 꾸준히 그들의 곁에서 지켜본 것이지. 그런데 사정은 천마사천회 역시 마찬가지였다."

"하긴 그렇겠어요. 그들 또한 천하제일가가 호천사정맹과 손을 잡는 것을 바라고 있지는 않을 테니까요."

진현은 명진의 말을 조금씩 이해해 나갔다. 왜 그가 이렇게 말을 꺼냈는지도 역시 이해가 되기 시작했다.

"그렇지, 바로 그거야. 그렇지 않아도 호천사정맹의 갈수록 커져 가는 세력이 눈엣가시처럼 여겨질 것인데, 거기다 십오대고수 중의 최고라고 할 수 있는 일은(一隱)과 역시 단일 세력으로는 으뜸인 일가(一家)가 합한다고 생각하면 그들로서는 난감한 일이지."

"그래서 그들도 역시 천하제일가를 감시하기 위해 그렇게 변장을 하고 있었던 건가요?"

진현은 이제야 오산평과 흑건당이 왜 그들의 신분을 숨기고 궂은 일까지 해가며 식당을 운영했는지 알게 되었다.

"그렇다. 그들로서는 그렇게라도 하지 않을 수가 없었지."

명진의 답변을 들으며 또다시 다른 의문이 그를 지배하기 시작했다. 아무리 신분을 속이며 철저하게 행동을 하였더라도 호천사정맹이 알고 있다면 천하제일가에서는 왜 그것을 몰랐을까 하는 것이었다.

"그런데 천하제일가는 그들이 자신들을 감시하고 있는지 몰랐을까요?"

"그건 나도 모르는 일이지. 하지만 확실한 것은 알았다고 하더라도 가만히 놔두었을 것이다. 타초경사(打草驚蛇)의 우(愚)를 범하는 것보단 그들을 역으로 이용하려 드는 것이 더욱 이득이었을 테지.”

“아~”

진현은 명진의 말에 감탄을 금할 수가 없었다. 아직 진현은 세상살이를 하면서 일어나는 권모술수와 갖가지 귀계(鬼計)에는 어두웠던 것이다.

“여기 이곳 대리성의 관부도 사실 우리 호천사정맹과 연이 닿아 있다고 할 수 있다. 호천사정맹을 이루는 속가사대세가의 제자들이나 사파(四派)의 속가제자들 중에서 적지 않은 사람들이 관부로 진출을 했거든. 그것을 통해 우리 맹에서는 대리성의 관부와 협동을 해 천마사천회가 준동하는 것을 최대한 막으려 한 거였어. 알겠니?”

“음, 그래서 천 포두가 오산평과 흑건대를 끌고 간 것이군요.”

진현이 말한 대로 진현과 명진, 그리고 오산평 일행을 잡아온 천 포두는 가타부타 말없이 오산평 일행을 끌고 갔다. 그리고 당분간 감옥에서 하옥을 할 것이라 생각했던 진현과 명진에게는 이제까지 천 포두가 행동한 것들이 모두 무의미하게 아무런 제재나 말도 없었다.

“그래, 아마도 오산평과 흑건대는 맹으로 끌려가 맹의 중요한 정보와 인질이 되겠지.”

“아!”

“처음부터 다시 말하면 정도와 사파는 모두 천하제일가를 주시하고 있었다. 하지만 서로가 어디에 있는지를 몰랐을 뿐이었지 그 존재감은 느낄 수가 있었단다. 거기서 우리가 먼저 그들을 발견한 것이지. 바로 대륙안(大陸眼)에 의해서 말이다. 우리는 그들을 잡기 위해 계획을 세웠단다. 먼저 구두당(九頭堂)을 추격차 나온 조사단이 그들의 시선을 잡으며 천하제일가로 관심을 유도하고 그 틈을 타 내가 그들을 급습하는 것이었지."

"……."

진현은 명진의 말을 들으며 자신이 알기 전의 상황부터 모두 계획적이라는 것을 알게 되었다. 그로서는 도저히 생각해 낼 수 없는 귀책이라 여겨졌다. 그러면서 자연 전생의 현실이나 지금의 현실이나 사람 사는 것은 다를 바가 없구나라는 생각이 들었다.

"운이 좋은 것인지 오산평이 나를 모르는 덕분에 이번 일은 쉽게 끝이 난 것 같구나."

"예, 그렇긴 하네요."

진현은 명진의 말에 말을 흐릴 수밖에 없었다. 진현이 생각하기에 지금 정파랍시고 하는 행동이나 사파의 행동이나 다를 바가 없기 때문이었다.

"참! 진현 사제는 집으로 가야 된다고 했지? 집이 대리성 내에 있는가?"

"예, 여기서 멀리 않은 곳에 있습니다."

"음, 그래. 그런데 어쩌지? 진현 사제의 집에 못 갈 것 같은데 말이야. 자네의 부모님께도 인사를 드려야 하는데. 지금은 사정이 그래서 말이야."

"괜찮습니다. 지금 집에 가봐야 반가워할 분위기도 아닐 겁니다."

진현의 말이 틀린 것은 아니었다. 물론 진현을 반기기는 하겠지만 사 년이라는 긴 시간 동안 연락 한 번 없었던 진현이 불쑥 찾아왔는데 어떻게 손님을 맞을 정신이 있겠는가. 게다가 진현은 명진의 말을 들으며 자신의 집이 천하제일가라고 말하지 않은 것이 내심 껄끄러웠기 때문에 처음부터 혼자 가려고 마음을 먹은 터였다.

"음, 자네 집에 문제라도 있는 것인가? 왜 반가워할 분위기가 아닌가?"

정말 이렇게 물어보는 명진을 보자니 오산평과 시비가 붙었을 때의 명진의 모습은 찾을래야 찾을 수가 없었다.

"예, 제가 너무나도 오랜 시간 동안 연락을 드리지 못하다가 찾아가는 것이기 때문에 아마도 사형이 가서봐야 대접해 드리지 못할 것 같아서요."

"음, 그렇지. 그건 나도 아네."

진현은 자신의 말한 내용이 틀린 말이 아니기 때문에, 즉 거짓말이 아니기 때문에 그의 표정에는 부모님과 기다리고 있을 사마화련을 생각하는 그 심정이 그대로 드러나 있었다. 그것을 본 명진은 그 심정을 이해하고도 남는다는 듯이 연신 고개를 끄덕였다. 그가 출가를 한 후 비록 그에게 사제는 없지만 그 대신 많은 사질들이 출가 후 부모님을 그리워하는 것 때문에 무척이나 괴로워하는 것을 많이 보았기 때문이었다. 그렇기 때문에 틀린 것은 아니지만 아직도 먼 곳에서 부모님과 떨어져 오랜 시간 동안 수련만을 한 진현이라 생각해 진현의 심정을 이해할 수 있었던 것이다.

"알겠어. 어차피 나도 사정이 있고 사제 또한 사제 나름대로의 사정이 있으니 혼자 다녀오도록 하게."

"예, 알겠습니다."

진현은 명진에게 거짓말을 한 것 같아 마음이 편하지 못하였다. 그런 그의 표정을 본 명진은 진현이 자신을 떠나기 싫어하는 줄 알고 진현의 두 손을 붙잡았다. 하지만 명진의 생각이 오해를 한 것은 아니었다. 진현 역시 짧은 시간이지만 사형 사제 하며 좋은 기억을 가지게 해 준 명진과 헤어진다는 것이 아쉽기도 했었기 때문이다.

"진현 사제, 그럼 이거 하나 약속하지."

"무엇을?"

"자네가 지금 열여섯이라고 했지. 그럼 바로 일 년 뒤 원통사에서 보는 것이 어떻겠나? 곤명(昆明)이라면 여기 대리와도 그리 먼 곳은 아니지 않는가."

명진은 진현의 눈을 똑바로 쳐다보며 말을 했다. 진현은 그런 명진의 눈에서 진정한 정을 느낄 수 있었다.

"예, 하죠. 하겠습니다. 형님을 위해서 그것 하나 약속하지 못하겠습니까?"

때도 아닌데 나뭇잎 하나가 마치 자신은 낙엽이라는 듯 산들산들 불어오는 바람에 몸을 맡기며 한산한 대로 위로 날아갔다. 마치 떨어질 듯하면서도 떨어지지 않는 낙엽이 결국 떨어진 곳은 긴 담장이 주위를 압도하게 하는 어느 세가의 대문 앞이었다.

군림천추(君臨千秋) 천하제일(天下第一).

이 여덟 자(字)의 용이 날아갈 것 같은 글씨가 쓰여진 편액은 세가의 대문 위에 걸려 있었으며 보는 사람으로 하여금 경외감을 일으키게 하고도 충분했다.

그런데 천하제일이라니… 군림천추는 어떻고. 아무리 강대한 세도를 가진 세가라 하여도 이런 뜻의 편액은 당장 역모죄에 해당하는 것이나 마찬가지였다. 그런 사정을 알고 있으면서 이런 편액을 걸고 있는 것인지 참으로 궁금했다.

아! 비바람에 조금씩 변색이 되는 것 같은 편액을 보니 아마 오랜 세월을 지냈을 것 같았고, 그 소리는 이 편액을 보고도 관(官)에선 그냥 넘어갔다는 소리인데… 천하에 그런 배경을 가진 가문은 단 하나가 있었다.

바로 천하제일가라고 불려지는 단씨세가(段氏世家).

백오십 년 전 검황(劍皇)이 명(明)의 황제에게 황(皇)이라는 별호를 감히 선사받고 난 뒤 관(官), 무림(武林) 할 것 없이 모두가 인정한 천하제일가였다. 천하제일가가 아니라면 누가 감히 이런 편액을 걸 수 있겠는가. 더구나 태조(太祖)께서 친히 내리신 편액을.

낙엽이 지나가고 이제는 아무도 없는 대문 앞에 누군가의 발이 들어왔다. 허름한 옷, 푸석푸석한 머리, 조금은 멍청한 듯하면서도 의외로 잘 어울리는 외모, 진현이었다. 그는 이제야 집으로 돌아온 것이다.

"하아, 이게 정말 몇 년 만이지? 정말로 감회가 새롭구나."

2년을 예상하고 떠났던 것이 4년이라는 시간이 지나서야 돌아올 줄 누가 알았겠는가. 아무도 그런 상상을 하지 못했을 것이다. 그렇기에 진현의 지금 마음은 누구보다도 감회가 새로웠고 가슴이 뛰었다.

끼이익.

진현이 대문을 두드리려고 하는 찰나 굳게 닫혀 있던 대문의 한쪽이 비명을 지르며 열려졌다. 그리고 어린 하인이 대문 앞을 쓸려고 했는지 빗자루를 들고 나오는 것이었다. 그런 하인은 대문 앞에 서서 자신의 행로를 방해할 것 같은 진현을 쳐다보게 되었다.

"누구세요?"

'어? 이 아이는 누구지? 내가 세가에 있었을 때는 못 보던 아이인데. 새로 왔나?'

"험, 나를 모르는 모양이로구나. 새로 왔나 보지? 나는 이곳의 소가주(小家主)이다. 어서 비켜서거라."

진현은 자신을 소개함에 있어 단지운이라거나 천하제일가의 소가주라고 소개한 적이 거의 전무하기 때문에 왠지 모르게 어색한 감이 있었다. 그 어색함이 화를 불러왔다.

"예끼, 이보슈. 어디 할 짓이 없어 우리 공자님을 사칭하려는 게요? 정녕 죽고 싶으시오? 좋은 말로 할 때 썩 꺼지시오!"

한풍(翰風)은 그가 천하제일가에 왔을 때부터 지금까지 딱 한 번 이런 식으로 단지운이라고 사칭을 하는 미친놈을 보았었다. 그리고 그 미친놈의 결과가 어떻게 된 것까지 잘 알고 있었다. 과연 천하제일가의 자부심답게 그들의 자존심에 흠을 내는 그런 미친놈을 그냥 보내지 않았었다. 가히 인간이라고 하지 못할 정도로 망가진 모습을 한풍에게 보여주었다. 그걸 알고 있는 한풍이기에 아까운 사람 인생 망치게 하고 싶지 않았다. 그래서 한풍은 진현을 좋은 말로 달래서 돌려보내고 싶었다. 아무리 미친놈을 상대한다고 하지만 지금은 세가의 분위기가 행방불명이 된 소가주로 인해 매우 암울하다는 것을 잘 알기 때문이었다.

"이보시오, 공자님. 지금 공자가 무슨 배짱으로 우리 공자님을 사칭하는지는 모르지만 그것을 세가 안의 사람들이 알게 되는 날에는 공자는 어떻게 될지 모르오. 그러니 어서 가시오. 공자의 앞날이 걱정이 되어서 그러는 것이오."

"허허허."

진현은 애걸하는 듯한 한풍의 말에 쓴웃음을 지을 수밖에 없었다. 그도 그럴 것이 자신의 생각에는 집에 도착하면 자신의 부모님들이 맨

발로 뛰어올 것이라 상상을 하고 있었는데 맨발은커녕 자신의 소가주도 못 알아보는 하인이 자신을 맞을 줄은 생각지도 않았기 때문이었다. 하지만 진현이 생각하지 못한 것이 있으니 바로 세가 안의 분위기와 진현에 대한 그들의 생각이었다. 호천사정맹과 비교했을 때 비록 허울뿐인 맹주 격이라 하지만 천하제일가의 저력은 무림을 지배한다고 하는 호천사정맹과 천마사천회가 눈치를 볼 정도로 엄청난 것이었다. 그리고 그만큼 그들의 정보력 또한 그들의 힘만큼 넓었다. 그런데 그런 천하제일가의 정보력으로도 진현을 찾지 못했다. 사 년이라는 긴 시간 동안 진현의 행방을 소천성탑의 이후로는 전혀 찾지 못했다. 그렇기에 그들로서는 하나의 기대와 동시에 절망을 함께 맛볼 수밖에 없었다. 심지어는 진현이 죽었다는 말까지 나온 터였다. 하지만 그들의 신분이라는 것이 있기 때문에 대놓고 말하지 못한 것이었다. 그것을 진현은 느낀 것이었다. 한풍의 얼굴에서 말이다.

"아니야, 내가 바로 소가주야. 어서 빨리 황(黃) 노공(老公)을 불러주게. 그럼 알 것이야. 어서 빨리."

진현은 다급했다. 자신이 연락 한 번 드리지 못한 불찰로 인해 세가의 식솔들마저 이렇게 말한다라는 것을 생각하니 정말로 자신의 잘못이 얼마나 큰 것인지 알게 되었기 때문이다.

"아니에요! 우삼(禹三) 아저씨가 그러는데 우리 소가주님은 죽으셨대요. 그래서 못 오시는 거래요. 그러니 가세요. 정말 혼나고 싶으세요?"

결국 한풍은 자신의 가슴속에 담아두었던 해서는 안 될 말까지 하고 말았다. 그것이 진현을 더욱 아프게 했다.

세심헌(洗心軒).

마음을 닦는다는 주인의 고결한 의지가 담겨 있는 방 안에는 이 서재의 주인이자 천하제일가인 단씨세가의 주인인 단후명(段厚鳴)과 단목빙(端木氷)이 마주 앉아 있었다.

"빙매(氷妹), 너무 울지 마시구려. 빙매의 심정은 알겠지만 그렇게 운다고 해서 운(雲)이가 오는 것은 아니잖소."

"흑흑흑… 그럼 어떡해요. 죽었는지 살았는지 소식도 없는 운인데."

"…음."

단후명은 단목빙의 말에 대꾸를 할 수가 없었다. 진현의 행방이 끊기고 난 뒤부터 하루가 멀다 하고 저렇게 울고 있는 단목빙이었기에 이제는 도저히 말로 말린다는 것은 무리라는 것을 잘 알고 있었다. 하지만 그것으로 인해 매사에 의욕이 없고 허탈한 심정으로 대하는 자신의 아내를 그냥 두고 볼 수만은 없는 일이었다.

"빙매, 이번에 화룡천검(火龍天劍)을 빌려줌으로써 그들의 대륙안의 능력을 빌리기로 하지 않았소. 비록 우리 세가의 힘으로는 운이를 찾지 못했지만 대륙안이라면 찾을 수 있을 것이오. 그러니 그것에 기대를 합시다."

"정말 호천사정맹의 대륙안으로 운이를 찾을 수 있을까요?"

단목빙은 그녀가 단씨세가에 시집을 온 후로 바깥 출입을 삼가고 세가에만 기거를 하고 있었지만 그녀 또한 여자이기 이전에 무인이었기 때문에 대륙안의 능력은 능히 알고 있었다. 그래서 단후명의 대륙안이라는 소리에 민감한 반응을 보인 것이었다.

"그래요. 믿읍시다. 믿어요. 그들이라면 찾을 수 있을 것이오."

단후명은 믿음이라는 말을 강조하며 단목빙의 곁으로 다가가 살며시 자신의 품으로 끌어안았다. 그러자 단목빙 역시 고개를 단후명의 가슴에 기대며 두 눈을 감았다. 그러자 그 두 눈에선 한줄기 눈물이 떨어졌다.

그때였다, 갑자기 방 안으로 뛰어든 사람으로 인해 두 사람이 황급히 떨어진 것은.

"가주(家主)님, 어서 나와보십시오. 드디어 오셨습니다. 오셨어요!"

이렇게 소리를 지르며 방 안으로 뛰어든 사람은 단후명이 무인으로서 세가의 한 사람으로서 존경해 마지않는 황 노공(黃老公)이었다. 단후명은 침착하기로 소문이 난 황 노공이 호들갑을 떨자 정말 무슨 일이 있긴 있는 것 같았다.

"무슨 일이십니까? 누가 오다니요?"

"오셨습니다. 오셨어요. 오셨다니까요."

황 노공은 듣는 사람 답답하게 만드는 소질이 있었는지 그저 오셨다라는 말만 반복을 하며 그답지 않게 발을 동동 굴렸다. 하지만 단목빙은 그가 무엇을 말하는지 알 수 있었다. 여자 특유의 육감이 황 노공의 말을 그녀에게 제대로 전달해 주는 것 같았다.

"그럼, 우리 운아가 왔다는 말인가요? 정말이에요?"

단목빙은 자신의 추측에 확신을 기하기 위해서 황 노공에게 다급한 심정으로 물었다.

"예, 맞습니다. 오셨습니다."

도대체 언제까지 오셨다라는 말만 할 건지. 그렇지만 황 노공의 심정이 이해가 되지 않는 것은 아니었다. 그 또한 세가에서 자라 세가에서 늙어가는 만큼 세가의 모든 일이 자기 일처럼 느껴졌다라는 것을 모르는 사람이 없을 정도였다.

그때였다, 또 다른 사람이 방 안으로 들어온 것은.

"아… 버님, 어… 머님."

바로 진현이었다.

"운… 아… 정말… 운이가 맞는 것이냐?"

단후명과 단목빙은 순간 몸을 움직일 수가 없었다. 몸의 힘이 모두 빠져나간 것 같은 느낌을 받았기 때문이었다. 진현의 얼굴을 본 순간 그동안 그녀를 지탱하게 해주었던 걱정과 불안들이 모두 사라졌기 때문이었다.

털썩.

끝내 단목빙은 쓰러지고 말았다. 하긴 온몸의 힘이 모두 증발하였으니 버텨낼 재간이 없었을 것이다. 그런 단목빙에게 단후명보다 진현이 빨리 다가가 부축하였다.

"어머님, 왜 그러세요. 어디 아프세요?"

"운아, 어디 얼굴 한번 만져 보자. 아이고, 내 새끼."

역시 어디를 가나 어머니의 마음은 모두 같은가 보다. 단목빙은 계속해서 진현의 얼굴을 쓰다듬으며 눈물을 흘렸다. 그런 단목빙의 모습을 보자 진현의 가슴은 뭉클해지는 동시에 찢어지는 자괴감이 들었다. 비록 자신의 영혼을 만들어주신 친부모는 아니지만 진현은 이제껏 단후명과 단목빙을 자신의 친부모 이상으로 생각하기로 결심했고 또 그렇게 행동했기 때문이었다. 그런데 그렇게 행동했다는 자신이 이런 식으로 부모님의 눈물을 흘리게 했다는 것이 너무나도 진현에게는 가슴을 답답하게 만드는 일이었다.

"죄송해요. 죄송해요. 흑… 흑."

진현도 끝내 울고야 말았다. 그런 진현과 단목빙을 단후명은 조용히

안았다. 언제까지나 떨어지지 않겠다는 듯이.

"그래, 그동안 어떻게 지냈느냐? 어디 다친 데는 없고?"

이제 어느 정도 진정이 된 단목빙은 한시도 진현의 곁을 떨어지려 하지 않으며 진현의 건강이나 그동안의 경위에 대하여 물었다.

"예, 없어요. 그동안 있었던 일이라면 정말 이야기가 길어요. 들어 보시겠어요?"

진현은 자신이 다쳤던 부분만 빼고 간략하게 그동안의 경위에 대해 설명해 주었다. 그렇지만 그 간략이라는 것이 진현이 다쳐 정신을 잃은 부분과 금강문의 과제, 그리고 명진과 있었던 일만을 뺀 것이라 간략이라는 말이 어울리지 않게 길었다.

"아니, 그런 일이 있었던 것이냐?"

진현의 이야기를 들으면 들을수록 어떤 모험가의 이야기를 듣는 것 같은 느낌을 받은 단목빙이었다. 진현의 사천으로 가면서 겪었던 이야기나 금강동에서의 고생, 그리고 집으로 오면서 겪었던 일들. 모두가 단목빙에게는 흥미롭기도 했지만 안타까워 손을 꼭 쥐게 하는 순간이 더 많았다.

"운아, 정말 고생이 많았구나."

"아니에요. 저 때문에 걱정을 하신 어머님께서 더 고생이 많으셨죠."

진현은 아직도 자신의 손을 꼭 잡고 안타까워하는 단목빙의 모습에 더욱 죄책감이 들었다. 사 년 전보다 더욱 늙어진 것 같았고 살이 빠진 모습이 그를 더욱 마음 아프게 했기 때문이었다. 그렇기 때문에 진현은 부모님에게 더욱 잘해 드려야겠다는 생각이 들었다.

"이제는 어디 가지 말고 나하고 이곳에서 지내자꾸나. 알겠니?"

"예, 어머님."

진현은 진심에서 우러나오는 마음으로 단목빙의 물음에 답하였다. 그러면서 진현은 한 가지를 물었다. 바로 진현이 이곳으로 오면서 부모님 다음으로 보고 싶었던 사람에 대하여.

"어머님, 그런데 련 누이는 보이지 않는군요. 어디에 간 건가요?"

"……."

단목빙은 진현이 자신의 품으로 돌아오면 언제고 이런 질문을 할 것이다 예상은 하고 있었지만 막상 그런 상황을 닥치니 아무 말도 할 수 없었다.

"왜 아무 말씀도 없으세요? 련 누이는 왜 안 보이냐고요?"

진현은 대답을 하지 않는 단목빙의 태도에서 이상함을 느꼈는지 재차 대답을 물었다.

"진현아."

"예, 말씀하세요."

"지금부터 내가 하는 말을 잘 듣거라."

진현은 단목빙의 태도에서 무언가 심상치 않다라는 것을 느꼈다. 하지만 끝까지 듣고 말을 해야겠다고 여겨 그녀의 다음 말을 기다렸다.

"결론부터 말하면 너와 화련이는 어울릴 수 없다."

"예?"

청천벽력(靑天霹靂).

정말로 마른하늘에 날벼락이었다. 지금까지 부모님도 부모님이지만 사마화련을 보기 위하여 갖은 고생을 다 하면서 집으로 돌아왔는데, 자신을 기다리고 있을 사마화련을 상상하면서 돌아왔는데 막상 와서 듣는 소리가 사마화련과 결합하지 못한다니. 진현은 자신이 잘못 들은 것이 아닐까 하며 다시 한 번 단목빙에게 물었다.

"어머님, 다시 한 번만 더 말씀해 주시겠어요?"

"음, 너와 화련이는 결혼하지 못한다."

"그게 무슨 말씀이세요? 알아듣게 설명을 해보세요."

자신의 손을 놓으며 고개를 돌려 말하는 단목빙의 모습을 보며 진현은 아직도 자신이 잘못 들었다고 생각하며 자세한 설명을 요구하였다.

"휴우~ 어떻게 설명해야 될지 모르겠구나. 아! 저기 아버님이 오시니 아버님에게 듣도록 하거라."

단목빙은 차마 자신의 입으로 말하지 못하겠는지 모든 것을 단후명에게 미루어 버렸다. 이에 진현은 다급히 단후명이 있는 곳으로 뛰어가 그간의 사정을 설명하고는 자신이 원하는 답변을 요구했다.

"운아, 어디 가서 이야기를 하자꾸나."

우선 단후명은 자리를 옮기기를 원했다. 비록 주위에 있는 사람 모두가 세가의 식솔이라고는 하나 기밀을 요하는 부분도 많았기에 아무도 없는 곳으로 가기를 원한 것이었다.

결국 단후명이 찾은 곳은 진현이 기거하는 곳인 천심소축(天心小築)이었다. 단후명은 진현을 자리에 앉히고는 이야기를 풀어갔다.

"자! 이제부터 내가 하는 말을 듣기만 하여라. 먼저 내가 말하고 싶은 것은 너와 화련이는 안 된다는 것이다. 이제부터 그 이유를 설명하마. 원래 네가 소천성탑을 떠나고 일 년이 거의 지나갈 무렵 화련이는 우리 세가에 찾아왔었다. 그리고 우리와 함께 너를 기다렸지. 하지만 아직은 너와 결혼한 것도 아니고 나이도 어리고 하니 이대로만 있는다는 것은 우리의 욕심인 것 같아 집으로 돌려보내기로 했었다. 그래서 화련이를 사마세가(司馬世家)로 돌려보냈지. 그랬었지만 화련이는 종종 이곳을 찾아오더구나. 그런데 두 달에 한 번씩 오던 아이가 갑자기 일 년에 한 번으로 되더니 이제는 발길을 끊더구나. 우리는 그것에 이상함을 느끼긴 했지만 화련이 자신만의 인생과 목표도 있는 것이기에 뭐라고 토를 달지 않았다. 그런데 며칠 전 우리 세가에 볼일이 있어 온 손님들에게서 한 가지 이상한 말을 들었다. 사실 그들은 세가의 가보(家寶) 중 하나인 화룡천검을 빌리기 위해 온 호천사정맹의 사절단이었다. 그들은 여기서 며칠 묵고 갔었는데 마지막 날에 나로서는 너무도 놀란 만한 말을 해주더구나. 바로 사마세가에 관한 말을 말이다."

진현은 가만히 단후명의 이야기를 들으면서 상황이 이상하게 돌아가는 것을 느꼈다. 무언가 정말로 자신과 사마화련이 맺어지지 못할 것 같은 분위기를 느꼈기 때문이었다.

"너는 잘 모르겠지만 현재의 무림은 아주 급박한 상황으로 치닫고 있다라고 할 수 있다. 곳곳에서 일어나는 의문의 사건들, 미비하긴 하지만 갑작스런 실종 사건, 어느 것 하나 해결난 것이 없지. 우리는 그것에서 아주 주목할 만한 사실을 발견할 수 있었다. 바로 이십 년 전의 반정지란(反正之亂)이 일어나기 전 상황이 재연된 것 같은 사건, 바로 그것이었지. 그래, 너는 모를 것이다, 그 엄청났던 사건을. 정도(正道)의 무림세가(武林世家) 세 개와 마도(魔道)의 여러 문이 합하여 이루어낸 잔혹한 살인극을. 그런데 그 살인극이 다시 재현하려 하고 있단다. 그리고 어이가 없게도 재연되려고 하는 반정지란에 사마세가가 연관이 되어 있다고 하더구나."

"헉!"

진현은 계속해서 단후명의 말을 듣다가 마지막의 말을 듣고는 그만 놀라 넘어질 뻔하였다. 자신이 그토록 믿고 사랑하는 사마화련의 집이 또다시 쓰여지는 반정지란의 주인공이라니. 생각지도 않은 일이었다. 그렇기 때문에 진현은 그것을 도저히 용납할 수가 없었다.

　"그럴 리가 없어요. 그건 뭔가 잘못 아신 거예요. 련 누이가 그런 것을 할 리가 없어요."

　"그래, 화련이 그 아이가 그럴 리는 없겠지. 하지만 그 집안은 그럴지도 모른단다."

　"아니에요. 그건 거짓말이에요. 믿지 말아요."

　진현은 처음 단목빙에게 사마화련과 이루어질 수 없다라고 들었을 때보다 더욱 크게 절규하였다. 그때는 뭐라도 잡을 지푸라기가 있었지만 지금은 그 지푸라기마저 없었기 때문이다.

〈2권 끝〉

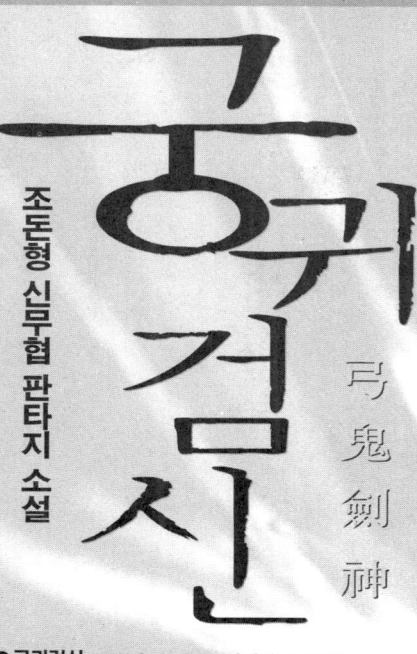

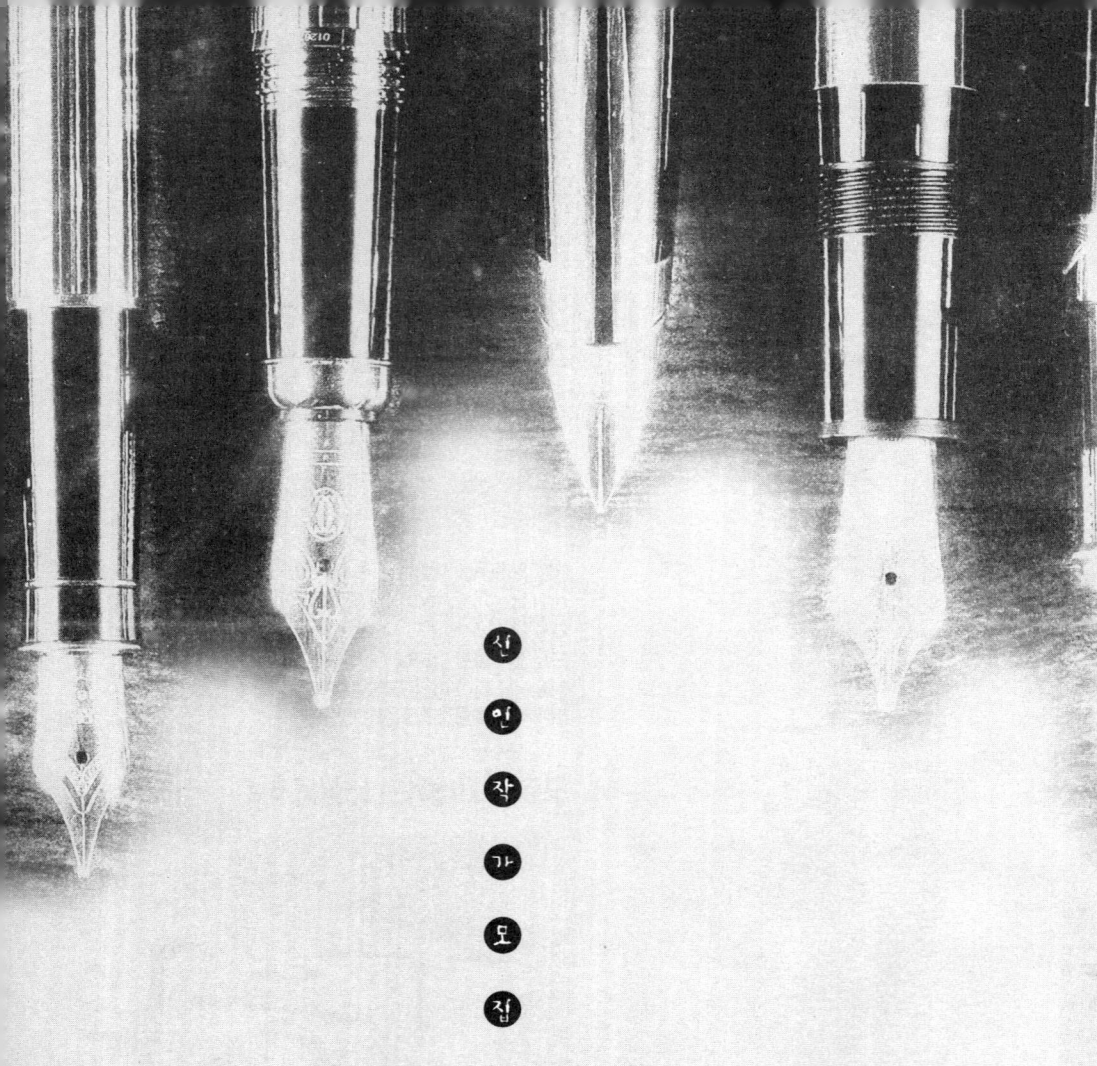